圖文普及本

水滸傳

中華書局

© 2002 上海辭書出版社

圖文普及本

水滸傳

□
出版
中華書局（香港）有限公司
香港北角英皇道 499 號北角工業大廈一樓 B
電話：（852）2137 2338　傳真：（852）2713 8202
電子郵件：info@chunghwabook.com.hk
網址：http://www.chunghwabook.com.hk

□
發行
香港聯合書刊物流有限公司
香港新界大埔汀麗路 36 號
中華商務印刷大廈 3 字樓
電話：（852）2150 2100　傳真：（852）2407 3062
電子郵件：info@suplogistics.com.hk

□
印刷
中華商務彩色印刷有限公司
香港新界大埔汀麗路 36 號中華商務印刷大廈 14 字樓

□
版次
2002 年 10 月初版
2020 年 9 月第 15 次印刷
© 2002 2020 中華書局（香港）有限公司

□
ISBN：978-962-231-440-5

目　錄

高俅發跡 1

大鬧史家村 7

拳打鎮關西 13

大鬧五台山 21

醉打小霸王 29

倒拔垂楊柳 36

誤入白虎堂 43

大鬧野豬林 49

棒打洪教頭 56

火燒草料場 62

雪夜上梁山 69

楊志賣刀 76

大名府比武 82

七星聚義 87

智取生辰綱 96

火併王倫 105

宋江殺惜 114

武松打虎 121

武松殺嫂 128

醉打蔣門神 137

血濺鴛鴦樓 145

小李廣花榮 151

夜走潯陽江 160

李逵鬥張順 167

潯陽樓吟詩 175

江州劫法場 181

李逵探母 186

智殺裴如海 195

兩打祝家莊 204

登州劫牢 211

三打祝家莊 218

義釋雷橫 224

下井救柴進 231

時遷盜甲 239

智取華州 246

誘擒玉麒麟 255

燕青救主 264

月夜誘關勝 270

報仇揚子江 279

火燒翠雲樓 284

大破曾頭市 291

英雄排座次 297

高俅發跡

第一章

　　北宋哲宗年間，東京開封府有一個姓高的破落戶子弟，排行第二，從小不務正業，喜歡使槍弄棒，尤其擅長踢氣毬，人們不叫他高二，便稱他"高毬"。他覺得"毬"字不雅，改成了"俅"。

　　高俅終日在酒樓茶館廝混，吃喝嫖賭，無所不精。於是，就有一些不長進的富家子弟喜歡拉他一起玩耍。他也樂得跟在他們後面，出些歪點子，鼓動他們大把大把地花錢。時間久了，終於引起家長們的惱怒，被人一張狀紙告到府衙門。府尹判他脊杖二十，驅逐出東京城。高俅無奈，只好去淮西臨淮州投奔一個開賭坊的閒漢。那閒漢名叫柳世權，與高俅臭氣相投。高俅在他那兒住了下來，幫他一起聚眾賭博，搞得烏煙瘴氣。

　　一晃三年多過去了。那一年風調雨順，五穀豐登，哲宗皇帝心裏十分高興，下旨大赦天下。高俅得到消息後，收拾行李，準備返回東京。臨行，柳世權寫了一封信，介紹高俅去投靠他的親戚董將仕。董將仕是個藥舖老闆，為

1

人安分守己，哪裏敢接納高俅這樣的無賴？不過，情面難卻，就留他在家裏住了幾天，然後，找個借口，把高俅轉薦給了小蘇學士。小蘇學士見了高俅也覺得頭疼，正愁沒地方安置他，忽然想起了一個人，此人是哲宗皇帝的妹夫，人稱小王都太尉，是個十足的花花公子，聲色犬馬，無所不愛，想必他會喜歡高俅這樣的人物。於是，小蘇學士寫了一封推薦信，把高俅介紹了過去。

小王都太尉見了高俅，果然十分喜歡，留他在府內做親信隨從。高俅每天跟在小王都太尉屁股後面進進出出，很受賞識。一天，小王都太尉生日，請他的小舅子端王到家裏來喝酒。端王是哲宗皇帝的弟弟，人稱九大王，也是個風流人物。喝酒的時候，他無意中看見書桌上放着一對羊脂玉碾成的鎮紙獅子，十分喜歡，拿在手裏不停地觀賞。小王都太尉見端王喜歡這一對玉獅子，便對他說道：「還有一個配套的玉龍筆架，做得更精巧，只是不在手邊。明天拿來後，一起給你送去。」端王十分高興，連連稱謝。

第二天一早，小王都太尉取出玉龍筆架，和那兩隻玉獅子一起，用盒子裝好，吩咐高俅給端王送去。高俅來到了端王府，端王正好在跟幾個小太監踢氣毬。高俅不敢打擾，便站在一邊恭候。說來也巧，端王一個閃失，踢飛了，滾到高俅腳下。高俅一時膽大，一個鴛鴦拐，把毬送還給端王。端王大喜，一定要高俅下場陪他一起玩毬。高俅起初不敢，後來，禁不住端王再三催促，鬥膽下場踢了幾腳。端王看了連連喝彩。高俅見端王喜歡，便抖擻精神，使出全身解數，把那氣毬踢得上下飛舞，如同粘在身上一般。端王從未看到過如此高超的毬藝，喜出望外，哪裏肯放他回去？當即吩咐留高俅在宮中過夜。第二天，端王把小王都太尉請到宮裏，和他商量要把高俅留下來做自己的親隨。小王都太尉一心想巴結這個小舅子，當然一口答應。高俅就此成了端王的親信隨從。

沒多久，哲宗皇帝駕崩。由於哲宗皇帝沒有兒子，就由端王繼位，立帝號為徽宗。徽宗即位以後，因高俅伴駕有功，就胡亂封了他一個殿帥府太尉的官銜。高俅做夢也沒有想到自己能做這樣的大官，接到聖旨後，笑得合不攏嘴，挑了個吉日良辰，走馬上任去了。

上任那天，高俅內心十分得意。因為太尉是掌管天下兵馬的高級官員，按照慣例，要有軍功的人才能當此重任。高俅沒當過半天兵，行軍打仗一竅不通，哪來的軍功？所以，皇帝頒旨任命他為太尉時，朝中大臣一個個面面相覷，就像活吞了一隻大蒼蠅，卻沒有一個人敢站出來說個“不”字。一想起當時的情景，高俅就忍不住要笑。看來，在皇帝身邊當差，也跟在一般的闊佬家裏幫閒差不多，只要哄得主子高興，其他什麼人都不必放在眼裏。

俗話說“新官上任三把火”，更何況是惡奴做了主人，高俅一進殿帥府，就把架子搭得十足。眾將官上前參拜，他也不答禮，只是眼睛半開半閉地斜倚在太師椅上。等眾將參拜完畢，他從值日官手中拿過花名冊，一一點過，見少了八十萬禁軍教頭王進，臉上不由掠過一絲陰險的笑容。原來，高俅初學棍棒時，曾在王進的父親王昇手中栽過跟頭，被王昇打了一棒，趴在牀上四個月不能動彈。如今王昇已去世，這筆陳年帳得由他兒子來還。說來也合該有事，這陣子恰巧王進身體不舒服，請了半個月的病假，未能前來參拜。高俅正好借此機會發作，當即差人去傳喚王進。

王進傳到之後，高俅當着眾將官的面，把王進一頓臭罵，連帶他父親王昇，也一起罵到。開始時，王進還以為是自己未來參拜，得罪了殿帥，後來，聽他大罵父親王昇，覺得納悶，便悄悄抬頭看了一眼，這才弄清楚，新任太尉居然就是當年被父親打過的潑皮高二，不由得暗暗吃驚，知道今天的事情不會善了。於是，王進伏在地上不吱聲，任他去罵。

高俅越發得意了，罵了半天，不解恨，又大聲吆喝着，要把王進拉下去重打。幸虧王進平時人緣極好，大家實在看不過去，有幾個膽大的便站出來求情，其餘的見有人領頭，也都紛紛跟上。一時間，大殿上跪滿了人。高俅看了，心頭發怵，怕觸犯眾怒，只得作罷。臨走，他還恨恨連聲地指着王進說："你這個賊，今天看在眾將份上，饒過你一次，明天再和你算帳。"

王進回到家

私走延安府　戴敦邦　畫

裏，憤悶不已：俗話說「不怕官，只怕管」，高俅為人歹毒，最是記仇，在他手下任職，早晚難免一死，自己在邊關延安府有不少朋友，延安府不受高俅管轄，只有躲到那裏，也許可以避開高俅的迫害。於是，王進把事情的經過一五一十全部告訴了母親。母子倆抱頭痛哭，連夜收拾行李，棄家出逃，直奔延安府而去。

一路上，母子倆飢餐渴飲，曉行夜宿，提心吊膽地走了一個多月，眼看延安府就要到了，不料，途經華陰縣史家村時，母親因疲勞過度，突然病倒，王進進退兩難，十分焦急。幸虧當地有一家大戶，主人史太公古道熱腸，對他們母子十分同情，收留他們在家住宿，每天好飯好菜款待，還請了醫生來為他母親治病。由於史太公的照顧，王進母子生活暫時安定下來，母親的病也漸漸有了好轉。

史太公的老伴早已去世，只有一

史進拜師　池沙鴻　畫

個兒子，名叫史進。史進從小酷愛武藝，又喜歡紋身，手臂上、肩膀上以及胸前背後總共繡了九條龍，人稱"九紋龍"，也是一個熱情豪爽的漢子。王進窮途末路，難得遇見好人，對史太公救了母親的性命，內心自然十分感激。他見史進好學，就收史進為徒，精心指點，以報答太公的恩德。史進也非常勤奮，學了棍棒又學刀槍。師徒倆性情相投，相處得十分融洽。

　　不知不覺，半年多過去了。王進看母親身體已經康復，史進的武藝也有了相當的火候，因想到自己是出逃的人，不宜久留，於是，便擇日辭別史家父子，到延安府投軍去了。

大鬧史家村

第二章

　　王進走後不久，史太公因病去世。史進不善於理家，就把莊院的事務全都託付給管家，自己整天使槍弄棒，結交江湖豪傑。

　　一天中午，天氣酷熱，史進一個人坐在柳樹下乘涼。恰巧獵戶李吉走過，史進問他為何很久不挑野味來賣。李吉歎了口氣，説道：“都不敢上山了，哪裏還有野味啊！”原來，最近少華山來了一伙強盜，為首的叫“神機軍師”朱武，老二“跳澗虎”陳達，老三“白花蛇”楊春，聚集了六七百個嘍羅，打家劫舍。官府派兵圍剿了幾次，但都動不了他們一根毫毛，所以獵戶們都不敢上山。史進聽了，心想，既然這三個人如此囂張，只怕遲早要到莊上來尋事。於是，他當晚召集村裏的三四百家莊戶商議，約定由他主持防禦，一旦有警，各家各戶彼此救援，共同保衛村莊。

　　再説少華山上的三位頭領，因山寨缺少錢糧，正在商議下山借糧。陳達打算去打華陰縣，楊春勸他不要去，說道：「若是攻打華陰縣，必須從史家村經過。那史進功夫了得，最好不要去招惹他。」朱武也贊同楊春的看法，勸陳達不要魯莽行事。陳達大怒，嚷道：「你們兩個盡說泄氣話，連個村子都過不去，以後如何抵擋官軍？」說罷，披掛上馬，點了一百多個嘍囉，望史家村而去。

史進得到消息，連忙帶領莊戶們出來迎敵。兩人馬上相見，陳達先欠身行禮，說道：「俺山寨缺少糧食，要去華陰縣借糧。望貴莊能讓我們經過，事成之後，必有厚報。」史進哪裏肯答應？兩人話不投機，便打了起來。鬥了三五十個回合，史進賣個破綻，讓陳達把槍往心窩裏搠來，然後，一個閃腰，輕舒猿臂，把陳達活捉過去，扔在地上。莊客們一擁而上，把陳達捆綁起來，押入莊內。

陳達走後，朱武、楊春不放心，正要派人下山打探消息，卻聽得同去的嘍囉逃回來稟報，說陳達已經被史進生擒活捉，不由得大吃一驚。楊春跳起來，打算帶全部人馬下山，與史進硬拚。朱武連忙把他勸住，說道：「三弟不可魯莽，那史進武藝高強，你我兩個合起來也不是他的對手。要救二弟，只好用苦肉計。」楊春不明白，朱武便在他耳邊如此這般地說了一遍，楊春聽了，連連點頭。

再說史進活捉了陳達，正在莊裏喝酒，莊客進來報告說朱武和楊春來了。史進大怒，說道：「來得正好，索性把他們一起捉了，送到官府去！」說完，披掛上馬，來到莊門口。史進剛要出莊門，卻見朱武、楊春兩人沒帶兵器，也沒騎馬，含着眼淚，雙雙跪在莊門前。史進覺得奇怪，問他們是什麼意思。朱武哭道：「我等三人因被官府逼迫，不得已上山落草，結義時曾發過誓願：『不求同日生，只願同日死。』如今，小弟陳達不聽勸告，誤犯虎威，被英雄拿下。我等不敢請英雄寬恕，只求英雄把我們一起拿下送官，讓我們生死都在一起。"說到這裏，已經泣不成聲。史進是個服軟不服硬的漢子，聽了朱武的一番話後，不覺躊躇起來，尋思道："他們如此義氣，若是我真的把他們拿去送官，豈不被天下英雄恥笑？"於是，把他們兩人扶起，並把陳達也放了出來，設宴款待。

酒後，三人回到山寨。朱武說道："這次雖然是苦肉計，卻也難得史大官人豪俠仗義。不然的話，我們三人都沒命了。"楊春和陳達也有同感，因此，他們備了一份厚禮，叫嘍囉送到史家村，拜謝史進的不殺之恩。史進受下禮物之後，也備了一份禮，叫親信王四給山寨送去。就這樣，他們時常聯絡，成了意氣相投的好朋友。

一晃三個月過去了，眼看暑氣消盡，明月漸圓，中秋佳節即將來臨。史進一個人在家寂寞，想找朋友聚會，於是，派王四上山，邀請三位頭領中秋節來莊上一起飲酒賞月。

三位頭領見史進來請，十分高興，當即寫了回信，重賞王四。山上嘍囉與王四都很熟，拉王四去喝酒。王四架不住眾人勸，多喝了幾杯，下山時，涼風一吹，酒意湧了上來，迷迷糊糊地醉倒在地上。一覺醒來，已是二更時分，身邊的銀子和書信早已不知去向，王四知道書信重要，萬一落到官府手中，是殺頭的罪名，心裏害怕，卻不敢聲張。回莊後，他編了一套謊言，只說三位頭領答應赴宴，未寫回信。史進素來信任王四，也沒追問。

到了中秋那天傍晚，朱武、陳達、楊春三位頭領吩咐手下看守山寨，帶了三五個嘍囉，步行下山，來到史家莊。莊內早已擺好了酒席，史進請三位頭領上坐，自己對席相陪，又吩咐莊客把前後莊門拴了。大家一邊飲酒賞月，一邊談論江湖上行俠仗義的奇聞軼事。

眾人正說得高興，忽然，牆外傳來嘈雜的人聲和馬蹄聲，火光搖曳，照亮了半邊天。史進大吃一驚，跳起來說道：「三位兄弟且坐，待我去看。」他吩咐莊客不許開門，拿了一條梯子，上牆探看。只見華陰縣縣尉帶着兩個都頭、三四百個鄉兵，手持刀槍和火把，把莊院團團圍住。兩個都頭嘴裏還在叫喊：「不要放走了強盜！」

史進大驚，連忙下來與三位頭領商量。三位頭領聽了直爽地說：「史大哥，說實話，三四百個官兵咱兄弟還不放在眼裏。只是不能在這兒開戰，不如我們自己縛了投官，免得大哥受累。」說完，就要開門出去。史進哪裏肯依？連忙把他們攔住，說道：「我史某人豈是

史進擒陳達　池沙鴻　畫

10

貪生怕死之輩？今天要死大家一起死，要活大家一起活！"說完，又爬上樓梯，對兩個都頭大聲喝道："兩位都頭，你們憑什麼半夜三更闖我莊院？"都頭答道："史大郎，別裝蒜了。現有原告獵戶李吉在此，他在林中撿到強盜給你的書信，告到縣裏，所以才來找你。人證物證俱在，你還是乖乖地把強盜交出來吧！"

史進這才明白，是王四遺失書信惹下了禍事，回過頭去，看看三位頭領。三位頭領朝他做了個手勢，輕聲說道："先答應外邊。"史進會意，在梯子上大聲說道："既然你們知道，我也不再隱瞞。三個強盜早被我設計擒住，正要押送縣裏請功。你們不要亂動，退後一步。我把他們押出來，算你們一半功勞就是。"

史進穩住外面的都頭，走下梯子，吩咐莊客把莊裏所有細軟物品收拾打包，又

大鬧史家村　王家訓　畫

點起三四十個火把，然後，把莊後的草屋點燃。外邊的鄉兵見莊內起火，正在驚愕，不料，突然間莊門大開，史進和三位頭領全身披掛，拿了刀槍，衝殺出來。迎面便見李吉，史進手起一刀，便把李吉斬做兩段。兩個都頭措手不及，被陳達和楊春砍翻在地。縣尉嚇得縱馬狂奔，往縣城方向逃去。見此情形，眾鄉兵哪裏還敢上前，一鬨而散，各自逃命去了。

　　史進殺了鄉兵，無法再在莊裏容身，於是，跟隨朱武等三位頭領，一起上了少華山。

　　在山寨住了幾日，史進內心十分矛盾。他原本是個有家產的人，為了講義氣救朋友，殺了鄉兵，倘若要他就此在山上落草，畢竟不太甘心。他想起師傅王進在延安府邊關任職，思忖不如去他那兒投軍，可以憑自己的一身武藝報效國家，倘若立了軍功，謀得一官半職，還可以光宗耀祖，重建家園。於是，史進打定主意，辭別了山上的兄弟，去延安府尋找師傅王進。

拳打鎮關西

第三章

　　史進單身下山，直奔延安府而去。途經渭州時，他結識了一位軍官。此人姓魯名達，原是延安府老種經略相公門下的提轄官，後來調到渭州經略府做提轄，長得五大三粗，濃眉大眼，滿臉絡腮胡子，性情十分豪爽。他與史進談了幾句，覺得投機，便嚷嚷着拉了史進上街喝酒。

　　走在路上，史進眼快，瞥見一人正在街頭耍棍棒賣膏藥，像是他的啟蒙師傅"打虎將"李忠。史進連忙叫魯達停下，自己走過去打招呼。師徒相見，分外親熱。史進邀李忠一起去喝酒，李忠答應了，說道："我這兒場子剛拉起來，還沒收到錢。不如你稍等一會兒，我舞完這路棍子，收些銀子再走。"說話間，魯達已經走了上來，扯着大嗓門，不耐煩地說："你這個人真嗦，要去就去，誰耐煩等你。"

說着，又轉過身子，瞪起眼睛，對場子邊上圍觀的人羣喝道："看什麼看？還不快走！"眾人見是魯提轄，哄的一聲都散了。李忠苦笑着搖了搖頭，收起攤子，隨他們一起去了。

到了酒樓，三人找位子坐定，一邊喝酒，一邊談論武藝。酒過三巡，興味正濃，忽然隔壁房裏傳出哽哽咽咽的啼哭聲。魯達聽了煩惱，把酒杯往地上一摔，叫來酒保劈頭就罵："什麼人在隔壁嗚嗚地哭，攪得俺弟兄們不能喝酒？洒家又不曾少了你的酒錢！"酒保賠笑着說："官人息怒，那是賣唱的父女兩人，不知道官人在此喝酒。因為受了些冤屈，所以在隔壁啼哭。小人馬上把他們趕走就是。"魯達喝道："放屁！誰要你趕了？快把他們叫來，我倒要問問究竟受了什麼委屈，如此啼哭。"酒保知道魯達的脾氣，連連稱是，轉身走了。

不一會兒，父女倆被帶到。父親是個五六十歲的老頭，弓着腰，面色憔悴，手裏拿着一串賣唱用的拍板；女兒約十八九歲，長得清秀文弱，不像煙花場中的女子。魯達見他們滿面淚痕，不覺觸動俠義心腸，便詢問他們究竟有什麼冤屈。魯達問了幾遍，那女兒才含淚開口。她姓金，小名翠蓮，原本是東京人氏，半年前隨父母一起來此地投奔親戚，親戚沒找到，母親卻在旅店裏染病身亡，父女倆盤纏用盡，無法回鄉。此地有一個叫鄭大官人的惡霸，綽號"鎮關西"，見她略有姿色，便強媒硬保，要納她為妾。鎮關西寫了三千貫錢的典身契約，其實卻一文未給她爹。金家父女身在異鄉，人地生疏，只得任他擺佈。不料三個月後，鎮關西把她玩膩了，又把她一腳踢了出來，還逼着她爹交還三千貫典身錢。她家當初根本沒拿到過錢，哪裏有錢還他？無可奈何，只好賣唱還債。那鎮關西還不時派人催逼，十分兇狠。

　　魯達聽了，心頭怒火直冒，問道：「哪一個「鎮關西」？」金老漢說：「就是狀元橋下賣肉的鄭屠。」魯達一聽，氣得豹眼怒睜，重重一拳敲在桌上，說道：「什麼「鎮關西」？原來是殺豬賣肉的鄭屠，想不到他竟敢如此欺侮人！」回頭吩咐史進、李忠道：

「兩位兄弟且坐，等洒家去打死那廝再回來喝酒。」話音未落，鐵塔般的身子早已站了起來，要去教訓鄭屠。史進、李忠連忙阻攔，勸了半天，才算把他勸住。

　　魯達氣鼓鼓地重新坐下，對金老漢說：「老頭，你來！洒家送你一些盤纏，你明天就帶女兒

翠蓮訴苦　王宏喜　畫

離開渭州回東京去吧，這裏的事有洒家料理。"說完，從懷裏掏出五兩銀子放在桌上，又對史進說："洒家今天沒多帶錢，你借一些給俺。"史進爽利地拿出十兩銀子。魯達把銀子交給金老漢，又問明了他們借宿的旅店，吩咐道："你們先回去收拾行李，明天一早，我來送你們動身，看誰敢阻攔！"金家父女千恩萬謝地走了。

第二天一早，魯達大踏步來到旅店，只見店小二正纏着金家父女不讓他們走。魯達冷笑一聲，問道："他少了你的房錢？"店小二見是魯達，賠笑着說："小人的房錢，金老漢昨晚都已結清。只是鄭大官人吩咐，典身錢沒還清之前，不許放他們回鄉。"魯達忍了一肚子怒火，說道："鄭屠的錢，洒家來還，你先放他們走。"那店小二不知好歹，還要糾纏。魯達大怒，張開五指，朝那店小二臉上只一掌，打得那店小二口中吐血；再一拳，打下當門兩個牙齒。店小二翻身跌倒在地，怕魯達再打，忙不迭地爬起身來，一溜煙逃進店裏去了。店主人聽說是魯達，哪裏還敢露面。金家父女這才得以脫身，急急忙忙離開旅店，出城去了。

魯達見金家父女安全離店，本打算馬上去找鄭屠，轉念一想，又有點不放心：那父女倆走不快，倘若自己現在就走，怕店小二還會趕上去糾纏。於是，他索性到店裏拿了一條凳子攔店門坐了兩個時辰，估計金家父女已經走遠，這才站起身來，大步往狀元橋走去。

鄭屠的肉店有兩間門面，十來個伙計，生意頗為興隆。見魯達到來，鄭屠連忙起身，滿臉堆笑，一邊招呼，一邊叫伙計拿凳子，請魯達坐下。魯達大模大樣地坐下，說道："給洒家來十斤精肉，細細地切成肉糜，不要見半點肥的在上頭。"鄭屠正要叫伙計去辦，魯達攔住，說道：「不要那些骯髒胚子沾手，你自與我切。」鄭屠賠笑說：「提轄說得是，小人理當自己伺候。」於是，親自動手，選了十斤上好的精肉，放在肉案上細細地剁。

再說那店小二，被魯達打怕了，一直等到魯達離開才敢露面，急急忙忙趕去給鄭屠報信。到了狀元橋，卻見魯達大馬金刀地坐在店裏，哪裏還敢上前，只好遠遠地站住，探頭探腦地朝店裏張望。

這鄭屠足足剁了半個時辰，把肉剁得細細的、勻勻的，再仔仔細細地用荷葉包好，問魯達要不要讓伙計給他送到經略府去。魯達眼皮一翻，說：「送什麼送？洒家還要十斤肥肉，也要做成肉糜，不要見半點精的在上面。」

鄭屠一心想巴結經略府的官員，就按照他的吩咐，又選了十斤實膘的肥肉，也細細地切

魯達擲肉　戴敦邦　畫

成肉糜，用荷葉包好。整整折騰了一上午，總算都弄停當了，鄭屠這才歇了一口氣，吩咐伙計道：「來，把這肉糜給提轄拿了，送經略府去。」

不料魯達還是不走，擺了擺手，說：「慢着，我還要十斤寸金軟骨，也要細細地剁成肉糜，不要見半點肉在上面。」鄭屠聽了哭笑不得，卻又不敢得罪，哈着腰賠笑說：「提轄說笑了，哪有用軟骨剁肉糜的，這不是故意為難小人麼？」魯達猛地站起身來，說道：「洒家今天就是要為難你！」說罷，拿起兩包肉糜，一手一個，朝鄭屠兜頭砸去。

鄭屠本不是善良之輩，被魯達折騰了一個上午，賠盡笑臉，最終還鬧得個滿頭肉醬，不由得一股惡氣從腳底昇起，直沖腦門。他再也按捺不住，怪叫一聲，一抹臉，抄起肉案上的剔骨尖刀，狠命地往魯達戳去。魯達料到他有這一招，早已一個箭步跳到街上。店門口瞧熱鬧的人羣見兩人動起刀子，都嚇得大聲驚叫，潮水似地後退，誰也不敢上前去拉。

魯達在街上聽得鄭屠後面提刀撲來，身子一閃，就勢搭住鄭屠手腕要脈，抬起右腿，對準他的小腹就是一腳。鄭屠被踢倒在街心。魯達趕上，當胸一腳踩住，舉起醋缽般的拳頭，罵道：「你不過是個操刀賣肉的屠夫，狗一般的人，也敢自稱'鎮關西'！你為何要強騙金翠蓮？」說完，「撲」的一拳，正打在鄭屠的鼻子上，直打得鮮血迸流，鼻子歪在了一邊。鄭屠被魯達當胸踩住，動彈不得，嘴裏卻一個勁地罵。魯達見他還要嘴硬，提起拳頭，對準他的左眼又是一拳，打得鄭屠眼眶裂開，烏珠迸出，就像開了個彩帛舖，紅的、黑的、紫的……五顏六色，都綻了出來。

鄭屠經不住魯達兩拳，再不敢嘴硬，連聲告饒。魯達喝道：
"你這個破貨，若是跟洒家硬到底，洒家倒饒了你。如今你要告饒，
洒家偏不饒你。"說完，又是一拳，正中鄭屠的太陽穴。只見鄭屠
脖子一伸，兩眼翻白，腦袋軟綿綿地歪到了一邊，嘴巴裏只有出的
氣，沒有進的氣；再看看，皮色都漸漸地變了。魯達情知不妙，心
想，這廝真沒用，才三拳，怎麼就沒氣了？他靈機一動，站起身

拳打鎮關西　賀友直　畫

來，指着鄭屠的屍體，假意罵道：「你詐死，洒家明天再來找你算帳！」一邊罵，一邊大步離去。圍觀的人不知道出了人命，只是瞧熱鬧，所以也沒有馬上驚動官府。

魯達回到住處，急急忙忙地拿了些衣服、銀兩，捲個小包背在肩上，提了一條齊眉短棍，大步奔出南門，一道煙走了。

大鬧五台山

第四章

　　魯達走後不久，鄭屠的家眷來官府告狀。因為是人命大案，官府馬上向各州縣發出緊急追捕榜文，懸賞捉拿。魯達在外面東躲西藏地流浪了半個多月，由於風聲太緊，實在沒地方容身，最後，只好聽從趙員外的勸告，上五台山當了和尚。

　　説起這位趙員外，不是別人，正是金翠蓮新嫁的丈夫。原來，金家父女離開渭州之後，怕鄭屠追趕，不敢直接走大路回東京，逆向而行，輾轉來到代州雁門縣。正好有一個以前的鄰居在這裏經商，經他介紹，翠蓮嫁給了當地的財主趙員外做妾，父女倆就此在雁門縣落腳，有了安定的生活。不久，他們看到追捕魯達的榜文，很為恩人擔心，每天燒香拜佛，祈求菩薩保佑恩人平安無事。正在焦急，恰巧魯達也誤打誤撞地來到了雁門縣。父女倆見了魯達，分外高興，再三拜謝他的恩情。趙員外得知事情的原委之後，決心代金家父女報恩，幫助魯達擺脫困境。

趙員外是五台山文殊院的大施主，和那兒的智真長老很有交情。所以，他去說魯達入寺為僧的事，智真長老就一口答應了，並親自為魯達剃度，賜法號智深。

魯智深不懂佛門規矩，師兄弟們看不慣他，常常到長老那兒講他的壞話。好在長老知道他的往事，對他並不苛求。

一晃四五個月過去了，正是初冬時分，天氣晴朗。一天，魯智深閒着沒事，獨自走出山門，來到半山腰的亭子裏，心裏尋思：想當初，俺好酒好肉每天不離口，自從當了和尚，整天吃素，口中淡出鳥來，什麼時候去弄點酒來嘗嘗才好呢。

魯智深正想着，只見一個中年漢子挑着一桶酒從山下上來，也進亭子休息。

打入山門　王宏喜　畫

22

魯智深大喜，連忙問他買酒喝。誰知那漢子不肯，挑起擔子就往外走。魯智深幾個月沒聞到酒味，怎麼肯輕易放他離開？三步併作兩步，趕到外邊，雙手抓住他肩上的扁擔，抬腿就是一腳。那漢子痛得哇哇叫，捂着肚子，蹲在地上，半天直不起腰來。

魯智深搶了酒桶，一手一隻，提回到亭子裏，打開酒桶，就"咕嘟咕嘟"地喝了起來。不一會兒，兩大桶酒喝掉了一桶，魯智深這才滿意地擦了擦嘴，對那漢子說道："洒家今天沒帶銀子，明

醉打門子　賀友直　畫

天來寺院取。"那漢子肚子總算不痛了，見魯智深肯放他離開，哪裏還敢要銀子？忙把剩下的一桶酒分作兩個半桶，往肩上一挑，慌不擇路地逃下山去了。

魯智深喝足了酒，又在亭子裏坐了半日，漸漸地酒意湧了上來，渾身發熱。他脫下上衣，把兩個袖子往腰裏一紮，露出脊背上刺的花紋，光着膀子，一搖一晃地回寺院去了。

守山門的兩個門子遠遠望見魯智深醉醺醺地上來，連忙拿起執法的竹篦，攔在山門下不讓他進去。魯智深本來就不懂規矩，更何況喝醉了酒，見他們阻攔，瞪起眼睛就罵："賊禿，你兩個要和洒家廝打，俺便和你們廝打。"兩個門子見他來勢洶洶，一個飛也似地奔進去向監寺報告，另一個舞動着竹篦攔他。魯智深撩開竹篦，一掌打去，那門子跌倒在山門下，叫苦不迭。魯智深也不管他，跟跟蹌蹌地直往裏闖。

魯智深剛跨進院子，正好監寺帶了二三十個護院的人，手持木棒，迎面過來，見了魯智深就亂哄哄地喊打。魯智深大怒，大吼一聲，亮出了真功夫。他奪得一條木棍，指東打西，猶如猛虎下山，蛟龍出海。那羣人沒料到魯智深這麼厲害，哭天叫地，只恨爹娘少生兩條腿，紛紛扔下木棍，雙手抱頭，逃入藏殿躲避。

魯智深打得興起，追到藏殿外，一腳踢開殿門，掄起木棒還想打，眾人嚇得哇哇亂叫。正在這時，長老趕到，喝道："智深不得無禮！"魯智深雖然酒醉，卻還認得長老，放下棍子，行了個禮，委屈地説道："智深不過喝了兩碗酒，又不曾惹他們，他們拿了棍棒來打洒家。"長老知道他喝醉了，沒法講道理，只好順着他，説道："且看我的面子，你先回房睡覺，明天再説。"魯智深這才罷休，指着眾人罵罵咧咧地說道：「要不是長老說情，洒家打死你們幾個禿驢！」長老聽了，哭笑不得，無奈地擺了擺手，吩咐侍者扶魯智深回房休息。

第二天早齋後，長老把魯智深叫到方丈室，教訓了一頓。這時，魯智深已經酒醒，再不敢撒野，只是連連認錯，保證以後不再貪杯。長老礙着趙員外的面子，不好過多責怪，見魯智深已經認錯，也就算了，留他在方丈室裏用了早餐，又好言勸勉了一番，還送了他一件細布僧衣和一雙僧鞋。

經長老一番開導，魯智深果然收心不少，一連幾個月，沒再鬧事。眼看冬去春來，已是二月時分。一天，天氣轉暖，魯智深在僧房裏坐不住，到山門外溜達。聽得山下的小鎮上傳來「叮叮當當」打鐵的聲音，他心念一動，想道：自從當和尚之後，很少練武，山上又沒有稱手的兵器，何不去打造一條禪杖一把戒刀，既符合出家人的身份，又可以作兵器使喚。於是，他轉身回房，拿了些銀子，下山去了。

魯智深來到鎮上，先找鐵匠定製了一條六十二斤重的混鐵水磨禪杖和一把戒刀，預付了五兩銀子，然後，漫無目標地四處閒逛。

走着走着，魯智深來到一家酒店前，聞到裏面酒肉的香味，不覺嘴饞起來，想進去喝酒，又怕長老知道，猶豫了半天，實在熬不住，心想，少喝一點，反正不喝醉就是了。於是，他掀開簾子走了進去。誰知酒家見他是五台山的和尚，死活不敢賣酒給他。魯智深沒法，快快不樂地退了出來。他一連走了四五家酒店，都是如此。

連碰了幾個釘子，卻把魯智深的火給勾了上來。他想，喝酒是破戒，說謊也是破戒，不如編一套謊話，騙騙他們再說。於是，他又找了一家酒店，只説自己是雲遊僧人，哄得店家相信，連喝了十多碗酒。正喝得高興，忽然聞到一股肉香，原來，牆邊砂鍋裏正煮着狗肉。這時，魯智深已有了幾分酒意，指着砂鍋裏那隻狗硬是要買。店家拗不過他，只好賣給他半隻。魯智深大喜，拿過那半隻狗，放在桌上，一手掰狗肉，一手拿酒碗，好不逍遙快樂。他吃得嘴滑，不住地催店家添酒，店裏的人看得都驚呆了。

魯智深前後共喝了一桶半酒，狗肉也啃得只剩下一截腿，這才滿意地抹了抹嘴，站起身子，把剩下的一截狗腿往懷裏一揣，搖搖晃晃地回去了。

回到山上，魯智深先在半山的涼亭裏歇腳。由於酒喝多了，又吃了狗肉，魯智深只覺得渾身血脈賁脹，心想，俺好些時候沒有施展拳腳了，練幾路看看。於是，他袖子一捋，走下涼亭，上下左右舞動一番，舞得興發，肩膀撞在涼亭的柱子上，只聽得“嘩啦啦”

大鬧文殊院 戴敦邦 畫

一聲巨響，柱子折斷，涼亭塌了一半。

守山門的和尚聽得半山腰裏傳來巨響，連忙出來查看，卻見魯智深一步一顛地搶上山來，大吃一驚，自言自語道："糟糕，這畜生今天又醉得不輕！"趕緊把山門關起，拴上門閂。

魯智深來到山門前，不住地擂門，裏面的和尚哪裏敢開。魯智深見他們不開門，扭過身子，看見兩邊金剛正吹鬍子瞪眼地看着他，不由得大怒，隨手一拉，金剛前的木柵欄被他連根拔起。他操起一截折木頭，對準四大金剛就打。可憐四大金剛被他打得缺胳膊少腿，其中的一尊金剛，因為腳斷了，一個倒栽蔥從台基上翻下來，發出"轟"的一聲巨響。魯智深提着折木頭大笑。

裏面的和尚見事情鬧大了，連忙進去稟報長老。倒是長老沉得住氣，吩咐道："快開門，別去惹他。他天性魯莽，別說打壞了金剛，就是毀了殿上的三世佛，也沒法計較。"眾和尚沒辦法，只好把門閂拔了，飛也似地回各自的房間躲避。

魯智深跌跌撞撞地走進院子，直奔僧堂。剛一進門，他就吐了起來。眾和尚哪裏禁受得住這種氣味，都坐在禪牀上不停地念佛。魯智深也不管，摸到自己的牀位上，剛要脫衣服，懷裏掉出那截吃剩的狗腿。魯智深吐了之後正有點餓，看見狗腿，心頭一喜，拿起來就啃。兩邊禪牀上的和尚都嚇得用衣袖遮住了臉，遠遠地閃避。

魯智深看他們的樣子有趣，伸手拉住其中的一個，笑嘻嘻地説：「味道真好，你也來嘗嘗。」一邊説，一邊把狗腿往他嘴裏塞。那和尚掙不脱，眼看半截狗腿已進了嘴，急得滿臉通紅，光頭冒汗。其他和尚忙過來拉，魯智深掄起拳頭就往他們的光頭上打，一時間僧堂大亂。

那監寺本來就對魯智深不滿，覺得長老過於放縱，也就不稟告長老，帶了一羣人，手持杖叉棍棒，衝進僧堂。魯智深因手中沒有器械，一腳把佛像前的供桌踢翻，扯下兩根桌腳，權充兵器迎敵。眾和尚仗着人多，四面合圍上來。魯智深大喝一聲，把兩條桌腳舞得潑風似的，指東打西，指南打北。好一陣 打，把個清淨的文殊院鬧得像戰場一般。最後還是長老出來，斥退眾人，喝住魯智深，才算把事情平息了下去。

經此一鬧，長老無法再護着魯智深，只好寫了一封書信給趙員外，讓他來五台山重修寺院；同時，又寫了一封書信，讓魯智深下山，去投奔東京大相國寺的智清禪師。

醉打小霸王

　　魯智深離開五台山，先到山下小鎮上取了打好的禪杖和戒刀，然後，取道往東京而去。一路上，他不像其他雲遊和尚那樣在寺院歇腳，而是借客棧過夜，想喝酒就喝酒，想吃肉就吃肉，十分逍遙自在。

　　一天，魯智深因為貪看沿途風光，錯過了客棧，就找了一家莊院投宿。莊院主人姓劉，人們都叫他劉太公。劉太公虔誠信佛，聽説魯智深是五台山來的，十分敬重，備了好飯好菜招待。

　　吃飯的時候，魯智深見劉太公愁眉不展，很奇怪，反復詢問，劉太公才説明原委。原來，此地名叫桃花村，村旁有座桃花山。不久前，山上來了兩個大王，聚集了六七百人，打家劫舍，十分兇猛，官兵也奈何他們不得。前幾日，那二大王來劉太公莊院，見太公的女兒長得漂亮，就説要娶她做壓寨夫人，扔下二十兩金子，一匹紅錦，算是定禮，迎親的日子就在今天晚上。劉太公只有這麼一個女兒，指望她招女婿養老的，哪裏肯答應，但又不敢得罪二大王，所以十分煩惱。

魯智深一聽，好打抱不平的老脾氣又上來了。他知道劉太公膽小，便和顏悅色地哄他道："小僧有一個辦法，讓他回心轉意，不再搶你女兒，怎麼樣？"劉太公苦笑着搖了搖頭説："他是個殺人不眨眼的魔王，誰能勸他？"魯智深答道："老丈有所不知，小僧在五台山修行多年，會説因緣，哪怕是鐵石心腸，也不由得他不服。"

劉太公聽了，信以為真，大喜過望。他見魯智深葷素不忌，喜歡喝酒，就吩咐下人殺雞宰鵝，從地窖裏搬出陳年好酒，讓魯智深喝個痛快。

到了傍晚，劉太公按魯智深的吩咐，把女兒藏到鄰舍莊裏，將魯智深引到洞房裏。天色一黑，劉太公又讓下人點起燈火，把莊前打麥場打掃乾淨，放了一張桌子，上面擺好香花燈燭，大盤盛着肉，大壺溫着酒，只等二大王到來。

不久，二大王騎了一匹大白馬來了。他身披鑲金綠羅袍，腳穿對掩雲跟牛皮靴，還斜肩掛了一朵大紅花，一副新郎的模樣。四五十個嘍羅，刀槍上一律包了紅絹。六個走在前面，提着大紅燈籠，其餘的跟在後邊，吹吹打打，好不熱鬧。

劉太公見了，滿斟一杯酒，跪下迎接。那二大王倒也識禮，連忙下馬，攙起劉太公，説道："你是我的丈人，怎麼顛倒了跪我？"一邊説，一邊接過酒喝了。然後，他跟劉太公來到大廳，分賓主坐定，小嘍羅們站在一邊，拿出樂器，又吹打起來。

二大王跟劉太公對飲了幾杯，一心想着新娘子，耐不住了，問道：「丈人，我的娘子在哪裏？」劉太公答道：「小女害羞，不敢出來。」二大王聽了呵呵大笑，説道：「我先去和娘子見面，再回來陪丈人喝酒。」劉太公也一心想讓魯智深和他説因緣，聽他這麼説，就站起身子，陪他到洞房門口，然後，回大廳等消息。

　　二大王下山之前在山寨裏喝了不少酒，到這裏又連喝幾杯，已經有點醉了。他站在洞房門口，腳下輕飄飄的，就像騰雲駕霧一般，推開門，見裏面黑洞洞的，不由得嘴裏嘀咕：「我那丈人也太節儉了，怎麼新房裏燈都不點，叫我娘子在暗地裏坐着。明天叫小嘍囉從山寨裏扛一桶好油來給他。」魯智深坐在帳子裏聽得清清楚楚，強忍着，沒笑出聲來。

新郎周通　黃全昌　畫

二大王在暗中摸索了半天，摸到了帳子，嘴裏念叨着："娘子，你怎麼也不出來接我？"一邊說，一邊揭開帳子，伸手進去摸。東摸西摸的，他摸到了魯智深的肚皮。魯智深就勢揪住他的頭巾，罵了一聲，連耳根帶脖子就一拳。二大王酒還沒醒，糊裏糊塗地嚷着："你幹嘛一見面就打老公？"魯智深喝道："叫你認得老婆！"說着，把他拖到牀頭，拳頭腳尖一起上，打得二大王連喊救命。

劉太公坐在廳裏，一心等魯智深和二大王說因緣，不料洞房裏喊起了救命，嚇得臉都白了。外邊的小嘍羅聽到聲音，抄起兵器就往洞房衝去，到了洞房，卻見一個胖大和尚，正騎在二大王身上揮拳猛打。於是，小嘍羅們發聲喊，都衝了進去。

魯智深見狀，撇下二大王，抄起禪杖，揮舞着打將出來，新房裏頓時亂成一團。二大王乘機逃出房門，在外面找到自己的坐騎，急急忙忙地跳上馬背，慌亂中也顧不得解繮繩，就在馬上狠命一拉，把繮繩拉斷，飛也似地衝出莊院。小嘍羅們經不住魯智深打，也都亂哄哄地退到了大門口，跟着二大王逃回桃花山去了。臨走，那二大王朝劉太公硬梆梆地扔下一句話："劉老兒，別忙，看我回來收拾你！"

劉太公沒想到說因緣會說成這個樣子，急得團團亂轉。魯智深連忙安慰他，向他說明了實情，並答應留下來，等事情完全解決之後再走。劉太公聽說魯智深原是延安府老種經略相公門下的提轄官，武藝高強，這才稍稍安了心。魯智深打了一架，腹中飢餓，劉太公又擺上酒菜，魯智深一邊喝酒，一邊靜候桃花山的消息。

不多久，莊外傳來人馬嘶喊的聲音。一個莊客慌慌張張地奔進來說道：“不好了！桃花山大頭領帶了全山寨的人馬衝殺過來了！”魯智深聽了，放下酒杯，不慌不忙地站起身來，對眾人說道：“你們不要慌，跟洒家出去，洒家打翻一個，你們縛一個，解去官府請賞。”說罷，腰佩戒刀，手提禪杖，大踏步走到莊外。

到了莊外打麥場上，只見明晃晃一片火把，火把叢中，一個大漢提了鋼槍，耀武揚威地騎在馬上，正在高聲叫罵：“那禿驢在哪兒？早早出來決個勝負！”魯智深大怒，喝道：“叫你認得洒家！”掄起禪杖，就地捲了過來。不料那大頭領聽了魯智深的話後，連連後退，大叫停手：“慢來，慢來，你的聲音好熟悉，且報個姓名過來。”魯智深道：“洒家不是別人，老種經略相公門下提轄魯達便是，如今做了和尚，叫做魯智深。”那大頭領聽了呵呵大笑，翻身下馬，放了槍，拜倒在地，說道：“哥哥別

洞房打周通　王宏喜　畫

來無恙，還記得小弟嗎？"魯智深疑心有計，用禪杖一攔，退後幾步，在火光下仔細看時，確實認得。原來，那大頭領不是別人，正是那天與史進在酒樓一起喝酒的李忠。

李忠告訴魯智深，那天酒樓分手之後，第二天他就聽說了魯達打死鎮關西的事，去找史進，沒找到；後來，又聽說官府知道他和魯達一起喝過酒，要找他盤問線索，所以，連忙收拾行李逃出了渭州。

劉太公見魯智深和李忠拉着手敍舊，心裏暗暗叫苦，沒想到這和尚和桃花山的大王是一路的。不一會兒，魯智深帶李忠進莊，到大廳分賓主坐定，叫劉太公一起出來喝酒。劉太公心裏害怕，卻不敢不從。酒席間，李忠告訴魯智深，剛才被他打的二大王叫"小霸王"周通，是他的結義兄弟，也是一條好漢。他當初離開渭州，經過桃花山時，周通帶了一幫人和他廝殺，結果李忠贏了，周通就留他在山上做了寨主。魯智深聽了，說道："李忠兄弟，你們除惡霸，打官兵，洒家不管。只是不能強搶民女，這不是好漢的作為。既然兄弟在山上為寨主，劉太公這頭親事，就不要再提了。"李忠自知理虧，更何況魯智深武藝高強，他和周通兩個人加起來也不是他的對手，於是，當即認錯，願意說服周通，以後再不騷擾劉家父女。聽到這裏，劉太公總算一塊石頭落了地，安下心來了。

喝完酒，劉太公和魯智深一起隨李忠上山。到了山上，李忠請魯智深上首坐定，又請周通出來。周通見了魯智深大怒，心想：哥哥不替我報仇，反把他請來坐了上座。正想着，李忠開口了："兄弟，你知道這和尚是誰？"周通沒好氣地說："我若是知道他是誰，也不會被他打了。"李忠笑道："他就是我常和你提起的那個三拳打死鎮關西的魯提轄魯大哥。"周通聽了摸了摸頭，大叫一聲"哎呀"，撲倒便拜。魯智深連忙起身答禮道："剛才衝撞了，請兄弟勿怪！"

三人坐定，劉太公站在一邊，魯智深對周通說道："周家兄弟，劉太公就這麼一個女兒，指望她養老送終的。你把他女兒強娶過來，他老人家沒了依靠，還能活嗎？不如聽我勸，另找一個合適的。"周通答應了。魯智深又緊逼一句："大丈夫做事不可翻悔。"周通無奈，當場折箭為誓，保證以後再也不去劉家鬧事。

魯智深見事情已妥善解決，就讓劉太公下山，自己在山上住了幾天，然後辭別李忠、周通，往東京府投奔智清長老。

下桃花山　王宏喜　畫

倒拔垂楊柳

第六章

到了東京府大相國寺，魯智深取出書信交給智清禪師。智清禪師看了書信十分為難，倘若不收留，師兄的面子上不好看；如果收留，又怕魯智深鬧事，壞了寺院的規矩。他左思右想，想出了一個辦法，安排魯智深去看管菜園。原來，大相國寺有一處菜園，在酸棗門外的退居廨宇後面，那兒常有一些潑皮去偷菜，讓魯智深去看管，說不定可以唬住那些搗亂的人。於是，魯智深領了長老的法帖，去廨宇住持。

卻說菜園邊那些潑皮，欺侮魯智深新來乍到，想作弄他，讓他以後知趣一點。其中一個如此這般地出了個餿主意，眾潑皮拍手稱妙。

第二天，魯智深來到菜園。他先到房內放好行李包裹，倚了禪杖，掛了戒刀，然後，到菜園察看情況。只見一幫潑皮提了果盒、酒罈，笑嘻嘻地說道：

"聽説師父來主持廨宇，我們這些街坊備了些薄禮，特來祝賀。"説完，一齊站在菜園旁一個糞窖邊。魯智深説道："既然是街坊，不必客氣，到屋裏坐坐吧。"這幫潑皮中有兩個打頭的，一個叫"過街老鼠"張三，一個叫"青草蛇"李四，兩人拜倒在地，不肯起來，只指望魯智深去扶他們，好乘機抱住魯智深的腿，讓他一個筋斗翻進糞窖裏。魯智深早看出這幫潑皮不安好心，他不動聲色，大步走到潑皮面前。張三、李四説："眾兄弟特來參拜師父。"嘴裏説着，一個來抱魯智深的左腳，一個來抱魯智深的右腳。魯智深沒等他們站穩，早飛起一腳，把李四踢下糞窖；又一腳把張三也踢進了糞窖。其餘的潑皮都嚇得目瞪口呆，轉身想逃。魯智深喝道："誰逃，誰下糞窖去！"眾潑皮都不敢動彈。張三、李四好不容易從糞窖裏爬出來，渾身臭穢，嘴裏不停地告饒。

這時，眾潑皮才知道魯智深的厲害，反過來巴結魯智深，想拜他為師。魯智深是個吃軟不吃硬的人，見那些潑皮都服輸了，圍着他轉，一口一個師父，也就既往不咎，同意他們每天到菜園來玩。

第二天，那些潑皮湊錢買了好多酒菜，來廨宇款待魯智深。眾人正喝得高興，門外傳來烏鴉的叫聲，潑皮們連忙放下酒杯，用手敲打牙齒，嘴裏還不停地念叨："赤口上天，白舌下地。"魯智深看了覺得奇怪，問道："你們作什麼鳥亂？"眾潑皮告訴他這是當地的習俗，烏鴉叫不吉利，怕有口舌之災。魯智深聽了大笑道："哪有這種話。"説着便來到門外。

烏鴉巢築在牆角邊的一棵楊柳樹上，那楊柳樹少説也有幾十年了，長得又高又大。眾潑皮圍着那棵樹，有的説要去搬梯子，有的賣弄精神，説可以不用梯子爬上去。眾潑皮正在七嘴八舌地議論，魯智深走了過去，揮揮手，叫他們閃開。他先把手搭在樹幹上輕輕地推了推，然後，退半步，脫下上衣，露出一身鼓鼓的肌肉，兩腳分開，上身彎下，左手托定樹幹下部，右手連同胳膊夾住樹幹上部，丹田猛一用力，只聽得"嘩啦啦"一聲巨響，那棵參天大樹居然被他連根拔起，倒在了一邊。眾潑皮都看呆了，齊刷刷地拜伏在地，一疊聲地説魯智深是大力羅漢轉世。

打那以後，眾潑皮對魯智深益發敬畏了，每天備了酒菜供奉魯

收伏潑皮　王家訓　畫

智深，圍在他身邊轉。魯智深本來就喜歡熱鬧，這兒沒人管束，又有眾潑皮陪伴，與五台山相比，日子有趣多了。

一天，魯智深覺得每天白吃白喝不好意思，想要回請一次。於是，他買了三擔酒，宰了一頭豬、一隻羊，又添了些水果，在菜園裏就地鋪一張蘆蓆，請眾潑皮一起聚餐。眾潑皮見師父請客，分外高興，大碗斟酒，大塊吃肉。這時，有人提議要師父表演武藝。魯智深答應了，叫兩個潑皮進屋去拿他的混鐵水磨禪杖。眾人看那禪杖，長五尺，重六十二斤，都吃驚地說："兩臂沒有水牛大小的氣力，怎麼使得動？"魯智深接過禪杖，"颼颼"地舞動起來，上下左右隨意撥弄，眾人看了，一起喝彩。

魯智深越舞越快，卻聽得牆外也傳來喝彩聲："好武藝！真是了得！"停下來一看，矮牆外站着一個人，豹頭環眼，燕頷虎須，八尺長短身材。眾潑皮告訴魯智深，此人是八十萬禁軍教頭林沖，還說道："林教頭說好，就一定是十分好了。"魯智深聽了高興，請林沖一起來喝酒。林沖也不推辭，縱身越過矮牆，到槐樹下的蘆蓆前就座。

交談間，林沖得知眼前這個胖大和尚就是三拳打死鎮關西的魯提轄，十分佩服，當即和魯智深在大槐樹下撮土為香，結為兄弟。魯智深問起林沖怎麼會來這裏的。林沖說："我是陪娘子來隔壁岳廟燒香還願的。聽到舞禪杖聲，就循着聲音過來了，讓使女錦兒陪娘子先去燒香。不想，正好遇到師兄。"

兩個人邊喝邊談，正說得投機，卻見錦兒慌慌張張地奔過來，在矮牆外喊道："官人，快來！娘子在廟裏遇到壞人了！"林沖聽了，大吃一驚，連忙起身告辭，隨錦兒一起去了。

林沖奔到廟前，只見一羣閒漢聚在門口。他推開眾人，卻見一個年輕的富家公子背對着他，伸開了兩隻手，把他的娘子攔在殿前，嘴裏還油腔滑調地說着輕薄話。林娘子漲紅了臉，掙扎着想要離開。

林沖大怒，趕到跟前，一把抓住那人的肩胛，扳過來，喝道：

倒拔垂楊柳　周峰　畫

40

"大膽狂徒，看打！"一拳正要砸下，卻發現那流氓不是別人，正是頂頭上司高太尉的乾兒子——人稱"花花太歲"的高衙內。林沖一時手軟，拳頭砸不下去。眾閒漢早已趕了過來，勸道："教頭息怒，衙內不知道是教頭的娘子，多有得罪。"林沖怒氣未消，還睜眼瞪着高衙內。眾閒漢知道林沖武功了得，不是他的對手，連忙拉着高衙內，亂哄哄地退出廟門，上馬溜了。

　　經此一鬧，林沖夫婦沒有心思再燒香，帶了錦兒打算離開。正在這時，魯智深手提鐵禪杖，帶了二三十個潑皮，大步奔進廟來。他一看見林沖就嚷嚷着説："那人在哪兒？俺來幫你廝打。"林沖連忙解釋道："多謝師兄相助。那人是高太尉的兒子，不認得我娘子，所以有些衝撞。我本要打他，只怕高太尉面子上不好看，權且饒過他這一次。"魯智深聽了不以為然地説："什麼高太尉低太尉的，洒家怕他甚鳥！若叫俺撞見，打他三百禪杖！以後有什麼事情，告訴俺一聲，洒家不怕他們。"説完，道了個別，領着一羣潑皮走了。

　　林沖怔怔地望着魯智深遠去的背影，十分感慨，平時在官場裏交往的朋友不少，但大抵是些名利之徒，哪有像他那樣俠肝義膽的？由魯智深的任俠，又想起自己的怯懦，身為八十萬禁軍教頭，受了如此侮辱，卻還要忍氣吞聲。想到這裏，林沖不由得渾身熱血

岳廟受困　賀友直　畫

沸騰，一股豪氣油然而生，恨不得馬上衝到太尉府，把那花花太歲
揪出來痛打一頓，但看看身邊驚魂甫定的娘子，無奈地長歎一聲，
捏緊的拳頭又鬆了開來。

誤入白虎堂

第七章

　　高衙內自從遇見林沖的娘子之後，十分着迷，一心想弄到手，苦於沒有辦法。他手下有一個叫富安的，向他推薦了一個人，此人姓陸名謙，是太尉府的虞候，與林沖交情很好。高衙內聽了覺得奇怪，問道：「既然他和林沖交好，怎麼會倒過來幫我呢？」富安笑瞇瞇地說：「衙內有所不知，這個陸謙最是巴結長官。只要有好處，親娘也會賣，何況只是朋友？」高衙內聽了大喜，馬上把陸謙召來，三個人鬼鬼祟祟地商量了半天，定下一計。

　　再說林沖回家以後，心中不快，一連幾天懶得上街，坐在家裏生悶氣。一日，他忽聽得有人叫門，原來是陸謙。陸謙說他在家裏備了些酒菜，請林沖過去喝酒。林沖正好想找個朋友聊天，解解悶氣，就跟他去了。臨出門時，林娘子知道丈夫心情不好，怕他喝醉，反復叮嚀，要他少喝一些，早去早回。

　　兩人出門以後，走了幾步，陸謙忽然改變了

主意，說道：「既然大哥心情不好，家中喝酒太冷清，不如上酒樓，可以熱鬧些。」於是，兩人轉彎，去了街上的樊樓。

喝了八九杯酒，林沖下樓到對面小巷裏找了個僻靜處淨手。淨手之後，林沖轉出小巷，剛要回樊樓，卻見錦兒神色慌張地在街上奔，像是找人的樣子。林沖連忙叫住她，錦兒見是林沖，幾乎要哭出聲來，說道：「官人，不好了！家裏出大事了！」

原來，林沖隨陸謙出去後半個時辰左右，有人慌慌張張地來到林家，自稱是陸虞候家的鄰居，說林沖在陸家喝酒過量，突然昏厥，叫林娘子快去陸家看視。林娘子帶了錦兒來到陸家，不料上樓之後不見林沖，卻見高衙內坐在裏面。林娘子被攔在了房內，錦兒逃了出來。幸虧有個街坊看見林沖和陸謙在樊樓喝酒，告訴錦兒，錦兒這才找到林沖。

林沖聞言，大吃一驚，三步併作一步趕到陸謙家。奔到樓梯口，見樓門關着，樓上傳來爭吵的聲音，林沖大叫一聲：「娘子莫慌，我來了！」一腳踹開樓門，搶上樓去。高衙內沒想到林沖會來，不敢再糾纏，慌忙中打開窗戶，跳牆走了。林沖搶到樓上，不見高衙內，一怒之下，把陸謙家砸得粉碎。

回到家裏，林沖恨陸謙賣友求榮，拿了一把尖刀上樊樓找陸謙，陸謙早已溜了。林沖又到陸謙的家門口候了三天，陸謙只是躲在太尉府中，不敢露面。林娘子怕鬧出事來，反復勸解，林沖這才作罷。第四天，魯智深來看望林沖，見林沖心情煩悶，就每天來陪林沖喝酒。漸漸的，事情似乎也就過去了。

再說高衙內從陸謙家跳牆走後，回到府中就臥病不起，整天想着林沖娘子。陸謙、富安來探病，見衙內形容憔悴、氣息奄奄的模樣，就和府中的老都管商量起來：“要保住衙內的性命，除非殺了林沖，讓他老婆和衙內廝守在一起。我們已經有了計策，只等老都管去稟告太尉。”當晚，老都管來見高俅，把衙內的病症和陸謙、富安的計策細細地說了。高俅說：“為了得到林沖娘子，就害了林沖？——但細細想來，若憐惜了林沖，就送了我孩兒的性命。”他沉吟了一下，讓老都管把陸謙、富安叫來。陸謙、富安來到堂前，高俅說：“聽說你們有了什麼計策。你們兩個若能救了我孩兒，我自會提拔你們。”陸謙說：“恩相在上，只須如此這般……”高俅聽了，喝彩道：“好計，你們兩個明天就去辦。”

一天，林沖和魯智深在街上散步，一個身穿舊戰袍的大漢站在路邊賣刀，嘴裏自言自語地念叨着：“不遇識貨的人，埋沒了我這口祖傳寶刀。”

林沖買刀 傅伯星 畫

林沖沒在意，只顧與魯智深說話。那人跟在後面，大聲說道："偌大一個東京城，沒有一個識兵器的！"林沖聞言轉過身來，那大漢"嗖"地把刀從鞘中拔出，明晃晃地奪人眼目。林沖不由自主地被吸引住了，脫口叫道："好刀！"於是，停下來從那大漢手裏接過刀來，問他價錢。那大漢開價兩千貫，林沖說道："值是值兩千貫，只是我沒有那麼多錢。如果一千貫你肯，我就買你的。"那漢子起初不肯，後來見林沖執意不肯加價，長歎一聲："罷了，金子作生鐵賣！要不是等錢急用，出兩千貫我也不讓。"魯智深見林沖有事，就約了明天碰面，回廟裏去了。那漢子跟林沖回家，取了錢，也匆匆走了。

林沖無意間得到寶刀，十分興奮。他一個人坐在房裏，翻來覆去地看，越看越喜歡，心想：高太尉府中也有一把寶刀，輕易不肯拿出來給人看。如今我也有了好刀，慢慢和他比試。

第二天早上，林沖一起牀，又拿出寶刀來看。他正看得歡喜，忽聽得有人叫門，出去一看，是兩個穿太尉府服色的人。他們見了林沖，說道："林教頭，聽說你買了一把好刀，太尉吩咐你拿去給他看看。"林沖看這兩人很陌生，在太尉府中從來沒見到過，不免有些疑惑。那兩人解釋說他們是新來的，然後不住地催林沖快去，說太尉在府中等候。林沖沒法，換了衣服，帶上寶刀，隨他們去了。

到了太尉府的大廳前，林沖停了下來。那兩人說太尉在後堂等他，帶了他繼續往裏走。過了兩三重門，他們來到一個廳堂前，當門掛着竹簾，四周都是綠色的欄杆。那兩人說道："你在此稍等，我們進去稟報。"說完，走進大廳去了。

林沖拿着寶刀站在屋簷下，等了好久，不見他們出來，心中疑惑，稍稍掀開堂前的竹簾，探頭進去張望，卻見堂前匾上寫着四個大字——“白虎節堂”。林沖大吃一驚，白虎節堂是商議軍機大事的地方，怎麼可以無故擅入？剛想回身退出，卻聽得有人從外面進來，回頭一看，正是高俅。林沖連忙躬身行禮。

　　高俅見了林沖，臉色一沉，問道：“大膽林沖，怎敢手持兵器私闖白虎節堂？莫非是要行刺本官？”林沖聽了，驚出一身冷汗，連忙分辯，說是太尉府的兩個人喚他進來的。高俅大怒，喝道：“分明一派胡言！我府中哪有這兩個人？來人，給我拿下，送開封府問罪！”話音未落，旁邊耳房裏早衝出二十多個大漢，把林沖按倒在地，五花大

誤入白虎堂　賀友直　畫

綁，連推帶拉地將他送往了開封府。那把寶刀也封存起來，作為行刺的罪證。事後，高俅又傳話給開封府府尹，要他定林沖死罪。

開封府府尹姓滕，為人比較正直，知道此案必有內情。審訊時，林沖講述了與高衙內衝突的緣由以及帶刀入府的前後經過，滕府尹聽了，對案情的內幕也就一目了然了。他一心想開脫林沖，只是那天喚林沖入府的兩個人林沖不認識，無法指認。最後，滕府尹想了一個折衷的辦法，行刺一說，查無實據，但不該攜帶兵器，誤闖白虎節堂。據此，滕府尹判林沖重責二十軍棍，發配滄州。

高俅得知判決結果後，很不滿意，只是開封府不在他的管轄范圍之內，只好另想辦法，置林沖於死地。

大鬧野豬林

第八章

　　林沖發配滄州，押解的兩個公差名叫董超、薛霸。臨行前，林沖的岳父張教頭和眾街坊設酒為林沖送行。林沖心想：自己這次遠去滄州，吉兇未卜，走了之後，高衙內一定會來糾纏娘子，只怕娘子要遭他羞辱，不如立下休書，讓她再嫁一個好的人家，也好斷了高衙內的邪念。他把這層意思和岳父說了，張教頭聽了堅決不答應，說道：「賢婿想到哪兒去了，你走之後，我就把女兒接到家裏去住，高衙內休想走近我的家門！」林沖見岳父不肯答應，發了發狠，咬緊牙根說道：「若是岳父大人不答應小婿之請，即使以後有幸遇到大赦，小婿也決不再回東京和娘子見面！」張教頭被林沖逼得沒法，只好答應。林沖就請眾街坊作證，當場寫下休書，遞交給岳父。正在這時，林沖娘子在錦兒的攙扶下，跌跌撞撞地趕到了酒店，見丈夫立下休書，哭得昏死過去。林沖看着昏倒在地的娘子，心痛欲裂，但想到娘子的前程，還

是咬咬牙，辭別眾人，隨公差走了。

董超、薛霸把林沖暫時押在牢房裏，各自回家收拾行李。兩人正在整理包裹，卻被巷口酒店的酒保請到了酒店。只見一個穿着體面的人從懷裏拿出十兩金子放在桌上，對他倆說道：“我是高太尉的心腹陸謙，有件小事要拜託兩位。你們知道，高太尉和林沖是死對頭，今天我奉高太尉的旨意，把十兩金子送給你們，你們去滄州的路上，把林沖結果了。”董超說：“開封府的公文只是叫我們押活人去，不曾說要把他結果了，這恐怕不行。”薛霸說：董超，你怎麼這麼死腦筋，高太尉就是叫你我兩個死，也得死，不要說陸虞候還送金子給我們。你不要多說，我倆各分五兩金子，落得做個人

陸謙賄金 王家訓 畫

情。前面不遠處就有片大松林，人跡罕至，正好可結果林沖。陸虞候你儘管放心，靜候佳音吧。"薛霸收下了金子，董超想了想也將金子揣入了懷中。陸謙大喜，說道："兩位真夠爽氣。結果了林沖，一定要取下林沖臉上的金印作印證。到時候陸謙我再送兩位二十兩金子。"三人又吃了一會酒，然後出門分手。

董超、薛霸回家取了行李，從牢裏押出林沖便上路了。當時正是六月天氣，驕陽似火。林沖剛受了二十軍棍，第一天還不覺得怎樣，第二天起，棒瘡漸漸發作，身上又戴着木枷，行走十分吃力。薛霸不停地罵，還不時用水火棍責打林沖，催他快走。董超卻在一旁勸解，讓林沖慢慢走。就這樣緊一陣慢一陣，林沖一步一挨地跟着他們兩個來到了一家路邊的小客棧。

一進客棧坐定，林沖馬上解開包裹拿出銀子，叫店小二買酒菜請兩位公差吃。三杯酒下肚，薛霸和董超似乎興致好了起來，不住地給林沖添酒。林沖心頭淒苦，可謂"酒入愁腸，化作傷心淚"，他一杯接一杯地往肚子裏灌，不知不覺就醉倒了。

董超和薛霸相互使了個眼色，一個扶林沖上炕，一個去燒了一鍋滾燙的開水端進來，然後，假惺惺地說道："林教頭，你也洗洗腳吧，睡得舒服些。"林沖聽了，掙扎着想坐起來，無奈木枷在身，很不方便。薛霸便提出幫林沖洗腳，林沖把腳伸了下來。薛霸抓住林沖的雙腳就往沸水裏按，林沖燙得狂叫一聲，急忙縮起雙腳，腳面已燙得紅腫。薛霸聽林沖喊痛，嘴裏就不乾不淨地罵了起來："好心幫你洗腳，還要嫌燙嫌冷。自古以來，只有犯人侍候公人，哪有公人侍候犯人的？真是賤種，抬舉不得！"林沖哪敢還嘴，只好忍痛睡覺，由他去罵。

第二天一早，天還沒亮，薛霸就拿着水火棍，催林沖起牀趕路。董超從腰間解下一雙麻編的新草鞋，扔給林沖。林沖滿腳是泡，哪裏能穿新草鞋？他想找牀邊的那雙舊草鞋，卻早已被他們扔得不知去向，無可奈何，只好拿新草鞋穿上。

出了店門，走不到二三里，林沖腳上的泡就被新草鞋磨破，鮮血淋漓。他實在走不動了，嘴裏不停地叫喚。薛霸聽了不住聲地罵，董超在一邊打圓場，扶着林沖，一步一停地挨了四五里路。正挨不下去時，前面出現了一片森林，裏面怪藤古樹，盤根錯節，黑洞洞的，終年不見陽光。這片森林叫野豬林，是東京去滄州路上的第一個險峻處。董超看見林子，說道："走了老半天，還不到十里路。這種走法，什麼時候才能到達滄州？"薛霸也歎了一口氣，説

林沖挨燙　王家訓　畫

道：「我也走不動了，索性到林子裏歇歇去吧。」說罷，兩人架着林沖往林子走去。

到了裏面，他們找了個僻靜處靠樹坐下。坐了一會兒，薛霸和董超突然跳起來，說道：「差一點睡着，這裏又冷僻，被你走脫了可擔當不起。」說着，從腰裏解下繩子，要把林沖縛在樹上。林沖是個忠厚人，說道：「小人是個好漢，官司既然已吃了，一世也不會跑的。」薛霸說：「哪裏能信你的話，還是縛一縛，心裏定一些。」林沖說：「你們要縛就縛吧，小人又敢怎麼樣？」兩人把林沖連手帶腳和木枷緊緊地綁在樹上，又前後看看，確實綁結實了，這才狗臉一翻，衝着林沖說道：「林沖啊林沖，休怪俺毒辣，實在是你時運不濟，明年的今日就是你的周年了。」說完，提起了水火棍。

林沖聽了大吃一驚，喊道：「兩位公人，俺林沖與你們往日無冤，今日無仇，為什麼要下此毒手？」薛霸冷笑一聲：「俺與你無冤，高太尉卻與你有仇，要怨就怨高太尉去吧！」董超插話道：「實話告訴你，上路前，陸虞候已來傳達太尉的旨意，讓我們在這裏結果你。林沖，想明白些吧，在這裏是死，去滄州也是死。太尉旨意，誰敢不從？不如在這裏了結了吧，也可讓我們兄弟早日回去回話。」說話間，薛霸已舉起了水火棍，對準林沖腦袋猛砸下來。可憐林沖被繩索綁得結結實實，空有一身好武藝，此時此地，卻絲毫也施展不出。

正在這時，只聽得旁邊的一棵大松樹上炸雷似地響起一聲怒吼，一柄鐵禪杖激射而出，把薛霸手中的棍棒打飛，隨即一個胖大和尚從樹上縱身跳下。林沖一看，正是魯智深。那兩個公差嚇得魂飛魄散，再也狠不起來，只是跪在地上，一個勁地叩頭求饒。魯智深一腔怒火，哪裏肯放過他們？從地上提起鐵禪杖，舉起來要打。

林沖天性仁厚，急忙喊住魯智深，説道：「都是高俅的主意，他們

野豬林救友　戴敦邦　畫

當差的，身不由己，打死了也是白死。」

聽林沖為他們求情，魯智深這才放下禪杖，轉身拔出戒刀，把綁在林沖身上的繩索都割斷了，扶起林沖，叫道：「兄弟，得知你出事的消息，洒家急死了，又沒法救你。聽說你斷配滄州，洒家在開封府門前等你，沒有等到，卻聽人說，陸謙那狗才找過兩個公差。洒家疑心，怕他們在路上害你，所以一路跟了過來。昨天夜裏，這兩個狗頭用沸水燙你時，俺便要取他們的狗命。只是店裏人多，不便下手，想好了今天在這裏殺他們兩個賊。老天有眼，他們也選中這個地方，倒給我送上門來了。」

林沖聽了魯智深的話，十分感動，又怕一怒之下殺了公差，會給魯智深帶來麻煩，便婉言勸道：「既然師兄救了我，也就放過他們算了。」魯智深聽了，轉身對薛霸、董超喝道：「若不是看兄弟面子，俺把你們都剁成肉醬。還不快過來侍候俺兄弟！」薛霸、董超兩人在鬼門關轉了一圈，哪裏還敢嘴硬，聽魯智深這麼一說，連忙跑過來討好林沖，取下林沖身上的包袱替他背了，又一左一右攙扶着他，跟在魯智深後面，走出了野豬林。

棒打洪教頭

第九章

　　出了野豬林，魯智深怕薛霸、董超再起歹念，就跟定了他們，一路上同行同宿，寸步不離。薛霸、董超心裏暗暗叫苦，卻不敢得罪魯智深，只好收起惡念，老老實實地侍候林沖，免得魯智深發怒。

　　就這樣走了半個多月，眼看滄州就要到了。魯智深打聽清楚前面一路上都比較熱鬧，人家很多，估計林沖不會再有危險，於是，停了下來，與林沖道別。林沖拉着魯智深的手，感動得說不出話來。魯智深想安慰林沖幾句，卻也不知從何說起。兩人默默無言，揮淚而別。臨分手前，魯智深又叫住薛霸和董超，手持禪杖，指着路邊的一棵大松樹，問道："你們兩個過來看看，是你們的頭硬還是這棵松樹硬？"兩人聽出魯智深話裏有話，連忙點頭哈腰地跑過來，說道："小人的頭是父母的皮肉，包着些骨頭，哪裏能和這大松樹比？"魯智深聽了，也不說話，掄起禪杖就往松樹打去。只聽得"嘩啦啦"一聲巨響，那棵大松樹攔腰折斷，倒了下來。薛霸、董超看了，嚇得吐出了舌頭，半晌縮不進去。魯智深朝他們冷笑一聲，說道："以後若再有半點惡念，叫你們的狗頭和這松樹一樣！"說完這話，又與林沖道了聲"兄弟保重"，這才轉過身子，拖了鐵禪杖，大踏步地走了。

斷樹訓公差　王家訓 畫

經魯智深一番教訓，薛霸、董超只好老老實實地趕路，再不敢難為林沖。走不多遠，林沖忽然想起：當初在京師時，常聽人說起滄州城外柴家莊有一個"小旋風"柴進，豪俠仗義，落難的英雄好漢途經滄州時，大都得到過他的幫助。如今既然已經來到這裏，何不順路去拜訪他一下。於是，他委婉地把這層意思對兩個公差說了。薛霸、董超心想，柴進是個大財主，跟着林沖去見柴進，只有好處，沒有壞處，也就一口應允了。

三人詢問路徑，找到了柴家莊。但莊客說柴大官人打獵未歸。林沖好生掃興，只能和兩個公差再回舊路。走了半里多路，見一簇人馬朝莊上飛奔而來，中間是一位年輕男子，生得龍眉鳳眼，一身富貴人的打扮。林沖猜想他準是柴進，但又不敢問。那馬上男子問道：「帶枷的人是誰？」林沖忙躬身答道：「小人是東京禁軍教頭林沖，因為得罪了高俅，被發配到滄州。聽說柴大官人招賢納士，特來投奔。」那男子聽了，翻身下馬就拜，說道：「柴進早就聽江湖上的人說起過『豹子頭』林沖的威名，今能相見，實感榮幸。」說着，也不管林沖額刺金印身披木枷，是一個發配的犯人，熱情地拉着他的手，親自把他迎入莊內，然後，吩咐莊客在廳堂擺開酒席，為林沖接風，並請薛霸、董超也一起入座。

大家邊吃邊聊，不知不覺，已是黃昏時分。這時，外面走進來一名大漢，歪戴着一頂武士巾，挺着胸脯，神態十分傲慢。柴進告訴林沖，此人姓洪，武功很不錯。林沖猜想他是柴進聘請的武術教師，就站起身來，很有禮貌地行了參拜大禮。那大漢卻大模大樣地擺了擺手，沒有還禮。柴進指着林沖對他說：「洪教頭，這位便是八十萬禁軍教頭林沖林武師。」林沖聽了，又朝洪教頭拜了兩拜，

投奔柴進 吳大成 畫

起身給他讓座。洪教頭也不謙讓，就在林冲的上首坐了下來。

柴進見洪教頭對林冲無禮，很不高興。洪教頭察覺了，他不認為自己不對，卻怪柴進小題大做，撇了撇嘴，不屑地說道："大官人何必對一個配軍如此周到？"柴進見他當着林冲的面出言不遜，連忙說："林武師是八十萬禁軍教頭，當世英雄，豈是尋常配軍可比！"洪教頭不服氣，說道："大官人愛好武藝，來往的配軍便攀龍附鳳，自稱是什麼什麼教頭，來莊上騙些酒食吃，你哪裏可以太當真？"柴進皺了皺眉，說道："英雄落難，自古以來也是很常見的，怎麼可以因此小看了他？"

那洪教頭只是個江湖武師，沒見過大世面，卻又生來夜郎自大，心胸褊狹，見柴進一次次地幫林冲說話，掃自己的面子，不由得惱羞成怒，跳起來嚷道："你說他武藝高強，我偏不相信，有種的出來和我較量一番。"柴進見他不知趣，越說越離譜，便想叫林冲教訓教訓他，於是，大笑道："也好！也好！林武師，你意下如何？"林冲是個見過大場面的人，哪裏會和洪教頭一般見識，只是推辭，不肯應戰。洪教頭見林冲不肯應戰，以為他膽怯，越發得意了，不住地來撩撥林冲。

林冲推辭不過，只好起身應戰，但心裏卻十分為難：洪教頭是柴進的師傅，真打了他，怕柴進的面子上不好看。於是，打定主意只守不攻。

眾人來到廳堂外一塊空場上。莊客把一捆棍棒放在地上，洪教頭脫光上衣，撿起一根棍棒，對着林冲喝道："來，來，來。"柴進在一旁說："林武師，較量一下吧。"林冲說："大官人見笑了。"說着，也撿起一根棍棒，朝洪教頭拱手說道："請師父指教。"話音剛落，洪教頭早已一棒打來，林沖舉棒相迎。五六個回合下來，林沖突然退出場地，對柴進說："小人輸了。"柴進很奇怪，問道："還未怎麼較量，就輸了？"林沖說："小人身上戴着木枷，施展不出本領。"柴進哈哈大笑，忙拿出十兩銀子，對薛霸、董超說道："小可大膽，煩請兩位幫忙，替林教頭開了木枷，好讓他施展身手。"薛霸、董超銀子到手，沒有不答應的事。柴進讓林沖除了木枷，又含笑說道："這位洪教頭也是新來這裏不久，一直沒遇到過對手，林武師不必謙讓。"柴進又叫莊客取來二十兩重的一錠銀子，丟在地上，對林沖和洪教頭說："兩位教頭比武，就拿這二十兩銀子作為獎品，誰贏誰拿去。"

林沖除去了木枷，身上一陣輕鬆，又從柴進的話裏聽出了他的意思，不再有思想顧慮，於是，抖擻精神，重新上場。那邊洪教頭看了卻暗暗叫苦，上一場比試，儘管林沖只守不攻，他也已經感覺到了分量，只是自己叫戰在先，若是不打了，掙不回這個面子，若

棒打洪教頭 吳大成 畫

林沖贏了銀子，自己更丟不起這個面子。他心裏七上八下，腳底下不免有點虛，上場以後，勉強沉住氣，把棍子當胸一舉，使出個舉火燎天的進攻架勢。再看林沖，棍棒隨意一橫，依然是一個守勢。洪教頭大喜，心想，不如我先下手為強，免得被他搶了先機。於是，虛張聲勢地大喝一聲：「來，來，來！」隨即一招漫天風雨，舞出一團棍影，對着林沖兜頭罩下。林沖不慌不忙地退後一步，那棍子擦肩落下，沒有打中。洪教頭見林沖後退，以為得手，又緊逼一步，卻不料腳步已亂。林沖看得清清楚楚，用棍棒由下往上一挑，洪教頭措手不及，想要避讓，「啪」的一聲，小腿上早挨了一下，「撲」地倒在地上，手中的棍棒飛出兩丈多遠。四周圍觀的莊客都哄笑起來。

洪教頭滿面羞愧，再無話說，想掙扎着爬起，但哪裏爬得起，只能在兩名莊客的攙扶下，一瘸一拐地退出大廳，回房後，打了個包裹，悄悄地溜了。

柴進高興極了，攜住林沖的手，再入廳堂飲酒，又將那銀子遞上。林沖推託不過，只能收下。

林沖在柴家莊住了幾日，每天主人都好酒好菜招待。一天，林沖要走，柴進送林沖許多銀兩，薛霸和董超也沾光得了好處。隨後，柴進又取出兩封書信，吩咐林沖道：「滄州府尹和我交情很好，牢城裏的管營、差撥等與我也有往來。你把這兩封書信拿去，他們看了一定會照顧你的。」林沖謝過柴進，隨着兩個公差投滄州府去了。

火燒草料場

第十章

　　林沖一行人來到滄州牢城。由於有柴進的面子，又送了銀兩，一開始，管營和差撥等都還待林沖不錯。按照宋代規矩，新到的犯人要打一百殺威棒，差撥教林沖說自己有病，管營裝模作樣地盤問幾句，就給他免了，並安排他看管天王堂。看管天王堂是牢城裏第一等的好差使，每天只要按時燒燒香掃掃地就可以了。

　　林沖隨差撥來到天王堂，又拿出二三兩銀子給差撥，差撥拿了銀子，十分高興，連林沖身上的木枷也給他除掉了。就這樣，林沖每天燒香掃地，生活雖然艱苦，卻總算輕鬆自在。

　　一天，林沖在營外散步，忽聽得有人叫他，回頭一看，是早先熟識的酒保李小二。這李小二在東京時，曾因一念之差，偷了店主的東西，店主要把他送官問罪，幸虧林沖出面打圓場，幫他賠了錢財，才算把事情私了了。事後，李小二在東京無法安身，林沖又送他銀兩，讓他外出投親。想不到兩人今天會在滄州相遇。李小二告訴林沖，當年他離開東京之後，投親不遇，輾轉來到滄州，在一家酒店當伙計。店主見他做事勤奮，招他做了女婿。如今岳父、岳母都已去世，酒店就由他們夫婦經營。林沖見李小二有了安定的生活，很為他高興。李小二請林沖去他家坐，林沖隨他去了。

到了酒店，李小二叫妻子出來拜見恩人。夫妻倆聽林沖說起發配滄州的前後經過，都憤憤不平。他們誠懇地邀請林沖經常來他們的小酒店喝酒，並要林沖把換下的衣服都拿到他們那兒去，由他們來漿洗縫補。當日，他們留林沖在酒店吃飯，飯後，送林沖回營。此後，李小二便常常到營裏去請林沖。有時，林沖不去，他們還把酒菜送到營裏。林沖感念他們的真誠，知道他們小本經營不容易，也時常送些銀兩給他們做本錢。

一天，林沖又去李小二家。一進店門，就聽李小二叫他："恩人快來，我正有事要來找你。"林沖問他什麼事，他又不言語了。等林沖到裏面坐定，他才悄悄說道："剛才有兩個東京來的人，在這裏請管營和差撥喝酒。我看他們舉動可疑，就在後面偷聽。他們說話時交頭接耳的，聽不清楚。只聽到差撥嘴裏漏出'高太尉'三個字。酒後，那兩人拿出一包金銀遞給管營和差撥。那差撥接過金銀時，又說了一句'都在我兩個身上，好歹要結果了他'。我放心不下，怕此事與恩人有關，所以，想過來告訴恩人。"林沖連忙問那兩個人的長相，李小二描述了一番。林沖聽後得知其中一人正是陸謙，大怒道："這賤賊，還敢到滄州來害我！若是給我撞見，非殺了他不可！"說完，抬腿就往外走。李小二想勸，哪裏勸得住他。

　　一出店門，林沖就去街上買了一把鋒利的尖刀，前街後巷到處找，一心要殺陸謙報仇雪恨。但一連四五天，林沖都沒找到仇人的蹤跡。

　　到第六天，管營把林沖叫去，笑嘻嘻地說道："你來的時候，柴大官人說過要我們照顧你，一直沒有機會。現在我想出了一個辦法，東門外十五里有一個大軍草料場，原來是一個老兵在那兒看管，平時就整理整理草料，遇到有人來取草料時，可以問他們要一些常規錢。我讓你去替換他，也讓你賺點兒零花錢。"說完，就叫林沖回去整理行李，隨差撥一起去辦移交手續。林沖覺得這好處來得有點兒蹊蹺，心裏有些疑慮，但還是答應了。他去辭別了小二夫妻，然後提了行李，還特意帶上了尖刀和花槍，隨差撥一起去了。

　　那正是嚴冬天氣，烏雲密佈，寒風凜冽。不多久，天下起了大雪。林沖和差撥兩人來到草料場。草料場四周有一些黃土牆，中間兩扇大門；推開大門，兩邊有七八間草屋算是倉庫，場地上堆滿了草料，中間有兩間草廳，是看管人的住處。兩人走進草廳，那老兵正在烤火。差撥把替換的事情說了，老兵就拿出鑰匙，帶了林沖清點草料，臨末，又指着牆上的一個大酒葫蘆對林沖說："這個葫蘆就留給你了，要喝酒時，出門往東走二三里，就有酒店。"

　　老兵和差撥走了之後，林沖一個人坐在牀邊烤火。草廳年久失修，四邊都壞了，被大風吹得搖搖晃晃的。林沖烤了一會兒火，仍覺得不暖和，心想，不如去打點兒酒來暖暖身子。於是，用花槍挑着酒葫蘆，出門往東走去。

　　雪越下越大，林沖頂着寒風，一步一步往前走。走了約半里多路，看見一座古舊的山神廟，林沖心裏默默地念叨着：神明保佑，改日來燒紙錢。又往前走了一陣，見幾間草房，像是酒店的樣子。林沖推門進去，店家一看他的酒葫蘆，認出是草料場老兵的，就熱情地過來招呼他："是草料場新來的看守大哥吧？快請坐。天氣寒冷，且酌三杯，權當接風。"說完，切了一盤熟牛肉，燙了一壺酒，請林沖吃。林沖喝了幾杯，身上暖和多了，自己又打了一葫蘆酒，買了兩大塊牛肉，謝過酒家，告辭走了。

雪夜打酒　吳山明　畫

這時天色已晚，雪下得更大了，四周白茫茫的，路都看不清楚。林沖冒着風雪，急急忙忙回到草料場。他推開大門，往裏一看，卻驚呆了。原來，那草廳禁不住大雪的重壓，塌了下來。林沖連忙放下手中的花槍與酒葫蘆，搬開一面倒塌的牆，鑽到裏面，火盆裏的火已被雪水浸滅。他又摸到牀上，只拽到一條被子。鑽出草廳後，天已經完全黑了，林沖看着茫茫的大雪發呆，心想，這麼冷的天，露天怎麼過？不如先到那廟裏住上一宿，等明天天亮了再說。於是，他捲起被子，用花槍挑了酒葫蘆，往山神廟而去。

到了廟裏，林沖先找一塊大石頭頂住廟門，不讓風吹進來，然後，把被子在地上鋪開，一半墊在身下，一半蓋在身上。廟裏沒有火，很冷。林沖取出剛買回來的酒和牛肉，坐在被子上吃了起來。吃到一半，忽聽得外邊"必必剝剝"地爆響，他忙站起來，從牆縫裏往外看，只見草料場那邊火光沖天。林沖大吃一驚，只道是火盆裏的火苗死灰復燃，引起了大火。他剛想開門去救火，卻聽得有人往這邊過來，邊走邊說話。林沖一下子警覺

火燒草料場 賀友直 畫

起來，伏在門旁邊聽。

　　那三個人來到廟前，想要進門，推了推，沒推開，就停在廟前說話。一個說：「這條計怎麼樣？」一個應道：「多虧管營、差撥兩位用心。回京稟過太尉，保你們兩位做大官。」又一個道：「張教頭那廝，三番五次託人去說，就是不肯應承，弄得小衙內的相思病越來越重，我們臉上也都沒光。」前一個接口道：「小人爬進牆裏，四下草堆上點了十來個火把，林沖哪裏還走得了？」一個笑道：「即使逃得了性命，燒了大軍草料場，也是個死罪。」林沖聽出這三個人一個是差撥，另兩個就是太尉府裏的陸謙和富安。心想：怪不得平白無故地給我這份美差，原來設下了這條毒計，要不是天降大雪，壓倒了草廳，我現在豈不是活活被燒死在裏面了？想到這裏，林沖再也按捺不住滿腔怒火，輕輕地把石頭移到旁邊，右手挺着花槍，左手一把拉開廟門，大喝一聲：「惡賊，哪裏走！」

　　那三人回頭看時，只見林沖一臉殺氣，站在古廟的門洞裏，地上的雪光倒射在他身上，更顯得神情憤怒可怖，就像地獄裏出來的煞神。三人嚇得魂飛魄散，陸謙虧心事做得最多，最心虛，早已兩腿發軟，跪倒在地。差撥和富安返身想走，被林沖大步趕上，一槍一個，結果了性命。陸謙見林沖追殺差撥和富安，便掙扎着爬起，想趁機開溜。林沖轉身看見，冷笑一聲：「奸賊，你還想走嗎？」趕上去抓住他的後背，一把提起，丟翻在雪地上，又當胸一腳踩住。心想，就這樣殺他未免太便宜了這個狗賊。於是，林沖把槍插在地上，從懷裏掏出那把尖刀，擱在陸謙的臉上，喝道：「陸謙，我與你無冤無仇，為什麼要這樣害我？」

　　陸謙連連求饒道：「大哥明鑒，實在不干小弟的事。太尉吩

怒殺陸謙 吳山明 畫

呔，不敢不來。"林沖大怒，罵道："你還有臉稱我大哥？我和你自幼相交，你卻為了巴結太尉，一次次害我。像你這種無情無義之徒，留在世上何用？我今天要開你的膛，看看你的狼心狗肺究竟是什麼顏色！"說罷，扯開他胸前的衣服，一刀捅下……

林沖收起刀，看看地上的屍體，除了富安外，另外兩個都曾經是他的朋友，卻秉承了高俅的旨意，合了伙來暗算他，如今，自己雖然僥倖逃得性命，卻也從此有家難回，再不可能和娘子相聚。想到這裏，他心頭怒火又燃燒起來，提起花槍，在三個人的屍體上猛扎一番，割下三個人的頭顱，把頭髮結在一起，提進廟去，放在山神面前的供桌上，悲憤地說道："山神啊山神，多謝你讓我躲避風雪，逃過了今夜的劫難。我林沖從此海角天涯，再不能來此拜祭於你。這三個畜生的頭顱就放在這裏，權作供品。"說完，朝山神拜了三拜。

拜祭完畢，林沖站起身來，把葫蘆裏的酒一口氣喝完，然後，提起花槍，大步跨出廟門，頭也不回地走了。

雪夜上梁山

第十一章

　　林沖連殺三人，在滄州再也無法安身，便去投奔柴進。柴進幫助他化裝出關，脫離虎口；又寫了一封信，介紹他去梁山泊入伙。梁山泊在山東濟州，方圓八百餘里，中間是宛子城、蓼兒窪，有三個好漢在那兒紮寨，為首的叫"白衣秀士"王倫，第二個叫"摸着天"杜遷，第三個叫"雲裏金剛"宋萬。當初王倫和杜遷落難時，柴進曾幫助過他們，彼此之間常有書信往來。

　　林沖拿了柴進的書信，接連趕了十幾天的路，終於來到濟州附近。時值隆冬，天又飄起了大雪，不多久，便滿地如銀。林沖踏着雪只管趕路，不覺有點兒疲乏，天色又漸漸晚了，見前面大湖邊上有一個酒家，心想，不如先進去暖暖身子，再詢問上山的途徑。於是，他進去叫了些酒菜。三杯酒下肚，林沖不由滿腹煩惱：想當初自己在京城當教頭時，生活何其逍遙自在！如今被高俅這廝陷害，弄得有家難回，有國難投。想到這裏，他不覺悲憤難平，問酒保要了筆硯，趁着酒興，在牆上題了八句詩：

> 仗義是林沖，為人最樸忠。
>
> 江湖馳譽望，京國顯英雄。
>
> 身世悲浮梗，功名類轉蓬。
>
> 他年若得志，威震泰山東！

這時，忽然有一個穿皮襖的漢子走來把他一把揪住，說道："你好大膽！官府懸賞三千貫捉你，卻撞在我手上！"林沖大吃一驚，說道："你真的要拿我請賞？"一邊說，一邊暗暗戒備，準備出手。那漢子卻笑了："我拿你做什麼？且跟我來，到裏面說話。"說完，鬆開手，把林沖帶到後面一個水亭裏。原來此人姓朱名貴，人稱"旱地忽律"，是梁山泊首領王倫手下的一名頭目，負責山寨與外界的聯絡。林沖把來意說明，並拿出柴進的推薦信。朱貴便留林沖在酒店住下，安排他明天上山。

第二天一早，朱貴叫林沖起身，用過早飯。這時，天還沒有亮。朱貴把水亭的窗戶打開，取出弓箭，對準湖心的蘆葦叢射了一箭。林沖奇怪地問："這是什麼意思？"朱貴告訴他這是山寨裏的號箭，表示有人要進山。果然，不一會兒，蘆葦叢裏搖出一艘快船，來到水亭下。

朱貴和林沖坐船來到對岸，然後下船登山，過了三道關隘，才到達大寨。只見四面高山，三關雄偉，團團圍定。中間鏡面似的一片平地，大約方三五百丈。靠近山口，是山寨的正門，兩邊是耳房。

林沖跟着朱貴進了山寨，來到聚義廳，見中間虎皮交椅上坐着

雪夜上梁山 戴敦邦 畫

一個人，正是王倫，左右兩把交椅，分別坐著杜遷和宋萬。朱貴把林沖請求入伙的事說了，林沖又從懷裏取出柴進的書信呈上。王倫看了柴進的書信，也不言語，肚子裏卻打起了小算盤：自己是個不及第的秀才，杜遷和宋萬的本事也有限；那林沖卻是八十萬禁軍教頭，武藝高強，倘若讓他入伙，只怕日後控制不了，倒不如給一些銀子把他打發掉，免得留下後患。

想到這裏，王倫乾笑一聲，吩咐小嘍羅擺上酒宴，東拉西扯地說些閒話，絕口不提入伙之事。喝完酒，他叫嘍羅用一個盤子托出五十兩白銀，朝林沖拱了拱手，說道：「柴大官人舉薦教頭來敝寨入伙，只是敝寨糧食短缺，勢力單薄，恐怕誤了教頭的前程。略有一些薄禮，望乞笑納，另尋大寨安身歇馬，請勿見怪。」林沖聽了十分意外，說道：「林沖誠心投奔入伙，不為銀兩而來，乞頭領照察。若能收錄，實為平生之幸。」那王倫卻一味推委，不肯應允。

朱貴看不過去，插進來勸道：「哥哥在上，莫怪小弟多言。這位教頭是個有本事的人，他來入伙，必能為山寨出力。再說，柴大官人自來對山寨有恩，不納此人，柴大官人處沒法交代。」杜遷、宋萬也主張收留林沖，說道：「柴大官人面上，留他在這裏做一個頭領也好。不然，顯得我們不講義氣，讓江湖上的好漢見笑。」

王倫見眾人都主張收留林沖，心裏不悅，卻不便太固執，改口道：「兄弟們有所不知，雖說林沖在滄州闖下大禍，但他是個當過禁軍教頭的人，只怕他不甘心落草，日後會有翻悔。」林沖道：「小人一身死罪，故而來山寨入伙，哪裏還能翻悔？」王倫說：「既然如此，三天之內，你交一個投名狀來。倘若沒有投名狀，莫怪我不能留你。」林沖一聽便說：「這有何難？我馬上就寫。」說罷，叫嘍囉拿筆。朱貴在一旁笑道：「教頭，你錯了。所謂‘投名狀’，是要你下山去殺一個人，將人頭獻上，以表示自絕後路，真心落草。」林沖這才知道王倫是有意刁難，心裏悶悶不樂。

次日凌晨，林沖拿了朴刀，叫嘍囉領着下山過湖，找一條僻靜的小路，等候客人過往。隆冬季節，行人稀少，等了一天，一個人也沒有，林沖只好回山。到第二天，林沖仍然沒等到過往的行人。回山寨時，王倫看着他冷笑道：「我說過給你三天期限，如今兩天已過。若是明天再沒有投名狀，便請挪步下山，不必再見了。」林沖心中憤怒，無奈虎落平陽，龍困淺池，只好由他去說。

第三天一早，林沖又提了朴刀，去路邊守候。看看已是中午，仍沒有一個人來，林沖仰天長歎道：「想不到我林沖淪落到這等地步，想做個強盜也不成！」正打算回山拿行李離開，

林沖鬥楊志 李儒光 畫

嘍囉在一旁叫道：“好了，好了，那不是有人來了！”林沖一看，果然有一個漢子挑着行李從山坡下往這裏過來。林沖第一次剪徑，沒有經驗，人還未到面前，就大喝一聲跳了出來。那漢子見了林沖，叫一聲“啊呀”，扔下擔子，拔腿就跑。林沖只搶到一擔行李，氣得連連跺腳。他擔心沒有人頭王倫仍然會刁難，就叫嘍囉先把擔子挑上山去，自己繼續等候。

嘍囉走後沒多久，卻見一個大漢手提朴刀，從山坡下大步趕來，一邊尋一邊罵：“殺不盡的強盜，把我行李拿到哪裏去了？洒家正要來捉你們這些賊，倒敢來捋虎須！”林沖見他來勢兇猛，喝一聲“來得正好”！跳出去與他相鬥。

兩人連鬥三十多個回合，不分勝負。那漢子焦躁起來，大聲喊道：“快把行李還我！”林沖正沒好氣，哪裏答應，怒睜豹眼，倒豎虎須，提着朴刀，只顧與他搏鬥。兩人你來我往，又鬥了十多個回合。正打得激烈，卻聽得有人叫道：“兩位好漢不要鬥了！”林沖聞言，收刀跳出圈外，抬頭一看，山頂上站着王倫和杜遷、宋萬及許多嘍囉。王倫等走下山來，對兩人說道：“兩位真是好武藝，棋逢對手，將遇良才！”然後，詢問那大漢姓名。那大漢也很直率，坦言相告：姓楊名志，人稱“青面獸”，宋初名將楊老令公的子孫；早年應過武舉，曾任殿司制使之職，只因為奉旨去太湖押運花石綱，途經黃河時翻了船，無法回京交旨，流落在外，如今遇到大赦，準備了一些財物，想回京城樞密院打點，再謀一個職務。王倫聽了大喜，說道："原來是楊制使，小可數年前到東京應舉時便聞制使大名，今日幸會。請到山寨喝三杯水酒，然後便納還行李，如何？"楊志沒法，只好隨他們上山。

飲酒時，王倫心想：若留林沖，實在沒一個人制得住他，不如做個人情，留下楊志，讓他與林沖作對。於是，他舉杯說道："楊制使，可否聽兄弟一言？當今朝廷，昏君無道，高俅專權。像兄弟這樣有本事的，他哪裏容得下你？不如聽我勸，就在小寨歇馬，大秤分金銀，大碗吃酒肉。"楊志謝過王倫，說道："洒家有個親眷在東京，前番官司連累了他，一直未曾酬謝。所以我想去他那裏走一趟，望眾頭領還了洒家行李。若不肯還，我便空手去了。"王倫見楊志執意不從，只得作罷。第二天，眾頭領設酒宴為楊志送行，叫小嘍羅挑了行李，一齊把楊志送到山下。

經過此事，王倫沒有理由再拒絕林沖，就答應他入伙，坐了第四把交椅。

楊志賣刀

第十二章

　　楊志離開梁山泊，來到東京。他託人上下打點，花了不少錢，好不容易才找到門路，提交了請求復職的申請文書，被引去見高太尉。不料那高俅卻因失落花石綱的事對楊志十分記恨，把文書只草草翻一遍，也不問緣由，就瞪起三角眼，拍案罵道：「你失落了花石綱，還潛逃在外，我找了你幾年沒找到。雖然大赦天下，像你這種人，不能再用！」說完，把楊志趕出了殿帥府。

　　楊志回到旅店，悶悶不樂，原指望憑自己一身武藝，真刀真槍地博一個功名，不至於玷污祖上一門忠烈的美譽，想不到高俅如此刻薄，絲毫不肯饒人。如今求職不成，想另謀出路，但盤纏都已經花光。他想來想去，只有一把祖傳的寶刀，從來沒離過身，沒奈何，只好拿出去賣了，弄些盤纏，改投他處安身。

　　楊志提起寶刀，插上賣刀的草標，到附近的馬行街等待買主。但楊志站了半天，也沒人問津。於是，他又往前走，來到天漢州橋熱鬧處。楊志剛立定，卻聽得人羣一陣騷亂，有人嚷着：

"快躲，快躲，大蟲來了！"大蟲就是老虎。楊志覺得奇怪，繁華的京城裏怎麼會有大蟲？他正驚疑不定，只見遠處一個黑凜凜的大漢，吃得半醉，一步一顛地往橋邊走來，所到之處，人羣潮水似地往兩邊退去，真個像避毒蟲猛獸一般。原來，此人是京城裏有名的地痞，人稱"沒毛大蟲"牛二，專在街上撒潑行兇，接連鬧出幾椿官司，開封府也治不了他。所以，滿城的人見了他，都避得遠遠的，惟恐被他纏上。

那天，牛二剛喝了些酒，見滿街的人都躲，只有楊志一個人站着不動，就存心纏上了楊志。他搖搖晃晃地來到楊志面前，一伸手就把楊志的寶刀拔了出來，問道："喂，你這刀要賣多少錢？"楊志要價三千貫。牛二喝道："什麼鳥刀？要這麼貴！我三十文買一把，也照樣切肉切

寶刀剁銅錢 陳谷長 畫

豆腐。"楊志説："這不是普通的白鐵刀，是寶刀。"牛二説："怎麼的叫做寶刀？"楊志耐着性子解釋道："第一，能砍銅剁鐵；第二，吹毛就斷；第三，殺人刀上沒血。"牛二聽了不信，問道："你敢剁銅錢嗎？"楊志説："你拿銅錢來。"説話間，旁邊已圍上了一些看熱鬧的人。

楊志賣刀　戴敦邦　畫

牛二去州橋下香椒舖裏討了二十文錢，一疊兒放在州橋欄杆上，對楊志叫道："你假若剁得開，我給你三千貫。"楊志捲起衣袖，對準銅錢，一刀剁下，銅錢分成了兩半。圍觀的人看了，紛紛喝彩。牛二朝眾人瞪了一眼，罵道："喝什麼鳥彩！你且説第二件是什麼？"楊志説："吹毛就斷，若把幾根頭髮往刀口上一吹，齊齊的都斷了。"牛二哪裏肯信，從頭上拔下一把頭髮遞給楊志，要他當場試驗。楊志接過頭髮，使勁一吹，那一根根頭髮都齊嶄嶄地斷成了兩截，紛紛飄下地來。眾人又大聲喝彩，圍觀的人更多了。

　　牛二本無意買刀，只是借了酒興消遣楊志，見前面兩樁事情都沒能難倒他，便要他試第三件事情，殺一個人，看看刀上究竟有沒有血。楊志皺了皺眉頭，說道："京城裏頭，怎麼可以隨便殺人？你若不信，牽一條狗來，我殺給你看。"牛二見楊志為難，便得意起來，撒潑說："你說的是殺人，不是殺狗！"楊志知道他無賴，也懶得理他，退後一步，說道："你不買就算了，老纏着我做什麼？"牛二說道："你把刀給我看看。"楊志說："你沒完沒了地纏我，以為我是好惹的？"牛二說："你敢殺我？"楊志說："我和你今日無冤，往日無仇，殺你幹什麼？"牛二以為楊志怕他，立刻上前一把揪住楊志說："我偏要買你這口刀。"楊志說："你要買刀，拿錢來。"牛二說："我沒錢。"楊志說："你沒錢，揪住我幹什麼？"牛二說："我要你這口刀。"楊志說："我不給你。"牛二說："你是男子漢，就一刀殺了我。"楊志被他纏得心頭火起，順手一推，把牛二推倒在地上。

　　那牛二潑皮成性，你不推他，他還要來纏你，何況跌了一跤？他爬起身來，一頭鑽入楊志懷裏。楊志一邊退，一邊朝眾人叫道："街坊鄰居作證，俺楊志沒有盤纏，賣這口刀。他強奪我的刀，還要打人。"眾人都怕牛二，誰敢來勸。牛二見楊志退讓，更得勢了，喝道："你說我打人，打死了你又怎麼樣！"說罷，揮拳打來。楊志本來就心情煩躁，見牛二胡攪蠻纏，一而再再而三地來撩撥他，不由得動了真怒，避過拳頭，一刀朝牛二喉頭上刺去，牛二「撲」地倒在地上。楊志又趕上去，在他胸脯上連搠兩刀，頓時血流滿地，牛二當場斃命。

楊志殺死牛二，街上一片混亂。楊志收起刀，朝眾人拱了拱手，說道：「各位莫慌，好漢做事好漢當，人是我殺的，決不連累大家，只求各位隨我去官府作個見證就是了。」於是，眾人陪楊志去開封府自首。府尹聽眾人講述了事情經過，知道錯在牛二，也就沒有難為楊志。不過，這畢竟是人命大案，於是，府尹派人押了楊志和眾人去現場驗了屍，然後釋放了眾人，把楊志押入死囚房候審。

楊志入獄之後，牢房裏的押牢禁子、節級聽說楊志殺的是牛二，都打心底裏佩服，一改以往的陋習，沒問他要錢，反而對

怒殺牛二　陳谷長　畫

他十分照顧。街上眾人平時常受牛二騷擾，見楊志殺了牛二，為地方上除去一大害，自然人心大快，自發地募集銀兩，為楊志上下打點，並為他送飯。官府見人心都明顯地偏向楊志一方，那牛二又是光棍一條，沒家眷告狀，樂得順應民心，大事化小，小事化了，最終把楊志定為"鬥毆誤傷人命"，判杖責二十，發配北京大名府留守司充軍。那口寶刀，則被沒收入庫了。

臨行那天，天漢州橋附近的幾個大戶又募集了一些銀兩，把楊志和兩位押解的公差請到酒店裏，為楊志餞行，感謝他為民除害。酒席間，眾人先拿出一部分銀兩打發兩位公差，請他們路上關照楊志，兩位公差一口答應。其餘的錢，他們都留給了楊志作盤纏。楊志見眾人如此重情誼、講義氣，十分感動。他謝過眾人，回旅店收拾好行李，隨公差上路去了。

大名府比武

第十三章

北京大名府留守梁中書，名世傑，當朝太師蔡京的女婿，上馬管軍，下馬管民，集軍政大權於一身，很有權勢。當日是二月初九，留守陞廳，兩位公差押楊志到留守司廳前，呈上開封府公文。當初在東京時，梁中書認得楊志，兩人見面，問起情由，楊志便把前因後果一一說了。梁中書是個有野心的人，正在網羅人才。楊志落難，發配北京，正好為他所用。於是，他當場就命人為楊志開了木枷，留楊志在廳前當差。

過了不久，梁中書見楊志辦事認真，有心想重用他，又怕眾人不服，於是，心生一計，傳令眾將，來日到東郭門校場演習武藝。

第二天一早，梁中書來到校場，左右兩旁齊刷刷地排了兩行官員。指揮使、團練使、

正制使、統領使、牙將、校尉、正牌軍、副牌軍等上百名將校，各自率領本部人馬，按陣勢排開，旌旗飛舞，戰馬嘶鳴，煞是壯觀。正將台上站着兩個都監：一個是"李天王"李成，一個是"聞大刀"聞達。兩人都有萬夫不當之勇，統領着前後五軍。

梁中書進場入座，將台上令旗一招，頓時金鼓齊鳴，前後五軍齊聲歡呼，猶如山崩海嘯一般。不多時，令旗又一捲，歡呼聲停息下來。五路人馬分為兩軍對壘，校場中一片靜寂，只等梁中書的演習命令。

梁中書滿意地點了點頭，傳令副牌軍周謹出陣演武。周謹得令，提槍上馬，在演武廳前，左盤右旋，右盤左旋，將手中的槍使了幾路。眾人齊聲喝彩，梁中書卻沉吟不語，又傳下令去，叫楊志出場。他對楊志說道："楊志，你原本是殿司制使，犯罪來到此地。當今正是國家用人之際，若能贏得周謹，便由你充任他的職務。"楊志得令上馬，來到陣前。

周謹知道梁中書有意抬舉楊志，心中惱怒，卻把惡氣出在楊志身上，喝道："你這個賊配軍，也敢與我交戰！"楊志聽到"配軍"兩字，心頭火起，牙齒咬得"咯咯"響。兵馬都監聞達見兩人一臉殺氣，擔心鬧出事情來，便稟過梁中書，命令兩人拔去槍尖，用氈片包在槍頭上，再蘸了石灰，比試以後，按身上白點的多少，判別輸贏。

兩人依言拔去槍尖，重新上陣。你來我往，殺作一團。鞍上人鬥人，鞍下馬鬥馬。四五十個回合下來，看周謹，身上猶如打翻了豆腐，斑斑點點，約有三五十處；再看楊志，只有左肩胛下一點白。梁中書大喜，把周謹訓斥一頓，着令由楊志取代周謹的職務。

李成在一旁聽了不服，上廳稟告梁中書道：「周謹疏於槍法，長於弓箭。若能讓兩人再比一次弓箭，可讓眾將口服心服。」梁中書答應了，傳令兩人比箭。

比箭結果，周謹又輸了。梁中書滿心歡喜，把楊志大大誇獎了一番，當即命軍政司呈上文案，讓楊志取代周謹的職務。

楊志喜氣洋洋，下了馬，上演武廳謝恩。不料，階下轉出一個人來，身高七尺，一臉絡腮胡子，威風凜凜，一邊走，一邊嚷：「休要謝恩，我來與你比個高低！」梁中書抬頭一看，不是別人，正是周謹的師傅，大名府留守司正牌軍索超，為人心急如火，行軍打仗，處處爭先，人稱「急先鋒」。梁中書正要答話，李成也上來了，稟告道：「相公，楊志是殿司制使，周謹自然不是對手。正好與索正牌比試，便見優劣。」梁中書心想：我要抬舉楊志，眾將不服，乾脆叫他贏了索超，讓他們沒有話說。於是，他一口答應，讓

大名府比武　曾毅　畫

索超下去備馬，又留下楊志，叮囑一番，並把自己的好馬借給了楊志，一心想讓楊志壓倒索超。李成卻另有一番心思，陪索超下去時，吩咐索超道：「你不比周謹，若有什麼疏失，讓他把大名府的軍官都看輕了，千萬小心在意，不可折了銳氣。」說完，也把自己的好馬借給了索超。

　　兩將下去準備，梁中書把銀交椅移到了月台前，等着看他們比試。不多一會兒，兩人裝束停當。三通鼓響，左邊陣內衝出索超，手提金蘸斧，威風凜凜；右邊陣內衝出楊志，手持混鐵槍，氣宇軒昂。眾將看了，都暗暗喝彩。這時，旗牌官手持令旗騎馬上來，喝道：「奉相公旨意，兩將俱各用心，不得有誤。獲勝者，重重有賞！」說完，令旗一招，兩人縱馬出陣，各賭平生本事。一來一往，一去一回，四條臂膊縱橫，八隻馬蹄繚亂。月台上的梁中書看得目瞪口呆，正將台上，李成和聞達一疊聲叫好。兩邊的眾將士也

急先鋒爭功　曾毅　畫

都面面相覷，尋思道：「我們從軍多年，也曾出征過好幾回，幾時見過這樣的搏殺？」

楊志和索超大戰五十多個回合，不分勝負。兩人越戰越勇，越打越激烈。聞達看了暗暗心驚，惟恐兩個好漢中傷了一個，連忙傳令鳴金收兵。楊志和索超正在興頭上，哪裏肯回馬？這時，旗牌官也奔了過來，大聲喊道：「兩位住手，相公有令！」兩人這才收了手中的兵器，勒馬各回本陣。

李成、聞達走下將台，稟告梁中書道：「楊志和索超不分勝負，兩人武藝高強，都可以重用。」梁中書大喜，傳令軍政司將兩人都提陞為管軍提轄使，並各賞一錠白銀和一副衣料。然後，梁中書在演武場擺開了酒宴為兩人慶賀。眾人直喝到紅日西沉，才散席回府。

索超回府後，自有一班弟兄請去飲酒祝賀。楊志新來，未有相識，仍然隨梁中書回府，早晚殷勤伺候。

光陰迅速，不知不覺春盡夏來，已到了端午節。六月十五日，是蔡京的生日，梁中書早已備下了價值十萬貫錢的金銀珠寶作為壽禮。去年，梁中書曾送了數萬貫的厚禮，但半路上被強盜搶了，至今沒有下落。這會兒，他和妻子蔡氏在後堂飲酒，慶賀端午。梁中書正為派誰護送這份壽禮發愁。蔡氏說：「那個東京來的楊志不是很有本事，又是你的心腹，派他去，想必不會誤事。」梁中書聽了大喜，忙喚楊志上廳，要他押運生辰綱，又派了蔡氏的奶公謝都管和兩個虞候與他同行。楊志受命後，忙去做準備工作。

七星聚義

第十四章

楊志押運生辰綱，前途如何，暫且不表。

且說山東濟州鄆城縣有兩個都頭：馬兵都頭朱仝，身長八尺四五，一部虎須髯，面如重棗，目如朗星，似關雲長模樣，人稱"美髯公"，一身好武藝；步兵都頭雷橫，身長七尺五寸，紫棠色面皮，一部圈扇鬍鬚，膂力過人，能越過二三丈闊澗，人稱"插翅虎"，也是武藝出眾。

一天晚上，朱仝、雷橫按知縣時文彬吩咐，各帶了二十多名鄉兵出城外巡邏。朱仝走西門，雷橫走東門。雷橫繞村巡察後，來到東溪村附近的靈官廟時，見廟門未關，裏面隱隱傳出打鼾的聲音，不由得警覺起來。他推門進去，只見一個大漢，赤條條地躺在供桌上，頭下枕了一團破衣服。雷橫疑心他是賊，大喝一聲，二十來個鄉兵一擁而上，不由分說，把

87

那大漢從供桌上拖起，結結實實地綁了起來。走出廟門，看看天色尚是五更時分，肚子卻有點飢了，雷橫便帶了弟兄們上東溪村保正晁蓋家去吃早點。

晁蓋，人稱"托塔天王"，是當地的富戶，武藝高強，平生仗義疏財，專愛結交天下好漢，在江湖上很有名望。雷橫等一行來到莊上，晁蓋自然熱情款待。閒聊時，雷橫說起在廟裏捉到一個大漢，晁蓋心裏一動，問清那大漢現在正吊在門房間裏，便找個借口走了出去。

晁蓋拿了個燈籠，到門房間一看，那漢子被高高吊在梁上，一身黑肉，赤着一雙腳，再走近看，紫黑臉膛，鬢邊一塊朱砂記，上面生一片黑黃毛。那大漢見了晁蓋就大聲叫屈："小人來此地尋

劉唐鬥雷橫　袁輝 逢俊 畫

人，不曾做賊，憑什麼抓我？"晁蓋問他找誰，他說要找晁保正。晁蓋笑了，問道："你找晁保正何事？"那漢子說道："晁保正是天下聞名的義士好漢，有一筆不義之財我要告訴他，因此而來。"晁蓋說他自己就是晁保正，然後，教了他一套說辭，稍後找機會救他。

晁蓋回到後堂，雷橫等已經吃得差不多了，見晁蓋進來便起身告辭，晁蓋送他們出莊。鄉兵從門房裏解下那大漢，反背縛着帶到門外。那大漢一見晁蓋就大叫起來："阿舅救我！"晁蓋假裝十分吃驚，仔細打量一番，說道："這不是王小三麼？怎麼會在這裏？"眾人都覺得意外。晁蓋說道："這是我外甥，四歲時隨家姐夫、家姐去南京住，十幾歲回來過一次，以後再不曾見面。要不是他鬢邊的朱砂記，幾乎認不出他了。"說完，又對那大漢喝道："小三，既然回鄉，為何不來找我，卻在村裏做賊？"那大漢叫屈道："阿舅，我不曾做賊。只因為路上多喝了幾碗酒，不敢來見阿舅，想在廟裏睡一覺再來。誰知他們不問情由，把我抓來。"晁蓋佯怒道："還要抵賴，你不做賊，雷都頭怎會抓你？"說罷，奪過鄉兵手中的棍棒，劈頭就打。

雷橫等連忙拉住，勸道："保正息怒，令甥確實沒有做賊。只是因為他行跡可疑，才把他拿住。早知是保正的令甥，也不抓他了。"說完，就解開繩子，把他放了。晁蓋連連道謝，取出十兩銀子，送給雷橫等人。

雷橫走後，晁蓋把那漢子請到後堂。那漢子告訴晁蓋，他叫劉唐，人稱"赤髮鬼"，因得知北京大名府留守梁中書搜刮了十萬貫珍奇的珠寶和古玩，要送往東京給他的岳父蔡京祝壽，所以，特來告訴晁蓋，請他領頭打劫。劉唐說道：「不義之財，取之無罪，哥哥是個真男子，小弟不才，也學了一些武藝，哪怕千軍萬馬，有一條槍，也不懼怕他們！」晁蓋聽了，心想，打劫生辰綱非同小可，須好好謀劃，於是，他先讓莊客引劉唐去客房休息。

劉唐來到客房，想起那雷橫平白無故地把自己吊了一夜，還從晁蓋哥哥那兒詐去十兩銀子，越想越生氣，就獨自走到外面，從兵器架上拿了一條朴刀，出莊去追雷橫。這時天色已明，他趕了五六里路，遠遠望見雷橫等人，就奔了上去，大喝一聲：「那都頭不要走，還我銀子！」

雷橫吃了一驚，回過頭來，見是劉唐，說道：「你這廝趕來做什麼？銀子是你阿舅送的。若不是你阿舅面子，直結果了你這廝性命，還敢問我要銀子？」劉唐大怒道：「我來和你見個輸贏！」舉起朴刀直奔雷橫。雷橫呵呵大笑，挺起手中朴刀來迎劉唐。兩人就在大路上廝殺起來。

兩人正打得激烈，卻聽得旁邊有人喊道：「且住，我有話說！」兩人停下來看，說話的是一個秀才。雷橫認得，此人是當地有名的「智多星」，姓吳名用，表字學究，道號加亮先生。雷橫把事情對他說了，吳用聽了暗暗好笑：我和晁蓋自幼相交，從未見過這個外甥，想來事情必有蹊蹺。想到這裏，吳用就對劉唐說道：「你阿舅和都頭是好朋友，他送人情給都頭，你卻來討，豈不是壞了你阿舅的面子。」劉唐爭辯道：「秀才，你不知道，那銀子是他詐取的，若不還我，誓不回去！」雷橫說道：「保正來取，我自然給他，你這廝來拿，就是不給！」兩個人一句來一句去，又要動手。吳用怎麼勸也勸不住。

正在這時，有人喊道："保正來了！"大家回頭，只見晁蓋披着衣服，扣子都沒扣上，氣喘吁吁地從大路上趕來。吳用笑道："來得正好，這個外甥，只有阿舅來勸了。"晁蓋奔到面前，假意把劉唐痛罵一頓，又向雷橫賠了不是，才總算把事情擺平。

雷橫帶着鄉兵走後，吳用隨晁蓋、劉唐一起回莊。到了莊上，晁蓋把事情真相一五一十告訴了吳用，請他一起拿主意。吳用認為這件事人多了不行，人少了也不行，最好是七八個靠得住又精明強幹的人一起幹，方能成事。晁蓋就請他推薦。吳用沉吟片刻，說出三個人來。這三人姓阮，是三兄弟，在濟州梁山泊邊石碣村居住，平時打魚為生，有時也做些私貨買賣，一個叫"立地太歲"阮小二，一個叫"短命二郎"阮小五，一個叫"活閻羅"阮小七。這三兄弟水中工夫都十分了得，為人最講義氣。吳用曾在石碣村住過，與阮家三兄弟很有交情。晁蓋聽了大喜，連忙叫吳用去請。

第二天晌午，吳用來到石碣村，逕投阮小二家。阮小二見吳用來訪，十分高興，就把阮小五和阮小七叫來，一起喝酒。飲酒時，三人問起吳用的來意。吳用推說有人託他到這兒買魚，要十多條十四五斤重的金色鯉魚。三兄弟聽了連連搖頭，說道："若是以前，再多一些我們弟兄也包辦得了。如今不行，便要重十斤的也難得。"吳用假裝不解，問道："你們這裏有這麼大的湖泊，怎會沒了大魚？"阮小二歎了口氣，說道："大魚都在梁山泊，如今泊子裏來了一伙強人，搶劫過往客人，我們已經有一年多沒到那兒去打魚了。"吳用道："有這種事情？官府怎麼不來捉拿他們？"阮小五冷笑道："不要提什麼官府，太平時節，隔三差五地來村裏要捐要稅。自從有了強人，卻再不敢下鄉，連影子都不見了。"阮小二說道：「這樣也好，雖然打不到大魚，卻也免了許多捐稅差役。」阮小七接口說道：「那些強人，不怕天，不怕地，大秤分金銀，大碗喝酒，大塊吃肉，我們兄弟三人空有一身本事，怎樣學得他們過一日也好！」

吳用見談話漸漸入港，便把話題轉到晁蓋身上，問道：「東溪村晁保正你們認不認識？」阮小七道：「莫不是'托塔天王'晁蓋？聽說是個仗義疏財的好男子。只是緣分淺薄，不曾相會。」吳用就把晁蓋想邀請他們入伙一起打劫生辰綱的事與他們說了。三兄弟聽了，一口答應。那阮小七更是高興得跳了起來，嚷道：「一世指望，今日還了心願！正搔著我們痒處！」

第二天一早，吳用引阮氏三兄弟到晁家莊與晁蓋、劉唐見面。晁蓋見了阮氏三兄弟，十分歡喜，忙叫莊客烹羊宰牛，款待他們。六位好漢來到後堂分賓主坐下，大家邊飲酒邊商議，一直說到半夜。

第二天天亮，後堂供桌上擺滿了金錢紙馬、香花燈燭和煮熟的豬羊。六個好漢跪在桌前，對天起誓道：「梁中書搜刮民脂民膏，送生辰綱給蔡京祝壽。我們六人共取這筆不義之財，如果誰存有私心，蒼天有眼，定叫他天誅地滅。」大家宣誓完畢，一起燒化了紙錢。

然後，眾人坐下喝酒。正在這時，忽聽得外面隱隱有吵鬧聲，一個莊客進來報告說有個雲遊的道士要見保正。晁蓋頭也不回，說道：「一定是化緣的，給他三五升米，打發他走吧。」那莊客說道：「小人也是這麼想，給了他米，他卻不要，自稱是一清道人，說有要事求見保正。」晁蓋不耐煩了，說道：「你今天怎麼也不懂事了？我有貴客在此，哪有時間去見化緣的道士？他若嫌少，多給幾斗就是了，別椿椿事情都來擾我！"

那莊客唯唯諾諾地出去了。過不多久，外面吵得更兇了。又一

说三阮入伙　戴敦邦　畫

名莊客飛奔進來報道："那道士發怒，把十來個莊客都打倒了。"晁蓋大吃一驚，忙趕出去看。只見那道人身高八尺，道貌堂堂，正在莊門外毆打眾莊客，一邊打，一邊說："不識好人！不識好人！"晁蓋見了，連忙叫道："先生息怒！他們已經給了你糧米，為何還如此生氣？"那道人呵呵大笑道："貧道不為酒食錢糧而來，在我眼裏十萬貫如同糞土。"晁蓋聽得他話裏有話，忙賠禮道："小可是晁蓋。先生請，到莊裏用茶如何？"那道人也不多說，還了個禮，便隨同晁蓋進莊。吳用等人見道人進來，自到一邊回避了。

晁蓋把道人請入後堂飲茶，問起道人來歷。那道人自我介紹道："貧道公孫勝，道號'一清'，自幼喜歡武藝，後來又學得一家道術，能呼風喚雨，騰雲駕霧，故而江湖上都稱貧道為'入雲龍'。久聞晁保正大名，無緣不曾拜識。今有十萬貫金銀珠寶，專程送與保正，作進見之禮。未知義士肯納受否？"晁蓋大笑道："先生所言，莫非是生辰綱麼？"公孫勝大驚，問道："保正何以知之？"晁蓋就把劉唐報訊等前後經過告訴公孫勝，然後請吳用等人出來和公孫勝見了面。眾人說："今日七條好漢聚義，就像北斗七星相聚，決非偶然。保正哥哥年長，請正面坐。"晁蓋再三推辭，最後還是坐了第一把椅子，吳用、公孫勝、劉唐、阮氏三兄弟依次坐下。

晁蓋讓莊客重新擺開酒席，眾人共商大事。

說起生辰綱的行走路線，公孫勝道："這件事不必打探了，貧道已經知道，他們走黃泥岡大路。"晁蓋道："黃泥岡東面的安樂村有一個好漢，叫'白日鼠'白勝，曾來投奔過我。"吳用拍掌笑道："正好！正好！這個白勝家就是我們安身之處。另外還有一件要緊事須白勝去做。"晁蓋望着吳用道："聽先生之言，似已有妙計在胸了？"吳用點了點頭，不緊不慢地說出一條計策，眾人聽了，都情不自禁地拍案叫好。

智取生辰綱

第十五章

不說晁蓋等人在黃泥岡佈下羅網，且說楊志領了梁中書的旨意，押運生辰綱。

古時候，成幫結隊地運送貨物叫做"綱"，梁中書送給蔡京的禮物是生日賀禮，所以就稱"生辰綱"。為了遮人耳目，楊志把金銀珠寶分作十一擔，挑選十一名壯健的兵丁扮作腳夫。自己打扮成客商，挎一口腰刀，提一條朴刀，讓謝都管也扮作客商，兩個虞候做他的伴當，各拿一條朴刀。

一行十五人裝束停當，順着大路往東京進發。此時正是五月半，天氣酷熱，所以，剛離開北京時，都是五更天起程趕路，中午休息。六七天之後，進入了人跡稀少的山區。楊志改變了作息時間，要大家太陽出來起身，太陽落山休息。那十

一個兵丁挑着重擔，在烈日下行走，都叫苦不迭。楊志擔心貨物的安全，不許他們中途休息，若有人停下，便大聲斥罵，有時，還用藤條鞭打。兩個虞候雖然只背了些包裹行李，也都累得氣喘吁吁，落在後面。楊志看了，連他們兩人也埋怨上了。

那兩個虞候哪裏肯服楊志，休息時，便到謝都管那兒訴苦。謝都管聽了很不高興，只是臨走前梁中書叮囑過他，一路上要聽從楊志安排，同時，也知道十萬貫生辰綱非同小可，所以，心裏雖不快，嘴上卻勸兩個虞候忍耐一些。

第二天清早，眾人起來，想要趁早趕路。楊志喝道：「哪裏去？都給我躺下！」兵丁們不服，楊志又拿起藤條要打。眾人只好重新躺下，直到太陽出來之後才動身。

這樣走了十四五天，惹得人人都怨恨楊志。

六月初四那天，一清早火辣辣的太陽就掛在半空，眾人吃過早飯後上路了。那天的路都是崎嶇的山間小路，兵丁們走了二十多里，都累得受不了了。楊志因地勢險惡，更不肯讓他們休息了，只是拿着鞭子，前面後面地趕。兵丁們被逼着又走了十多里路。看看日色當午，路上的石頭都發燙了。楊志吆喝着說：「趕過前面的岡子去，再作道理！」兵丁們無奈，只好挑着擔子，一步一步地挨上岡去。到了岡上，只見前面一片松樹林。兵丁們猶如枯魚見水，搶着奔到林中，倒地躺下，再不肯起來。楊志連連叫苦：「這是什麼地方，你們在這裏乘涼？快快起來趕路！」兵丁們異口同聲地說道：「真的不行了，你就是打死我們，我們也走不動了。」楊志心頭惱怒，舉起鞭子就打，打得這個起來了，那個又睡倒了。楊志無可奈何。

這時謝都管説話了："提轄，也難怪他們，真的是太熱了，就歇歇吧。"楊志説道："都管，你不知道，這裏是黃泥岡，出了名的強盜窩，誰敢在這裏歇腳？"兩個虞候不服，冷笑着説："這話聽過好幾遍了，別老是拿強盜嚇唬人。"謝都管勸解道："稍許休息休息，過了中午馬上就走，怎麼樣？"楊志不肯。謝都管也來氣了，"哼"了一聲，説道："我在這兒坐坐，你去趕他們走吧！"

楊志不理謝都管，提了鞭子去趕兵丁們。兵丁們不走，楊志就劈頭劈腦地抽打，兵丁們怨聲不絕。謝都管看了忍不住了，喝道："楊提轄，且住！你只是一個配軍，相公憐惜你，抬舉你做了個提轄。草芥子大小的官，就這般逞能。不要説我是相公家的都管，就是村莊裏的一個普通老人，你也應該給我一個面子，聽聽我的勸。如今，你一味地毒打眾人，究竟算什麼意思？"楊志道："都管，你是城裏人，生活在相府，哪裏知道行路的艱難。"謝都管説："四川、兩廣也都去過，不曾見你這般賣弄的。"

楊志剛要回話，卻見對面樹叢裏有一個人在探頭探腦地張望。楊志道："你看，這不是壞人來了？"説完，提起朴刀，就往那邊趕去。趕到裏邊，只見林子深處一字兒排着七輛江州車兒，七個人在那兒躺着乘涼。那七個人一見楊志，都驚叫一聲，跳了起來。楊志喝道："你們是什麼人？"那七個人道："你是什麼人？"楊志又問："你們不是壞人？"那七個人説："你不要瞎問，我們是小本經營，哪有錢給你？"楊志聽了哭笑不得，説道："誰問你們要錢了！且説你們從哪裏來？"那七個人答道："我們是濠州人，販棗子到東京去。聽説這一帶不太平，所以白天趕路。怎奈天氣實在太熱，只能到林子裏來歇歇腳。剛才聽得外邊有動靜，怕是壞人，所以讓一位兄弟出來看看。"楊志聽了，心中一塊石頭落地，寒暄幾句之後，轉身回到自己歇腳的地方。

謝都管見楊志回來，說道："既然有賊，我們就走吧。"楊志擺了擺手，說道："還好，是幾個販棗子的濠州客商。"謝都管笑道："若真像你說的那麼可怕，那些客商不都早就沒命了？"楊志不想過分得罪謝都管，息事寧人地說道："算了，算了，沒事就好，你們先歇一歇，等涼快一點再走。"兵丁們都笑了。楊志自己也把朴刀插在地上，找了一棵樹，靠着乘涼。

不多久，岡下傳來一陣粗獷的歌聲：

赤日炎炎似火燒，野田禾稻半枯焦。

農夫心內如湯煮，公子王孫把扇搖。

相逢黃泥岡 袁輝 逄俊 畫

只見一個漢子挑着兩桶酒，從岡下上來，一邊走，一邊唱，走到岡上，也進林子休息。

兵丁們又渴又累，聞到酒香，不覺嘴饞起來。那漢子卻說不能賣，要挑到前面村子裏去。兵丁們好說歹說，那漢子才答應五貫錢賣給他們一桶。兵丁們紛紛湊錢。正在這時，楊志走了過來，喝道："你們好大膽，也不問我一聲，就胡亂買酒喝！"兵丁們不服，也粗着嗓門說："我們自己湊錢，關你什麼事？"楊志說："你們知道什麼，江湖上的酒是可以隨便喝的麼？多少好漢在這條道上被蒙汗藥麻翻，丟了錢財，喪了性命！"那漢子在一旁聽了冷笑道："你這客官好沒道理，又不是我要賣酒給你們喝！"

兩人正在爭執，對面松林裏的販棗客人提着朴刀趕了出來，見狀說道："還以為來了壞人，原來是賣酒的。算了，算了，和氣生財，說上兩句也不要緊。他們不要，就賣給我們吧。"那漢子卻不依，嚷嚷着說："不賣！不賣！酒裏有蒙汗藥，喝不得！"販棗客人不高興了，說道："你這漢子也太沒道理了，我們又不曾說你什麼。你挑到前面村子裏是賣，在這裏也是賣。何必為了一句話這麼認真！"那漢子道："不是我認真，我本來就沒打算在這裏賣，所以，也沒有碗瓢給你們舀酒。"販棗客人說道："那沒關係，我們有瓢。"說着，有兩個人去車上取出兩隻椰瓢，一個還捧了一大捧棗子來。七個人就站在那兒，一邊喝酒，一邊吃棗子。不一會兒，一桶酒被他們喝得乾乾淨淨。

付帳時，那漢子說五貫錢一桶。販棗客人說道："貴是貴了點，就依你，只是再饒我們一瓢。"那漢子不肯。販棗客人一個付錢，一個徑自走過去，把另一桶酒打開，舀了一瓢就喝。那漢子趕過去搶，那客人拿了瓢往林子裏逃。另一個客人又走過去舀了一瓢，那漢子看見，搶過來劈手奪住，往桶裏一倒，蓋上蓋子，罵道：「你們這些客人，好不君子相，做出這種事情來！」一邊說，一邊收拾擔子要走。

兵丁們在旁邊的林子裏看得心癢難搔，都可憐巴巴地看着謝都管。謝都管自己也渴得受不了，就勸楊志讓他們買酒。楊志心想，販棗客人喝了一桶，另一桶也已經打開來喝過，想必不會有問題，就答應了。兵丁們拿了錢過去，那漢子卻不肯賣。販棗客人在一旁打圓場，一個攔着那漢子勸，另一個把酒桶遞給兵丁們。兵丁們打開桶蓋，卻沒有瓢舀酒，便賠笑着和販棗客人商量。販棗客人爽快

下蒙汗藥 袁輝 逢俊 畫

智取生辰綱　周峰　畫

地把兩個瓢借給他們，還送了他們許多棗子。兵丁們先舀兩瓢給謝都管和楊志，楊志不肯喝。謝都管喝了一瓢，兩個虞候也各喝一瓢。然後，兵丁們一擁而上，那桶酒頓時底朝天。楊志見眾人喝了無事，終於也熬不住了，拿起先前給他的那一瓢酒，喝了幾口。那漢子收了錢，挑了空桶，依然唱着山歌，下岡去了。

那七個販棗客人站在松樹旁邊，笑嘻嘻地看着楊志等人，拍手叫道：「倒了！倒了！」只見這十五個人頭重腳輕，一個個面面相覷，都軟倒了。那七個客人從林子裏推出七輛江州車兒，把車上的棗子全都倒在地上，將十一擔金銀珠寶裝進車子，遮蓋好，說一聲「打擾」，穩穩當當地推着車走了。

原來，這七個販棗客不是別人，正是晁蓋、吳用、公孫勝、劉唐和阮氏三雄。剛才那個賣酒的漢子就是「白日鼠」白勝。上山時，兩桶酒都是好酒。七個人先吃了一桶，劉唐又在另一桶裏搶半瓢喝，故意給楊志他們看，消除疑心。吳用再去桶裏舀時，瓢裏面已經有了蒙汗藥。白勝從吳用手中搶過瓢，把瓢裏的酒倒回酒桶，好酒就變成了藥酒。吳用的計謀絲絲入扣，沒有半點破綻，楊志江湖經驗再老到，也不能不中計。

楊志酒喝得少，第一個醒來，看看天色，已是黃昏時分，強盜早已遠去，哪裏還追趕得上；再看看其餘十四個人，一個個口角流涎，一動都不能動。楊志自知丟失生辰綱責任重大，回去難以向梁中書交代，於是，長歎一聲，提了刀，一個人下岡去了。

楊志走了一夜，看看天色已亮，來到了一個酒店。那酒店是林沖的徒弟——「操刀鬼」曹正開的。曹正早年在東京時，聽說過楊志的威名，這會聽楊志説失落生辰綱、想尋個山寨安身的事，便告

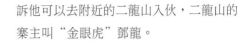

訴他可以去附近的二龍山入伙，二龍山的寨主叫"金眼虎"鄧龍。

第二天，楊志便去二龍山，在山腳下，卻意外地結識了魯智深。原來，魯智深大鬧野豬林，兩個公差暗害林沖的陰謀未能得逞，回去後報告高俅。高俅大怒，派人去大相國寺捉拿魯智深。幸虧潑皮們得到消息，及時通報，魯智深才得以逃脫。途經孟州十字坡時，魯智深遇到了"菜園子"張青和"母夜叉"孫二娘夫婦，打聽到二龍山可以安身，所以來此投奔，不料鄧龍是個小雞肚腸，不肯收留他。聽魯智深這麼一說，楊志自然打消了投靠鄧龍的念頭，兩人一起回到了曹正的酒店。

第二天，曹正想了個妙計，和楊志、魯智深一起去二龍山，殺死了鄧龍。曹正仍回山下酒店，魯智深和楊志則留在山上，做了山寨之主。因為魯智深的背上刺有花紋，所以他的外號"花和尚"很快就在江湖上傳開了。

火併王倫

第十六章

　　梁中書得到生辰綱被劫的消息，十分惱火，一面移文濟州府，要求協助捉拿打劫的強盜，一面寫書信到東京，把事情經過稟告岳父蔡京。蔡京得知此事，馬上派遣心腹專程趕到濟州，限令濟州府府尹十日內破案，否則，不僅要摘掉他的烏紗帽，而且要把他發配到沙門島去。

　　那府尹看了蔡京的信，頭大如斗，氣鼓鼓地招來負責此案的緝捕觀察使何濤，滿腹怨氣一股腦兒發泄在他身上，罵道："我從進士出身，混到今天的位置，容易的麼？若破不了案，我丟官之前，必先把你這廝發配到遠惡軍州，雁飛不到之處，方解我心頭之恨！"說完，命人在何濤臉上刺下"迭配……州"字樣，留着州名，如果破不了案，就給他填寫上去。

　　何濤官司壓在身上，不敢有絲毫怠慢，帶了手下，四處查訪。俗話說"沒有不透風的牆"，晁蓋等人雖然事情做得隱秘，但畢竟都是當地人，多少留下些蛛絲馬跡，正好被何濤的弟弟何清察覺。何濤根據何清提供的線索，先捕獲了白勝，從他家裏起出贓物，然後，拿了緊急公文，連夜帶公差去鄆城捉拿晁蓋。

何濤趕到鄆城已是第二天上午。早衙剛退，衙門前靜悄悄的。何濤雖是上級官員，但在鄆城地面，要地方上的人配合，禮數不能不周全。於是，他先到衙門對面的茶館坐下，打聽值日押司的姓名，以便請託他幫忙。

當天的值日押司宋江，表字公明，是一個大有名頭的人物，長得面黑身矮，人稱"黑宋江"。家居鄆城縣宋家村，母親已經去世，父親還健在。宋江在家排行第三，對父親十分孝順，鄉里人都稱他"孝義黑三郎"。弟弟"鐵扇子"宋清，與父親宋太公一起，在村中務農。宋江雖然在衙門為吏，卻喜歡舞槍弄棒，結交江湖好漢，而且為人十分慷慨，常常施捨錢財，周濟貧苦鄉鄰，朋友有了

急難，他更是傾囊相助。所以，在山東、河北一帶俠名遠揚，人人都尊稱他為"及時雨"。

當日，宋江被何濤請入茶館。何濤把案情細細說了一遍，請他幫忙。宋江聽了大吃一驚，原來，他與晁蓋交情很深，心想：此案非同小可，晁蓋一旦被捕，必定性命不保，我不救他，無人能救。心裏緊張，臉上卻不動聲色，對何濤說道："晁蓋這廝是地方上一害，我早就想除掉他了。只是知縣大人辦理了一早晨的事務，現在正在休息。觀察稍待片刻，等大人坐衙時，小吏馬上來請。"臨走，宋江再三叮囑何濤："此事關係重大，千萬不要對他人提起！"何濤只當宋江是真心幫忙，十分感激。

宋江走出茶館，吩咐手下親信留在那兒穩住何濤，自己騎馬去東溪村報信。晁蓋和吳用、公孫勝、劉唐正在後園葡萄樹下喝酒，見宋江捨命跑來報信，萬分感激。宋江囑咐晁蓋道："哥哥保重，

宋江報信　周峰　畫

快快離開此地，兄弟走了。"宋江來到莊前，和晁蓋等人作別，上馬飛也似地趕回茶館，引何濤去見知縣時文彬。

　　知縣接到何濤帶來的公文，大吃一驚：這是太師府壓下來的緊急公事，須馬上派人去辦。宋江擔心晁蓋等來不及逃走，故意搖了搖頭，說道："白天去抓，只怕走漏風聲，被賊人逃脫。依小人之見，還是晚上去比較穩妥。"知縣聽了，覺得有理，於是，命令縣

教訓何濤　王家訓　畫

尉及兩個都頭朱仝、雷橫等做好準備，天一黑，就去東溪村抓人。

當天晚上，朱仝、雷橫跟着縣尉，點起一百多個人馬，隨何濤一起直撲東溪村晁家莊。到了那裏，已經是一更天氣。朱仝和晁蓋要好，故意叫雷橫去攻打前門，自己去堵後門，好找機會放晁蓋。雷橫心想：那晁蓋與我交情不薄，我何苦做惡人？也有意要放晁蓋，於是，帶了本部人馬，還未到前門，便點亮火把，吶喊起來，存心要讓晁蓋聽見，好趕快出逃。

再說晁蓋上午接到宋江送來的消息，本想馬上就走，無奈那十萬貫生辰綱運起來頗費時間。官兵到來時，吳用和劉唐先一步把生辰綱運到了石碣村，和阮氏三雄相會，晁蓋和公孫勝卻還留在莊裏做掃尾工作，未來得及離開。聽得前門亂哄哄的，晁蓋知道是官兵來了，命令莊客四處點火，擾亂視線，然後與公孫勝一起，帶了眾莊客，打開後門衝殺出去。

朱仝守在後門，看見晁蓋等人衝出，大喊一聲：“晁蓋休走，朱仝在此等候多時了！”嘴裏叫得兇，腳下卻讓出一條路來，直到晁蓋等人衝過去了，才大呼小叫地跟在後面追趕。夜色裏追了約半里多路，鄉兵們都甩在了後面，這時，朱仝悄悄招呼晁蓋：“保正聽好了，千萬莫投別處，只有梁山泊可以安身。”晁蓋知道朱仝有意放他，十分感激。

正在這時，後面又有腳步聲趕來，原來是雷橫到了。朱仝不知雷橫心思，怕他真的去抓晁蓋，連忙轉過身子，對雷橫說道：“有三個強盜往東邊小路走了，快去追趕！”雷橫心裏暗笑，卻不說破，順着朱仝所指的方向走了。朱仝又假意追趕一陣，然後，故意失足，滾倒在路邊溝裏，大聲哼哼，等後面的鄉兵上來扶他。

就這樣，亂哄哄地鬧了一夜，卻一個要犯也沒拿住。何濤獨自叫苦，只好抓了幾個來不及逃走的莊客，帶回濟州府拷問。到了濟州府，那幾個莊客挨不過打，招出了晁蓋等人的去向。知府命令何濤馬上帶五百官兵去石碣村追捕。

不料，何濤這一去恰恰應了一句老話："天堂有路你不走，地獄無門自來投。"那石碣村就在梁山泊旁邊，港汊曲折，蘆葦叢生，非晁家莊可比。五百官兵到了那裏，七轉八彎，沒了方向，被阮氏兄弟施展水下工夫，殺了個片甲不留，何濤本人也被生擒活捉。幸虧眾好漢不打算要他的性命，割掉他的兩隻耳朵，放了回來，直把知府嚇了個目瞪口呆。

晁蓋等人殺退追兵，帶眾莊客及石碣村的部分漁民，上山投奔王倫。王倫聽說有眾多好漢來投奔山寨，就領着林沖、杜遷、宋萬等頭領出來迎接。雙方行過禮後，王倫就在聚義廳設宴招待眾人。酒席間，晁蓋心直口快，把黃泥岡智取生辰綱、石碣村妙計捉何濤等事情原原本本都說了出來。王倫聽了，不由暗暗吃驚，心想：這七人好大的本領，要是讓他們上山，我這個寨主位置如何坐得住？想到這裏，剛才還掛在臉上的笑容忽然不見了，只說一些客套話，再不提入伙之事。吳用心細，王倫的這些變化，他都悄悄看在眼裏。

酒後，回到客舍，晁蓋十分高興，以為有了理想的落腳處，對王倫心存感激。吳用卻在一邊嘿嘿冷笑，說道："大哥，不要太樂觀。依我看，那王倫並不見得肯收留我們。他剛見我們，還顯得親熱，可一聽大哥說起劫生辰綱等事，他的臉色就變了。再說，他若真心留我們在山寨，在宴會上就該排定大哥和我們的座次，可他卻閉口不談。我發現林沖直瞪着眼睛瞅着王倫，心中有些不平之氣。讓我來想個辦法，利用林沖來殺了王倫。這樣，我們才可以在此安身。"晁蓋聽了，頻頻點頭。

第二天一早，林沖果然來訪。林沖説他十分佩服晁蓋等人，有意和他們結交，共圖大業。談話間，吳用故意提到王倫。林沖冷冷地説道："王倫此人心術不正，妒賢嫉能，很難相處。"並對晁蓋他們講述了自己當初上山的經歷。吳用聽了故作驚訝道："真想不到王頭領如此心胸狹隘！看來，明天我們還是早早辭別下山吧。"林沖哪裏答應，説道："不瞞諸位，俺就是擔心你們要走，今晚才來此地。入伙之事，那王倫答應便罷，若不答

火併王倫　賀友直　畫

111

應，俺林沖自有主張！"説完，一拱手就走了。吳用知道林沖已有火併王倫之意，心中暗喜。

第二天上午，王倫請晁蓋等去山南水寨亭赴宴。吳用料定今日宴會必有變故，吩咐眾人隨身帶好暗器，看他手摸鬍鬚，即刻動手。到水寨亭，眾人分賓主坐定。王倫及杜遷、宋萬、林沖、朱貴坐左邊主座，晁蓋等七位好漢坐右邊客座。飲酒間，晁蓋多次提起聚義之事，王倫都用閒話扯開。吳用看看林沖，只見林沖斜靠在交椅上，沉着臉，憤怒地瞅着王倫。

大家邊喝邊聊，不覺已是午後。忽然，王倫一招手，叫一個嘍羅捧出五錠大銀，對晁蓋他們説："山寨糧少房稀，容納不了許多人，請你們另尋大寨安身。這些薄禮，萬望笑納。"晁蓋等人早有準備，王倫話音剛落，晁蓋就彬彬有禮地站起身子，謝絕了王倫的饋贈，準備下山。王倫沒想到事情會這麼順利，心裏暗喜，口頭上卻客氣地一定要他們收下銀子，並請他們多坐一會兒。晁蓋他們只是不肯。

看到這種情景，林沖再也按捺不住，雙眉豎起，怒目圓睜，衝着王倫大聲喝道："當初我上山時，你也推説糧少房稀，百般刁難。如今，晁兄與眾豪傑來此，你又是這麼説，究竟安的是什麼心？"吳用假意勸解道："林兄息怒，不要為我們壞了你們兄弟的情分。"林沖冷笑一聲，説道："什麼兄弟？他其實是個假君子真小人，我今天非要他説個明白不可！"王倫被林沖當眾揭破假面具，氣得暴跳如雷。林沖一腔怨氣壓抑多時，今天在吳用的挑動下爆發出來，一發而不可收。他一腳踢翻桌子，從衣襟下抽出一把明晃晃的匕首。吳用見火候已到，就用手把鬍鬚一摸，晁蓋等人會意，假裝勸架，圍了上去，嘴裏卻不住聲地喊道：「不要火併！不要火併！」

眾嘍囉嚇得目瞪口呆，杜遷、宋萬、朱貴見林沖動了刀子，大驚失色，想要上去拉。阮氏三雄假裝勸架，把他們都攔了回去。王倫見勢頭不好，轉身想走，卻被晁蓋、劉唐堵住，哪裏還走得了？說時遲，那時快，只見林沖一把抓住王倫，罵道：「你這個妒賢嫉能的賊！有你在此，梁山泊何時才能興旺發達？量你沒有雄才大略，也做不得山寨之主！」說完，手起刀落，結果了王倫的性命。晁蓋等見林沖殺了王倫，各自握刀在手。杜遷、宋萬等頭領見大勢已去，紛紛跪下投降。吳用就血泊裏拉過頭把交椅，按林沖坐下，叫道：「今日扶林教頭為山寨之主，如有不服，以王倫為例！」

林沖哪裏肯依，站起來說道：「我今日火併王倫，只為山寨大業，若坐了第一把交椅，豈不讓天下英雄恥笑？」推讓再三，最終決定由晁蓋為山寨之主，以下是吳用、公孫勝、林沖、劉唐、阮氏三雄以及杜遷、宋萬、朱貴等，共十一位好漢。

宋江殺惜

第十七章

晁蓋等十一位好漢在山寨坐定，不久，他們又把白勝從濟州大牢救了出來，這樣共有十二條好漢。從此，水泊梁山氣象一新，聲威大振。一日，晁蓋對吳用說：「當日在晁家莊被官府追捕，全靠宋押司、朱都頭等仗義救援，才有今天，此恩不可不報。」吳用點頭稱是。於是，吳用派遣劉唐下山，向宋江等報信謝恩。沒想到劉唐這一去，卻給宋江惹來了一場官司，幾遭殺身大禍。

原來，宋江新近娶了一個小妾，姓閻，叫婆惜。那婆惜原是東京人，跟着父母閻公、閻婆來山東投親，親戚沒找到，就流落到了鄆城。不久，閻公染病死了。宋江見母女倆無依無靠，就出資買了一口棺材，葬了閻公，又拿出銀兩接濟她倆生活。閻婆見宋江出手大方，身邊又沒妻室，就串通媒婆，撮合成這頭親事。宋江買了一所樓房，安頓了婆惜娘兒倆。可婆惜生性十分風流，又正當妙齡，對宋江沒有什麼感情。宋江又素來不好女色，再加上整天忙於公務，隔三差五才去婆惜那兒一次。一天，宋江帶了同僚張文遠去婆惜那兒喝酒。那張文遠外號"小張三"，長得風流俊俏，吹拉彈唱，樣樣都會。飲酒間，婆惜不斷地朝張文遠拋媚眼。張文遠是個浪子，婆惜的意思怎會不懂？此後，他便假託尋宋江，常去走動。時間久了，消息傳到宋江耳朵裏。宋江雖然不高興，卻也並不十分在意，心想：那婆惜本來

私通張文遠 賀友直 畫

就對我無意，又不是明媒正娶，以後不理睬她就是了。

　　宋江不去閻家，婆惜求之不得，正好日日與張文遠廝混。老娘閻婆卻不樂意了，所謂"小娘愛俏，老娘愛鈔"，那張文遠人雖然俊俏，卻沒有錢。所以，閻婆不斷地去找宋江，希望宋江能與婆惜言歸於好。宋江只是躲着她，不肯再去蹚這場混水。

　　當日，劉唐急匆匆趕到鄆城縣，找到宋江，兩人上酒店飲酒。

劉唐拿出晁蓋的書信和一百兩黃金，再三拜謝宋江的救命之恩。宋江痛恨貪官，但對晁蓋等人上梁山反朝廷，卻不太贊同。所以，他只收下晁蓋的書信，看了看，放在腰間的公文袋裏；至於那一百兩黃金，只是禮節性地取了一條，約莫二三兩重，其餘的，說什麼也不肯拿。劉唐是個爽快人，見宋江不肯拿，也就算了。

送走劉唐，宋江回自己住處。這時，天色已晚，宋江邊走邊想晁蓋的事，忽聽得後面有人叫他，回頭一看，正是閻婆。他想躲已經來不及，只好硬着頭皮跟她打招呼。閻婆要宋江上她家去，宋江推說公事忙，不肯去。閻婆便絮絮叨叨地說什麼有人造

酒醒三更　黃全昌　畫

謠，破壞宋江和她女兒的關係，她女兒盼宋江盼得望眼欲穿等等。宋江知道她滿嘴鬼話，哪裏會信，只是在大街上被她纏着不好看，只好勉強答應去走一遭。

到了閻家，那婆惜一心戀着張三，聽説宋江來了，心裏不樂意，便躲在房裏不出來。閻婆怕宋江生氣，賠着笑説：「那賤人天天盼押司，氣苦了，押司千萬讓她一點。」一邊説，一邊拉宋江上樓。到了樓上，婆惜側身朝牆躺着，對宋江不理不睬。閻婆好説歹説，總算把婆惜從牀上拉起，陪宋江喝了兩杯酒。宋江坐着沒趣，想走又有閻婆攔着，走不了，只好一杯接一杯地喝悶酒，不覺有點兒醉了。閻婆安排宋江上牀，自己下樓安息。

約莫三更左右，宋江酒醒，看看婆惜，依舊臉朝牆和衣躺着，半點溫存都沒有，心頭更氣。勉強挨到五更，他便起牀，擦把臉走了。

走到街上，宋江遇見賣湯的王老頭，要了一碗湯喝。喝完湯，他突然記起當初曾經許諾施捨王老頭一具壽材，一直忘了給他，心想，昨天受了晁蓋的一條金子，正好送給王老頭，讓他做壽材錢。想到這裏，他便順手到腰間去摸公文袋，不料，那公文袋卻不在身上。原來，剛才出來得匆忙，把腰帶連同隨身攜帶的公文袋、解衣刀等都忘在婆惜的牀上了。宋江這一驚非同小可，幾兩金子是小事，若是晁蓋的書信落到那婆娘手裏，可不得了！因此，宋江急忙返回閻家，去找公文袋。

再説那婆惜聽得宋江出門，這才起牀脱去外衣，整理牀舖，忽然發現牀欄上有宋江的腰帶、解衣刀和公文袋。她打開公文袋，朝桌子上一抖，從裏面掉出一條約二三兩重的黃金和一封書信。婆惜平時愛看唱本，識幾個字，看了書信，不覺大喜，心想：宋江呀宋江，我正要和張三做個長久夫妻，只多了你這廝。這下可好，撞在了老娘手裏，看老娘慢慢消遣你！正在得意，聽得宋江回來，她慌忙把腰帶、解衣刀和公文袋捲做一團，重新鑽入被窩裝睡。

宋江回到房裏，看見放在牀欄上的公文袋不見了，知道是婆惜拿了。沒辦法，他只好賠笑臉，要婆惜把公文袋還他。起初，婆惜裝糊塗，說沒見過他的公文袋。宋江急了，說道："你昨晚不曾脫衣服，現在你衣服也脫了，牀也整理過了，不是你拿，還會有誰來拿？"

婆惜被宋江說破，索性不再抵賴，拉下了臉，嚷道："老娘拿是拿了，就是不還你！有膽量的，叫官府來把我當賊抓了！"宋江聽得"賊"字，心裏發慌，忙壓低聲道："小聲些，不要亂叫。好歹我平時沒少照應你們娘兒倆，就把這公文袋還我吧，我要辦事。"婆惜只是不允。宋江怕事情鬧大，只得耐着性子求情。最後，婆惜提出三個條件："第一，把我的典身文書還我，再寫一張字據，任我改嫁張三。"宋江馬上點頭道："這個容易。第二件呢？"婆惜說："我頭上戴的、身上穿的以及屋子裏的家具都是你買的，也立一張字據，歸我所有。"宋江心想，這婦人好貪心，什麼都要，好在自己也不在乎這些錢，便說："這個也好辦。再說第三件。"婆惜見宋江答應得爽快，認定他心虛害怕，越發得意了，說道："第三件也不難，梁山泊晁蓋送你的一百兩金子快拿來給我，我便饒了你這場天字第一號官司。"

宋江聽她提起那一百兩金子，不覺犯難，劉唐給他時，他只拿了一條，其餘的都退了回去，現在怎麼拿得出來？婆惜卻不信，說

道：「常言道『公人見錢，如蒼蠅見血』，到了手的金子還會不要？老娘可不是三歲小孩。」宋江分辯道：「你知道我是老實人，

坐樓殺惜　戴敦邦　畫

不會說謊。你若不信，限我三天，我把家產變賣了，湊滿一百兩黃金給你。”婆惜冷笑一聲，說道：“你真聰明，把老娘當小孩子耍！我今天是一手交錢，一手交貨。你一百兩金子不拿出來，休想讓我還你公文袋！”宋江說：“我真的沒有拿這金子。”婆惜威脅他道：“明天到了公堂上，你也說不曾拿過這金子？”

宋江見她絲毫不念舊情，心中已經充滿了憤怒，再聽她提起“公堂”兩字，哪裏還按捺得住？瞪着眼說道：“你到底還不還？”婆惜耍潑道：“不還，一百個不還！你要這公文袋，到縣衙門去拿！”宋江動手去搶，掙扎中，從婆惜的被子裏掉出那把解衣刀。宋江把刀拿在手裏，婆惜見狀，大聲喊道：“救命啊，宋江殺人啦！”宋江已經窩了一肚子火，被她這麼一叫，真的勾起了殺人的念頭。沒等她叫出第二聲來，宋江手起刀落，結果了她的性命。

武松打虎

第十八章

宋江一怒之下殺了閻婆惜，閻婆告到縣衙門。知縣時文彬與宋江交情深厚，有心要放他，怎奈是人命官司，壓不下去，拖延再三，最終還是發了一張追捕榜文，捉拿宋江。宋江最初在宋家莊地窖內躲避，後來風聲太緊，便在朱仝的幫助下，逃出宋家莊，到滄州投奔柴進。柴進對宋江慕名已久，宋江來柴家莊避禍，他自然是熱情接待。

在柴進莊上，宋江結識了一位好漢。這好漢姓武名松，河北清河縣人氏，在家排行第二，人稱武二郎，長得肩寬體壯，相貌堂堂，有萬夫不當之勇。他在老家時，因酒醉與人相爭，把人打昏了，便逃了出來，在柴進莊裏避難，至今已有一年了。本來打算早早回家看望兄長，不料患上了瘧疾，不能回家。宋江和武松兩人雖然初次見面，卻惺惺相惜，談得十分投機，武松還認宋江為義兄。不久，武松病癒，別了宋江，回家看望兄長去。

幾天後，武松來到陽穀縣地面，離他的家鄉清河縣已經不遠。當日晌午時分，武松走累了，看見路邊一個酒家，店招上寫着五個大字：「三碗不過岡。」心想，大概是炫耀酒好的意思，就走了進去。

到裏面坐定，店家滿滿地斟了一碗酒上來，武松一飲而盡，連連叫好。因腹中飢餓，他要了兩斤牛肉。店家把牛肉切好送來，又給他斟了一碗酒。武松喝了一碗，叫道：「好酒！好酒！」店家又給他篩了一碗酒。武松連喝三碗，卻再不見店家上來添酒。他等得不耐煩，便敲着桌子嚷道：「主人家，怎麼不來添酒？」店家答道：「客官要肉可以再添，酒卻不能再喝了。」武松覺得奇怪。店家解釋道：「我這酒叫做『三碗不過岡』，但凡客人來我店裏，最多三碗，就醉了，過不得前面的山岡。」武松笑道：「什麼『三碗不過岡』，我已經喝了三碗，怎

武松喝酒 李永文 畫

麼不醉？"店家説："我這酒叫'透瓶香'，又叫'出門倒'。剛入口，醇香好喝，出了門就倒下了。"武松説："不要瞎説，快篩酒來。"店家又篩了三碗酒。轉眼工夫，武松把三碗酒全喝了，嘴裏直叫道："實在是好酒。主人家，你只管篩酒來，我喝一碗，給你一碗酒的錢。"店家説："你不能再喝了，這酒醉倒了，藥也醫不好！"武松瞪着眼睛喝道："怕什麼！你放了蒙汗藥，我鼻子也聞得出。"店家被他説得沒辦法，只好再去篩了三碗酒。武松喝得口滑，還要再喝。店家説："客官，你要喝酒，還有五六碗呢。只怕你醉倒了，這麼個大漢，誰能扶你？"武松答道："要你扶的，不算好漢。快去篩酒，免得我動火，把你這店倒轉過來，砸個粉碎！"店家聽他這麼説，只好乖乖地把剩下的六碗酒統統拿來。武松先後一共喝了十五碗酒，這才過癮，結了帳，提起防身用的哨棒，出門去了。

走了沒幾步，店家趕出來叫他："客官可是要過景陽岡？千萬去不得！"原來，景陽岡上出現了一頭吊睛白額虎，一到晚上就出來吃人，已經傷了二三十個大漢的性命。所以，官府發出榜文，限令獵戶捕捉；並要求過往客商結伙成隊於白天過岡，傍晚以後不要行走。武松聽了，哪裏肯信，説道："我是清河縣人氏，這座景陽岡少説也走過一二十回，幾時聽説過有老虎傷人？你不要用這些鬼話來嚇唬我，莫不是想騙我留宿在你店裏，半夜三更謀財害命？"店家見攔不住他，只好搖搖頭回店去了。

武松提着哨棒，大踏步往景陽岡走去。走了四五里路，武松來到岡下，見一棵大樹刮去了一大塊皮，上面寫着兩行字："岡上老虎傷人，行人萬勿獨自過岡！"武松看了，笑道："這是酒家唬人，騙客人在他們店堂留宿。"這時，已經是黃昏時分，紅日西沉，暮色四合。武松走了約五六里路，來到一個山神廟前，廟門上貼了一張榜文，上面還蓋着官府的大印。走近一看，見上面寫道："近來景陽岡上有老虎出入，傷害人命。過往客商可於上午、中午或下午結伴過岡。"武松這才相信，山上真的有老虎，想要轉身回店，但他怕被店家恥笑，猶豫了一會兒，自言自語地說道："怕它個鳥！上去了又怎麼樣！"想到這裏，豪氣頓生，挺了挺胸，獨自上岡。

走着走着，酒意湧了上來，武松覺得渾身燥熱。於是，他一隻手拄着哨棒，一隻手把衣服的紐扣全部扯開，敞開胸膛，踉踉蹌蹌

景陽岡打虎　周峰　畫

地走到岡上，進入一片亂樹林。樹林裏有塊大青石，武松把哨棒放下，翻身倒在大青石上，想睡一會兒。正在這時，一陣狂風捲來，狂風過處，亂樹背後"嘩啦啦"一聲響，跳出一隻吊睛白額虎。武松大叫一聲，本能地一個鷂子翻身，從大青石上滾下來，抄起哨棒，閃在一邊。

那老虎又飢又渴，看見武松就直撲過來。武松連忙一閃，閃到老虎背後。老虎把前爪搭在地下，腰胯一掀，銳利的後爪直向武松撩去。武松又一躲，躲在了一邊。老虎掀他不着，怒吼一聲，猶如半空中響起個霹靂，震得天搖地動。同時，它又把鐵棒似的尾巴倒豎起來，快速一剪。武松又躲開了。原來，老虎撲人，最厲害的是"撲、掀、剪"三招。三招落空，氣勢便減了一半。武松趁老虎轉身時，掄起哨棒，使盡平生氣力，猛砸下去。只聽得"簌簌"一陣樹枝響，武松定睛一看，原來哨棒沒砸到老虎，誤砸在大樹橫伸出來的枝幹上，哨棒斷成了兩截。

老虎被激怒了，翻身又是一撲。武松往後躍出十幾步遠，老虎撲下來，兩隻前爪正好搭在武松面前。武松把半截哨棒扔開，就勢伸出雙手把老虎的頂花皮揪住，使勁往地下按。老虎狠命掙扎，武松哪裏肯鬆手，一邊用力往下按，一邊抬起腳朝老虎的面門、眼睛一陣亂踢。老虎咆哮起來，爪子在地上刨出了一個土坑。武松天生神力，一旦得手，再不放鬆，把老虎的嘴直按下土坑裏去，騰出右手，提起鐵錘般大小的拳頭，使盡平生氣力，對準老虎的腦門狠打，打了六七十拳，老虎的眼裏、口裏、鼻子裏、耳朵裏都迸出鮮血來，軟成了一堆。

武松怕老虎不死，到松樹邊撿起那半截哨棒，又用哨棒猛打一陣。最後，看那老虎一動都不動了，武松才鬆了一口氣，扔下了哨棒。這時，他發現自己手腳發軟，渾身上下一點力氣都沒有了。

武松回到大青石上坐了一會兒，尋思道：好不容易把老虎打死，倘若再跳出一隻來，哪裏還有氣力再鬥？於是，硬撐着站起來，一步一步挨下岡去。

走不到半里多路，突然，路邊枯草叢中又鑽出兩隻老虎。武松驚叫一聲，心想，這下完了！那兩隻老虎卻慢慢地站了起來，仔細一看，原來是兩個獵人偽裝的，手裏各拿了一條五股叉。他們見了武松也很吃驚，問道："你是人是鬼？怎麼敢獨自一人在這種時候過岡？是不是吃了鱷魚心、豹子肝、獅子

百姓迎英雄 李永文 畫

126

腿？你見了老虎嗎？”武松把事情的經過一五一十地全告訴了他們。兩個獵人聽了驚喜參半，喜的是老虎已死，官府不用再逼着他們冒險上山打虎；驚的是如此一頭老虎，居然被武松赤手空拳打死，令人難以相信。説話間，埋伏在山腳下的十幾個農夫也拿着刀槍弓弩上來了。武松便領着他們返回原處，眾人看了軟做一堆的老虎，這才相信是真的，不由得歡呼起來。

武松打虎的消息傳開後，整個陽穀縣都轟動了。第二天一早，知縣派人來請打虎英雄。當地村民異常興奮，把死虎放在特製的虎牀上，扛着走在前面；又用一頂涼轎抬着武松，披紅戴花，吹吹打打來到縣城。一路上，擠滿了聞訊前來觀看的人羣。

到縣衙門前，縣官已經在廳上等候了。縣官看見虎牀上的那隻吊睛白額虎，倒抽了一口冷氣，又看看武松威猛的樣子，心想，要不是這樣的好漢，誰能打得這樣的猛獸？於是賜了武松三杯酒，又拿出一千貫賞賜錢。武松卻不肯領賞，説道：“小人打死老虎，實在是出於僥倖。聽説村裏的獵戶為這隻老虎，受了不少苦，不如把這些錢賞給他們吧。”知縣聽了點頭稱是，覺得武松不僅有本領，而且謙恭知禮，心地仁厚，於是，當即任命他為本縣的步兵都頭。

武松殺嫂

第十九章

　　武松打虎成名，做了陽穀縣的步兵都頭，眾人都來道賀。武松雖然高興，但仍然掛念家裏的兄長，打算稍過幾日就回家探視。

　　一天，他在街上散步，忽聽得後面有人叫他。回頭一看，不是別人，正是他日日掛念的兄長武大郎，便忙拜倒在地。武大和武松雖是一母所生，但武大身材矮小，面貌醜陋，而且膽小怕事，軟弱本分，鄉里人都稱他“三寸丁穀樹皮”。父母去世早，他穿街走巷挑擔賣炊餅，把弟弟撫養成人。兄弟間的感情，自然非同一般。武松遇見哥哥，又驚又喜，問起武大怎麼會到陽穀縣來，武大告訴他一件事，卻是武松做夢也想不到的。

　　原來，清河縣某大戶人家有個使女，叫潘金蓮，年方二十，長得花容月貌。主人好色，常常糾纏她。她嫌那大戶又老又醜，不肯依從。那大戶屢次糾纏不能得手，心中懷恨，決意讓潘金蓮嫁一個特別醜陋的丈夫。於是，那大戶找到了武大，不要他一文錢，倒貼嫁妝，把潘金蓮送給他做妻子。武大白得一個如花似玉的妻子，自然歡天喜地。不過，那潘金蓮天性輕浮，對丈夫又沒有感情，常招惹得縣裏的一幫無賴天天到他家門口胡鬧。為此，武大在清河縣住不下去，只好搬到陽穀縣，依然賣炊餅為生。

聽了兄長一番敍述，武松驚訝不已，就隨武大一起去他們在紫石街的新居。叔嫂見面，自然有一番熱鬧。武松看那潘金蓮，果然萬種風情，與老實巴交的兄長怎麼也配不到一起去，內心不免隱隱地感到憂慮。不久，知縣派遣武松押運一批金銀去東京。臨行，武松買了一些果品酒食，到兄嫂處話別。

武大見武松到來，十分高興。三人到樓上坐下，武松讓兄嫂上座，不斷地勸兄嫂喝酒吃菜。吃得差不多了，武松滿滿地斟了一杯酒，站起來，對武大說道：“哥哥在上，今日兄弟我蒙知縣大人差遣去東京辦事，明日就要起程。哥哥為人懦弱，我不在家，怕有人欺負你。只望哥哥自明日起，每天遲出早歸，不要和人喝酒，回到家裏早早關門，免生是非。若有人搗亂，不要和他爭執，等我回來再說。若能依我，請哥哥滿飲這杯酒。”武大答應了，接過武松的酒，一飲而盡。

武松又斟第二杯酒，對潘金蓮說道：“嫂嫂是個精細的人，不用我多說。常言道‘籬笆紮得緊，野狗鑽不進’，嫂嫂把住了家門，哥哥就沒有煩惱了。”潘金蓮聽出武松的意思，不覺惱怒起來，立起身子，漲紅了臉，指着武大罵道：“你這個窩囊廢！在外人面前說我什麼了？老娘拳頭上立得人，胳膊上跑得馬。自從嫁到你家，螞蟻也不敢進屋來。有什麼籬笆不牢、野狗進來的事？”武松不管她惱火，只是笑了笑，說道：“嫂嫂說得好，既能如此，請飲過此杯。"潘金蓮哪裏肯喝，用手推開酒杯，一扭身，"噔噔噔"地下樓去了。

臨別，武大送武松到門口，說道："兄弟去了，早早回來，和你相見。"口裏說，不覺眼中掉淚。武松心裏難過，再三叮囑武大保重身體，小心門戶。

武松走後，武大果然晚出早歸，把門戶看得緊緊的。最初幾天，潘金蓮也還安分，時間久了，哪裏耐得住？恰好縣城裏有一個叫西門慶的暴發戶，原本開一家生藥舖，後來發跡了，又在縣裏包攬訟事，會一些花拳繡腿，喜歡尋花問柳，是地方上一霸。一次偶然的機會，西門慶遇見了潘金蓮，一見生情。於是，他日日到武大門口轉悠，苦於找不到機會。湊巧，隔壁開茶館的王婆也是個不守本分的人，一心要賺西門慶的銀子，便主動為他們牽線搭橋，安排他們兩人見面。每天上

大郎捉姦　賀友直　畫

午，武大一走，潘金蓮就一頭鑽進王婆的家，和西門慶幽會。時間久了，整條街上的人都知道，只瞞着武大一人。

說來也合該有事，一個叫鄆哥的小孩，賣梨為生，西門慶作成過他不少生意。一天，鄆哥闖到王婆那兒去找西門慶，被王婆兩個巴掌趕出來。鄆哥一怒之下，便去找武大，把王婆撮合西門慶和潘金蓮通奸的事，一五一十，全都告訴了武大，並與武大約定，第二天幫他去捉奸。

第二天早上，鄆哥故意到王婆的茶館鬧事，引王婆出來，然後，做個暗號，躲在一邊的武大便衝進王婆店中，直奔內室捉奸。王婆見武大進店，知道不好，想要去攔，卻被鄆哥纏住，脫不開身，只好大叫："武大來了！"潘金蓮在屋裏聽得叫聲，來不及走，便死命頂住門。西門慶做賊心虛，情急之下，嚇得直往牀底下躲。潘金蓮見了，不由得生氣，罵道："只道你是個真男子，見了紙老虎也害怕！"一句話提醒了西門慶：這不是叫我打武大嗎？於是，從牀底下鑽出來，打開門往外衝。武大想要抓他，被他飛起一腳，正中心窩，跌倒在地上。周圍鄰居都知道西門慶厲害，誰敢多管閒事？

武大捉奸不成，反被踢傷，在牀上躺了五天，還不見好轉。潘金蓮和西門慶兩人不怕武大，卻忌憚武松，怕武松回來後，武大會把事情告訴武松。於是，王婆想了一條毒計，讓潘金蓮毒死武大。當日，西門慶去自家生藥鋪取了一包砒霜。到夜裏三更時分，潘金蓮哄武大將下了砒霜的湯藥喝下，然後扯過被子死死蒙住他，一會兒，武大七竅流血，"哎"了兩聲死了。潘金蓮叫來王婆，把武大的血跡揩乾淨，給他穿上壽衣。次日天明，西門慶叫來做殯殮火化

活的何九叔，把武大的屍體託付給他。第三日，武大的屍體就被抬往城外火化了。

再說武松押運銀兩到東京，交割完畢，便回到陽穀縣，在知縣處交納了回書，便急急忙忙去紫石街看望哥哥。

到武大家，武松掀起門簾，探身進去，卻見當堂一個靈台，上書"亡夫武大郎之位"七個字。武松驚呆了，疑心自己眼花，使勁揉

藥鴆武大郎 賀友直 畫

了揉眼睛再看，還是這七個字，不由得大叫一聲，跌坐在地。這時，潘金蓮正在樓上與西門慶尋歡作樂，聽得武松回來，西門慶嚇得屁滾尿流，直奔後門，從王婆家溜了。潘金蓮連忙拔掉首飾，擦去脂粉，換了孝服，假哭着從樓上下來。

武松問起武大的死因，潘金蓮只說武大是害心疼病死的。問起葬在何處，潘金蓮推說武大去世時家裏只有她一個婦道人家，沒人幫忙辦喪事找墳地，所以，只好火化了。武松心中疑惑，卻找不出破綻，就沒有多問。

當晚，武松買了香燭紙錢祭奠武大。祭奠完畢，武松拿了一條草蓆，在靈堂前睡下。他躺下後翻來覆去睡不着，心想，武大生前從未有過心疼病，怎麼自己不在時他就突然患這種病死了呢？正想着，卻見靈台下捲起一陣冷風來，吹得靈前燈火忽明忽暗，武松毛髮皆豎，定睛看時，朦朦朧朧的一個人影從靈台下鑽出來，對着武松哭聲喊道："兄弟，我死得好苦！"武松看不分明，想上去拉他，人倏忽不見。武松睜開眼睛，仍然在靈台前的草蓆上，四周死一般的寂靜，剛才的情景，似真非真，似夢非夢。

第二天一早，武松叫住潘金蓮，把武大如何得病、如何用藥以及入殮、火化等前後經過又細細盤問一遍，然後出門去了。武松先找到何九叔，把他約到巷口酒店坐下。何九叔是個乖覺的人，知道今天的這杯酒不好喝，弄不好要出人命。所以，他打定主意，一旦問起武大的事，就把真相原原本本說出，免得惹火燒身。武松卻不開口，一個勁地喝酒。何九叔益發緊張了，大氣都不敢出。末了，武松猛地把酒杯往桌子上一放，從腰間拔出一把寒森森的尖刀，插在桌面上，對何九叔說道："冤有頭，債有主。我只問你，武大究竟是怎麼死的？"說完，兩眼睜得圓彪彪的，盯着何九叔看。

何九叔見武松開口問話，倒反而鬆了一口氣，從袖裏拿出一個布袋，交給武松。武松打開一看，是兩塊酥黑的人骨和一錠十兩的紋銀。何九叔見武松困惑，解釋道："事情的原委小人並不十分清楚，只是武大殮屍那天，西門慶忽然邀小人喝酒，並拿出這十兩銀子，吩咐小人：'殮屍的時候，凡事得過且過，不必聲張。'小人由此知道武大的死有些蹊蹺。殮屍時小人見武大七竅內有淤血，分明是中毒而死。因西門慶是個出了名的刁徒，小人不敢聲張，卻也不願意助他為惡，所以自己咬破舌尖，假裝中邪，回家去了。三天後，聽說要火化，小人假意去祭奠，偷揀了這兩塊骨頭。骨殖酥黑，是中毒的證據。這張紙上寫明日期及送喪人的姓名，可作見證，請都頭詳察。"武松聽了，十分佩服何九叔的機警和正直，又問姦夫何人，何九叔就帶他一起去找鄆哥。鄆哥把當日幫武大去王婆茶館捉姦的經過詳詳細細地告訴了武松。武松謝過他們兩個，並請他們作為證人，一起去縣衙門告狀。

知縣接了武松的狀紙，與縣吏們商量。這些縣吏與西門慶有勾結，都說證據不足，難以立案。當晚，西門慶得到消息，又到縣官處送了銀子。第二天早上，武松到衙門催知縣緝拿兇手，知縣不肯，反過來勸武松不要誤信謠言，冤枉好人。武松整日在衙門辦公，怎會看不出其中的蹊蹺？知道多說無用，收回狀紙和證物，轉身就走。

走到外面，武松先在街上買些酒菜瓜果，然後，帶了幾個鄉兵，來到武大家中，對潘金蓮說："明日是亡兄斷七，前些日子多有打擾街坊鄰居之處，我今日特地買了些酒菜，答謝他們。"潘金蓮答應了。武松叫鄉兵幫忙準備酒席，另外分撥兩個人把守前後門，自己出去邀請鄰居，不管願意不願意，都拉了來坐着，連同隔壁王婆，總共六個人。

人到齊之後，武松客氣地請大家喝酒。酒過三巡，武松拿出紙筆，請一位會寫字的鄰居拿好，然後，捲起袖子，從腰間"嗖"地抽出一把尖刀，怒睜雙眼，向眾人抱拳行禮，說道："眾位高鄰不必害怕。冤有頭，債有主，俺武松今日只想請各位做個見證。"說完，左手拿住潘金蓮，右手指定王婆，臉色一沉，喝道："你這個老畜生，我哥哥的性命都在你身上，你今天有何話說？"王婆是個老江湖，哪肯輕易認帳。武松不和她多講，轉過身子，指着潘金蓮罵道："你這個淫婦，你是如何謀害我哥哥的？快給我從實招來！"潘金蓮開始還想抵賴，武松揪住她的頭髮，隔桌子把她提到武大靈前，説道："不招也可以，我先把你宰了，再去問那個老畜生。"一邊説，一邊用刀去抹她的脖子。

潘金蓮嚇得魂飛魄散，只好把事情經過一五一十地説了出來。她説一句，武松叫人記一句。王婆見潘金蓮都招認了，知道躲不過，也只好一一招認。武松拿過記下的供詞，讓她們兩人畫押，再叫在場的眾人也在上面畫押作證，然後，叫鄉兵把兩人綁了，拖過來，跪倒在武大靈前。武松哭喊一聲："哥哥靈魂不遠，兄弟武二替你報仇雪恨！"説完，把潘金蓮踩翻在地，一把扯開她的衣襟，用尖刀在胸前一剜，然後，用手摳出心肝五臟，供在靈前；又"咔嚓"一刀，割下了那婦人的頭。眾人都嚇得目瞪口呆，一動都不敢動。武松用布把那婦人的頭包了，提在手裏，朝眾

武松殺嫂　孟慶江　畫

人拱了拱手，説道：「請各位到樓上稍坐片刻，我去去就來。」眾人不敢不依，都上樓去了。武松又吩咐鄉兵把王婆也押到樓上，把住門，不許任何人進出。

武松出門直奔西門慶的生藥鋪，生藥鋪的人説西門慶陪朋友去獅子橋下的大酒店喝酒了。武松找到酒店，見底樓沒有西門慶，又闖上二樓，只見西門慶與一個朋友在靠窗的位置上坐着，正玩得高興，旁邊還有兩個妖艷的歌妓陪着。武松打開布包，取出血淋淋的人頭，大喝一聲，往西門慶臉上扔去。西門慶大吃一驚，抬起頭來，見武松一臉殺氣，知道不妙，連忙跳起來，一腳跨上窗台，見下面是街，不敢往下跳，心裏正慌。説時遲，那時快，武松拔出尖刀，一個虎躍，已跳上桌子。西門慶見武松來勢兇猛，便把手虛指一指，飛起右腳踢出。武松報仇心切，疏於防範，被西門慶一腳踢中手腕，手中的尖刀從窗口飛出，落入街心。西門慶一招得手，不再害怕，右手虛照一照，左手一拳往武松心窩打去。武松略一偏身，讓過這一拳，就勢探出手去，揪住西門慶的頭髮。西門慶想要掙扎，怎奈武松力大無比，哪裏掙得脱？武松用另一隻手捉住西門慶左腳，西門慶失去重心，整個身子都懸空了。只聽得武松大喝一聲：「下去！」西門慶頭在下，腳在上，從二樓窗口飛出，跌落在地，當場昏死過去。

武松從桌邊提起潘金蓮的頭，緊跟着躍出窗外，跳到街上，拾起剛才被踢下來的那把尖刀，按住西門慶，一刀割下了他的腦袋。然後，把兩顆頭顱結在一起，奔回紫石街，祭奠武大的冤魂。祭奠完畢，武松吩咐鄉兵押了王婆，並請在場的眾街坊作為目擊證人，一起去衙門自首。

醉打蔣門神

第二十章

打虎英雄武松殺嫂鋤奸、為兄報仇的消息傳開後，整個縣城沸騰了。由於潘金蓮和西門慶通奸謀命在前，從道理上說，武松並無大錯，但畢竟是人命官司，最終，官府想出了一個折衷的方案：罪魁禍首王婆凌遲處死；武松脊杖四十，發配孟州充軍。

到了孟州牢城，武松脾氣倔強，不肯低頭送人情，惹火了管營。管營把他叫到點視廳，要按慣例打他一百殺威棒。武松仍然不服，說道：「要打就打，叫一聲痛不是好漢！」正在這時，管營身邊立着的一個年輕人朝武松仔細打量一番，然後，在管營耳邊輕輕地說了幾句話，管營聽了，沉吟片刻，說道：「這漢子說話瘋瘋癲癲的，一定是病了，殺威棒權且寄下。」說完，吩咐獄卒把武松押入單身牢房。

當天晚上，一個軍人到武松的牢房，給他送來了上好的酒菜。武松心中納悶：那管營是什麼意思？我得罪了他，他不打我，反而送酒菜給我吃。武松想了半天，也想不出一個道理來，於是，不去管他，三下五去二，很快地把那些酒菜全都吃了。第二天清晨，那軍人又送來了早飯，還帶了一個僕人，給武松梳頭，整理衣衫。早飯後，那軍人恭恭敬敬地對武松說道：「這兒房間不好，請都頭換房安歇。」說完，把武松領到另一個房間，裏面打掃得乾乾淨淨的，兩邊都是新安置的家具。

此後，那軍人每天按時給他送酒菜和茶水，伺候得十分周到，一連幾天都是如此。終於，武松忍不住了。一天，那軍人又來送酒菜時，武松問道：「究竟是誰叫你來的？為什麼要這樣？」那軍人笑而不答。武松生氣了，說道：「這酒菜來得不明不白，我怎麼能吃？你端回去吧。」那軍人被武松逼得沒辦法，只好把事情的來龍去脈一一告訴武松。

原來，那天替武松說情的年輕人是管營的兒子，名叫施恩，人稱「金眼彪」。此人酷愛武藝，喜歡結交天下英雄。給武松換房，派專人伺候武松，這一切都是出於他的安排。他還特意關照那個軍人，關於他幫忙的事情不要和武松多說。武松聽了，執意要那個軍人馬上去請施恩。施恩來了，兩人一見如故，開懷暢談，成了莫逆之交。

閒談時，武松問施恩為什麼不許那軍人透露詳情，施恩笑了笑，答道：「實不相瞞，小弟有一件事情要兄長幫忙。只是兄長遠道而來，體力有所虧損。所以，想讓兄長安心歇上幾個月，養好身子，然後再告訴兄長。」武松聽了呵呵大笑，說道：「去年，我害了三個月瘧疾，景陽岡打虎時，也不過三拳兩腳，何況今日！」說完，見施恩還是不信，就拉了他到天王堂前，指着一個大石墩，問道：「這石墩多少斤重？」施恩說：「恐怕有三五百斤。」武松脫下上衣，拴在腰裏，把那個石墩只一抱，輕輕地抱起來，一鬆手，那石墩「撲」地打在地上，陷下一尺來深。眾人看了大驚失色。武松又伸出右手，把那石墩提起，往空中一拋，拋起一丈來高，再用雙手接住，放回原處。然後，他轉過身子看着施恩，臉不紅，心不跳，氣不喘。施恩這才相信，抱住武松拜道：「兄長真是天神下

武松抛石墩 謝倫和 畫

凡！"

　　於是，施恩把武松請到家中，細細講述事情經過。原來，孟州城外有一個集市，叫快活林，山東、河北的客商都來做買賣，十分熱鬧。施恩在那裏開了一家酒店，過往的行人客商都愛在那裏喝酒，酒店的生意特別興隆。不久前，新來的張團練帶了一個人來，此人姓蔣名忠，身材高大，武藝出眾，人稱"蔣門神"。蔣門神仗着武藝高強，並有張團練撐腰，硬把快活林強佔了去，還揚言說自己相撲天下第一，誰也打不過他。施恩與他爭執，被打得渾身是傷，兩個月不能起牀，為此，一口悶氣憋在胸中，想請武松幫他報仇。

　　武松聽了，氣得拍案而起，說道："那廝怎敢如此霸道？我倒要會會他，看他是不是三頭六臂！"施恩見武松答應替他報仇，十分高興，當即跪下，與武松結為兄弟。老管營得知這個消息後，也很高興。晚上，施家父子大擺酒宴招待武松。

　　第二天，武松準備去打蔣門神，施家父子卻竭力阻止。武松覺得奇怪，問了伺候他的那個僕人才知道，原來他昨晚酒喝得太多，施家父子擔心他宿醉未醒，不是蔣門神的對手。武松聽後笑了笑，沒說什麼。當晚沒再喝酒，很早就睡覺了。

　　次日一早，施恩來接武松，一起去快活林。出了孟州城，武松停下來，笑嘻嘻地對施恩說："兄弟要我去打蔣門神不難，不過有一個條件，叫做'無三不過望'。"原來，宋朝的時候，酒家俗稱"望子"，"無三不過望"就是每到一個酒店要請他喝三大碗酒，否則就不走。施恩聽了大吃一驚，說道："此地去快活林少說也有十二三家酒店，每處喝三大碗，就是二三十碗，還沒到那兒，人已經醉了，怎麼再打蔣門神？"武松大笑道："兄弟有所不知，我是一分酒一分力氣，十分酒十分力氣，酒喝得越多本領就越大。"施恩拗不過他，只好答應。

武松一路走一路喝，將近快活林時，已經喝了三十來碗酒。施恩告訴他快活林就在前面不遠處的一個樹林前，武松叫施恩暫且回避，他一個人過去。這時，已是中午，天比較熱。武松敞開衣襟，五分酒裝作十分醉，跟跟蹌蹌地穿過樹林。只見一個金剛似的大漢，叉手叉腳地坐在槐樹下的椅子上乘涼。武松估計他就是蔣門神，也不管他，依然跌跌撞撞地往前走。

酒店在十字路口，店堂左邊擺着三個大酒缸，中間柜台裏

武松擲蔣妾　施大畏　畫

站着一個美艷的少婦，是蔣門神新娶的小老婆。武松一進店門就大叫酒保上酒。不一會兒，酒上來了。武松聞了聞，就連連搖頭說不好，要酒保換酒。酒保把酒撤下，換了一種。武松嘗了一口，仍然說不好，還要換。酒保以為武松是個過路的醉漢，怕他鬧事，只好再給他換。

第三碗酒上來時，武松嘗了嘗，斜着眼笑嘻嘻地說道："這酒還有點味道。那個小娘子不錯，叫她過來陪我喝酒。"酒保一聽，嚇得臉都轉色了，連忙喝住他："別胡說！她是老板娘。"武松故意找茬，仍大着嗓門嚷道："老板娘又怎樣？她沒陪過客人麼？"

那婦人自從跟了蔣門神之後，八面威風，哪裏受得了這樣的瘋話？不由得勃然大怒，罵道："瞎了眼的殺才！不打聽打聽，這是什麼地方！"一邊罵，一邊要從柜台裏衝出來，趕武松出去。武松站了起來，來到柜台前，一把揪住那婦人，隔着柜台把她輕輕提起，只聽"撲通"一聲，那婦人被扔進了旁邊的大酒缸內。酒保以及廚房內的火工等都聞聲趕來，武松提起一個扔進了酒缸，再提起一個，又扔進了酒缸，另外幾個被武松三拳兩腳，都打得趴下了。只有一個機靈的，見勢頭不好，逃出了店外。武松知道他去找蔣門神，心想：不如到路口去等他，當眾人的面揍他一頓，煞煞他的威風。於是，大踏步地走了出去。

蔣門神接到酒保的報告，大吃一驚，踢翻椅子，就朝酒店趕來。在大路旁，蔣門神正好撞見邁着醉步的武松。蔣門神惡狠狠地朝武松撲來，武松卻像貓戲老鼠般地，舉起雙拳，對着蔣門神的臉虛晃一晃，轉身就走。蔣門神大怒，緊追不捨。不料武松突然站定，轉身右腳飛起，正中蔣門神下腹。蔣門神悶哼一聲，還來不及蹲下，武松左腳又到，踢中蔣門神額角。原來，這一招叫做"玉環步，鴛鴦腿"，是武松醉拳中的精粹。

蔣門神被踢中要害，跌倒在地，痛得滿地打滾。武松上去一腳踩住，揮起拳頭猛打，打得蔣門神哭爹叫娘，大聲求饒。武松喝道："要我饒你不難，第一，把快活林酒店還給原主施恩；第二，當眾向施恩賠禮謝罪；第三，捲鋪蓋滾蛋，從此不許踏進孟州一步。"此時此地，蔣門神哪裏還敢犟嘴？只好一一依從，不敢說半

醉打蔣門神　賀友直　畫

個"不"字。武松從地上提起蔣門神，只見他臉青鼻腫，脖子歪在一邊，額角流着鮮血。武松指着蔣門神説道："你算什麽東西，景陽岡上的老虎，我三拳兩脚就能打死，你嘛，再打一頓，就要上西天了。"蔣門神這才知道眼前的大漢就是武松，只得再連聲告饒。

這時，施恩帶了二三十個彪形大漢前來相幫，見蔣門神死屍般地躺在地上，高興得團團圍住武松，把武松請進酒店。只見酒店裏滿地是酒漿，兩個酒保在酒缸裏扶牆摸壁拚命掙扎。那婦人剛從酒缸裏爬出來，渾身濕淋淋地拖着酒漿。蔣門神總算從地上爬起，進了酒店。這時，武松已叫人請來了當地的頭面人物在酒店坐定，蔣門神只能當眾向施恩賠罪，然後帶着小老婆灰溜溜地走了。

血濺鴛鴦樓

第二十一章

　　武松醉打蔣門神，奪回快活林，施恩十分感激，把他留在身邊，派專人伺候，招待十分周到。

　　一天，施恩和武松在店裏閒聊，突然，孟州守禦兵馬都監張蒙方派人來請武松。施恩覺得蹊蹺，本不想讓武松去，不過，張都監是他父親的頂頭上司，從道理上說，武松既是囚犯，自然也屬於張都監管轄，沒有理由不放人。臨行，施恩再三叮囑武松小心，早去早回。

　　到了那兒，張都監對武松十分客氣，設宴招待他，稱讚武松是個頂天立地的好男兒，並提出要武松留在他身邊，做他的親信隨從。武松是個直心腸，人敬我一尺，我敬人一丈，所以，爽快地答應了。他派人去施恩處取了行李，就此住進了都監府。張都監對武松確實親熱，每天都請他一起用餐，並任他隨意進出，就像自己家裏人一樣，武松十分感動。

一晃半個多月過去了，時值中秋，張都監在後堂深處的鴛鴦樓下與家眷一起宴飲，又把武松叫了去。武松喝了很多酒，回到臥房

月夜蒙冤　謝倫和　畫

已經是三更時分，剛要入睡，忽聽得後堂一片喧鬧，有人大聲喊"捉賊"。武松連忙提起哨棒，往後堂奔去。突然，黑影裏撤出一條板凳，武松沒防備，一交絆倒。這時，兩邊衝出七八個兵丁，喊一聲"捉賊"，按住武松，把他綁了起來。武松大叫"是我"，兵丁們哪裏聽他分說，連推帶拉地把他押到了大廳。

張都監滿面怒容地坐在大廳裏，大罵武松賊性難改，恩將仇報。武松分辯道，自己不是賊，而是來捉賊的。張都監不聽，吩咐兵丁押着武松去他的臥房搜查。到了那兒，兵丁們打開武松的行李箱，見上面是些衣服，往下一翻，卻露出許多銀器皿，約莫有一二百兩贓物。武松看得目瞪口呆，這才發現自己陷入了一個可怕的圈套，叫苦不迭。第二天，武松被押到知府衙門，屈打成招，關進了大牢。

原來，那張都監與張團練是拜把子兄弟。蔣門神離開快活林酒店後，就躲在張團練家裏，張團練為了替蔣門神報仇，重金賄賂張

大鬧飛雲浦　黃全昌　畫

都監，設下這條毒計，一心要害武松性命。施恩得到消息後，連忙去知府衙門上下打點。最終，知府判武松脊杖二十，刺配恩州。

武松滿腹冤屈，含恨上路。施恩在路邊酒店為武松餞行。武松見施恩身上有傷，這才知道，他被捕之後，蔣門神帶了一幫人捲土重來，又把快活林奪了過去。武松暗暗發誓，有生之日，一定要重回孟州，報此仇恨。施恩替武松準備了替換的衣服以及銀兩、熟食等，同時，還悄悄叮囑武松，小心那兩個公差，武松會意。説話間，那兩個公差不耐煩了，惡狠狠地催促武松動身。

走了一段路，那兩個公差悄悄交談着説：“説好了的，怎麼還不來？”武松聽在耳裏，心中暗自冷笑：看你們玩什麼花樣！他右手鎖在木枷上，左手空着，就用左手拿出施恩送他的熟鵝，邊走邊吃。到了城外，武松見路邊等了兩個人，手裏都拿着朴刀。他們見公差押着武松過來，便跟着一起走。武松看出他們不懷好意，卻裝着沒看見。

一行人又走了幾里路，來到一個荒涼的處所。一條大河，兩邊長滿蘆葦，一座闊板橋，橋上一個牌樓，寫着“飛雲浦”三個大字。武松走到橋上，突然停了下來，説要小便。這時，兩個拿朴刀的人陰笑着走了過去。武松佯作不知，等他們走近，猛地喝道：“下去！”飛起一腳，把其中的一個先踢下河去。另一個急忙轉身，武松第二腳早又踢出，只聽得“撲通”一聲，那人也掉了下去。那兩個公差慌了，撒腿就走。武松大吼一聲，把木枷扭成兩半，撿起地上的朴刀，趕上去，一刀一個，都結果了性命。

這時，那兩個被踢下水去的人掙扎着爬到了岸上，想要逃走。武松過去，手起刀落，殺死了一個，揪着另一個問道：“誰叫你們來的？快從實招來！"那人嚇壞了，戰戰兢兢地承認自己是蔣門神的徒弟，並告訴武松，此時蔣門神和張團練都在張都監家後堂鴛鴦樓上喝酒，等他們的消息。武松聽了，怒火萬丈，一刀把他殺了，然後，返身回城，直奔張都監家。

到了張家後花園，武松翻牆進去，先抓住一個馬夫，問明蔣

血濺鴛鴦樓　戴敦邦　畫

門神和張團練等確實在鴛鴦樓喝酒，然後來到鴛鴦樓，悄悄地摸上樓去。只聽得他們三個一邊喝酒，一邊說笑，正在得意地談論着陷害他的事情，武松滿腔憤怒，一個箭步，衝到裏面。蔣門神先看到武松，驚叫一聲，剛要躲避，武松已經一刀劈下，連人帶椅子，砍翻在地。張都監嚇得腿都軟了，還來不及挪動，被武松回身一刀，

齊耳根連脖子砍倒。

張團練見兩人被武松砍了，知道走不脫，便垂死掙扎，隨手提起一張椅子，朝武松打去。武松伸手接住，就勢一推。別說張團練醉了，即使清醒的時候，也擋不住武松天生神力，被武松這麼一推，張團練站立不穩，仰面跌倒在地。武松上去用腳踩住，一刀剁下了他的腦袋，轉過身子，見蔣門神和張都監還在血泊裏掙扎，乾脆一刀一個，把他們的腦袋也都砍了下來。他定了定神，看見桌上放着酒壺，便拿起來，一飲而盡，然後，從屍體上扯下一塊衣襟，蘸着血，在牆上寫下八個大字："殺人者，打虎武松也！"

大仇已報，武松心滿意足，連夜逃離了孟州城。途中，巧遇好朋友"菜園子"張青和"母夜叉"孫二娘。張青夫婦聽武松說殺了人，就把他藏在家裏。幾天後，官府追捕的風聲越來越緊，張青夫婦建議武松去二龍山投奔魯智深，武松覺得有理。臨行，孫二娘讓武松打扮成行者模樣，以避人耳目，又送了他兩把鑌鐵戒刀，作為防身的武器。所謂"行者"，就是帶髮修行的和尚。從此，武松一直是行者打扮，人們就稱他為"行者"武松。

小李廣花榮

再說宋江自柴家莊與武松分手之後，過了幾個月，他接到家裏的來信，說孔家莊孔太公邀請他去住一陣；與此同時，清風寨知寨"小李廣"花榮也多次來信，請他去清風寨住。於是，宋江辭別柴進，先到孔家莊探望孔太公。孔太公有兩個兒子，大兒子"毛頭星"孔明、二兒子"獨火星"孔亮，兩個人都喜歡使槍弄棒，宋江常常指點他們，他們就拜宋江為師。又過了半年，宋江離開孔家莊，去清風寨看望花榮。

清風寨附近有一座山叫清風山，山勢險峻，樹林稠密，景色十分壯麗。宋江因貪看沿途景色，錯過了旅店。眼看天漸漸黑了，宋江正在着急，忽聽得一聲鑼響，林子裏衝出一羣嘍羅，把他擄上了山。山上有三個頭領：老大"錦毛虎"燕順，老二"矮腳虎"王英，老三"白面郎君"鄭天壽，都是敢作敢為的好漢。他們對宋江仰慕已久，只是從來沒有見過面，當得知擄上山來的這個單身旅客就是大名鼎鼎的"及時雨"宋江時，連忙給他鬆綁，執意留宋江在山寨住了好幾天。

　　一天，王英從山下擄來了一個婦女，要強迫她做壓寨夫人。宋江對這種擄掠婦女的行為很不贊成，又聽說那婦女是清風寨知寨的夫人，便以為是花榮的妻子，十分着急，後來才弄清楚，清風寨有兩個知寨，一文一武，武官是花榮，文官叫劉高，那婦女是劉高的妻子。宋江尋思道：劉高與花榮是同僚，我倘若不救，花榮的面子上不好看。於是，竭力勸說王英放了那婦女。燕順對宋江十分尊重，聽了宋江的請求之後，一口答應。王英心裏雖不樂意，見燕順答應了，只好不吱聲。

　　又過了六七天，宋江辭別燕順等好漢，去清風寨投奔花榮。花榮見了宋江，十分高興。酒席上，宋江說起救劉高妻子的事，花榮聽了卻連連皺眉。原來，那劉高為人貪婪而又

宋江觀燈　戴敦邦　畫

刻薄，花榮很看不慣他；至於他的妻子，更是出了名的刁潑，常常挑唆她丈夫為非作歹，所以，花榮巴不得她被清風山的好漢擄去，受些懲罰。宋江性格寬厚，只是勸花榮不要與劉高一般見識。

轉眼到了元宵節，清風鎮上張燈結彩，十分熱鬧。花榮派兩個親信陪宋江逛街看燈。宋江說話聲音洪亮，看得有趣，便放聲大笑。湊巧，劉高夫婦也在樓上看燈。那婦人聽到笑聲，遠遠地認出是宋江，便指着他說道："那個黑矮漢子就是前幾天在清風山搶我上山的強盜頭！"劉高聽了，當即派人把宋江抓了起來。

花榮得到消息，連忙寫了一封書信給劉高，說宋江是他的親戚，要劉高放人。劉高把信撕得粉碎，大罵花榮勾結強盜，要一併治罪。花榮知道後，十分憤怒，當即披掛上馬，帶了四五十個兵丁，直衝劉高的寨子，把宋江救了出來。劉高不甘示弱，命令新來的兩個教頭帶人去衝花榮的寨子。那兩個教頭知道花榮不好惹，卻又不敢得罪劉高，只好帶了兩百多人去找花榮。

兩個教頭來到花榮寨前，只見寨門大開，花榮大馬金刀地坐在正廳中央的虎皮交椅上，左手拿弓右手拿箭。他們懼怕花榮，不敢進去，只是帶着人擁在大門口，探頭探腦地往裏面看。花榮指着他們喝道："冤有頭，債有主。誰要替劉高賣命，先看看本知寨的神箭！"然後，用手一指左邊大門，說道："第一箭先射左邊門神手中的兵器。"隨手一箭，不偏不斜，正中左邊門神手中的兵器。眾人驚呼一聲，紛紛後退。花榮又說道："第二箭射右邊門神的頭纓。"只聽得"嗖"的一聲，那箭又是正中目標。花榮隨即又說："第三箭射你們中間穿白衣的那個教頭的心窩。"說完，用箭虛指了指。那教頭"哇呀"驚叫一聲，轉身就逃。眾人見教頭溜了，誰還願意停留？亂哄哄地一下子逃得一乾二淨。

劉高的人馬退走之後，宋江説道：「事情鬧大了，不如我去清風山躲避一陣。我不在，劉高沒了證據，就沒法和你打官司了。鬧到上司那兒，至多也只是個同僚之間的摩擦而已。」花榮聽宋江説得有理，當晚就派人把他送出寨子，讓他去清風山躲避。

不料，劉高是個極有心計的人，也想到了這着棋。他派人伏在路邊，又把宋江抓了回去，秘密關押在後院，然後，一紙緊急公文報到青州府。

青州府府尹慕容彥達接到報告十分驚訝，派都監黃信去查核此事。那黃信武藝高強，威鎮青州。由於青州地面有三座大山，第一座清風山，第二座二龍山，第三座桃花山，上面都有強人佔據，黃信誇口要捉盡三山的強人，所以人們都稱他「鎮三山」。

黃信到了清風寨，偏聽劉高一面之詞，以調解為名，誘捕了花榮。他和劉高把花榮和宋江兩人關進囚車，帶着三五十個軍士，一百個寨兵，押着囚車，往青州府而去。

出寨之後，約三四十里路程，就是清風山。山腳下有一片大樹林，是從清風寨去青州的必經之路。黃信等剛走到樹林邊，只聽得林中二三十面大鑼同時響起。押解的寨兵知道厲害，拔腿就逃。黃信把他們喝住，叫他們擺開陣勢，自己拍馬上前查看。這時，林子裏擁出四五百個嘍羅，頭紮紅巾，手持長矛，把官兵團團圍住，為首三人正是燕順、王英和鄭天壽。

黃信雖然勇猛，怎敵得過三個好漢合力拚搏？十個回合下來，黃信已經手忙腳亂，心想，萬一失手被這些強盜活捉了去，豈不壞了自己「鎮三山」的威名？於是，顧不得眾人，勒轉馬頭，獨自逃回清風鎮去了。眾軍見黃信跑了，都一鬨而散。劉高見勢頭不好，也想逃走，卻被嘍囉們用絆馬索絆倒，生擒活捉。

燕順等好漢救出宋江、花榮，把劉高押回山寨殺了。

再說黃信逃回清風寨之後，連夜派人飛報知府。知府聽說花榮造反，大吃一驚，連忙派青州府兵馬總管「霹靂火」秦明率大軍去清風山鎮壓。秦明帶了四五百人馬浩浩蕩蕩殺向清風山，在山下擺開陣勢，吶喊叫陣。不一會兒，山上也響起了鑼聲，一彪人馬衝殺下來，正是花榮。兩人在山前交手，大戰四十回合，不分勝負。花榮賣個破綻，回馬就走，秦明緊追不捨。花榮看秦明追近，回身一

圍攻鎮三山　施大畏　畫

箭，不偏不斜，正中秦明頭頂上的紅纓。秦明嚇了一跳，不敢再追。花榮卻悠悠地上山去了。

秦明本來就是個急性子，被花榮戲弄一番，十分惱怒，喝令眾軍攻山。軍士們便吶喊着往山上衝，轉過兩個山頭，來到一個險隘處，上面擂木、滾石等冰雹般地砸下來。眾軍急忙退下，已經傷亡了三五十個。秦明愈發憤怒，帶了眾軍繞山尋路。眾好漢故意逗他，一會兒東邊金鼓齊鳴，紅旗招展，等官兵過去，人卻一個不見。一會兒西邊殺出一支人馬，搖旗吶喊，秦明衝過去時，又全都退了，消失得無影無蹤。秦明氣得暴跳如雷。就這樣，整整折騰了一天，官兵累得人困馬乏。

眼看天已經黑了，秦明打算下山回營。這時，山頂上亮起了數十支火把，照見花榮陪着宋江在上面喝酒。秦明再也按捺不住滿腔怒火，不顧一切地喝令眾軍攻山，山上火炮、火箭密密麻麻地射下來，軍士們傷亡慘重，屍橫遍野。秦明氣得腦門都碎了，看見旁邊有一條小路，便把馬一拉，搶上山去，要和花榮拚命。走不到三五十步，只聽得“轟”地一聲，連人帶馬都掉進了陷阱。

嘍囉們把秦明捆綁起來，帶到山上。花榮見了秦明，連連賠罪，親自給他鬆綁，設宴壓驚。秦明想自己是敗軍之將，對方卻如此敬重自己，十分感動；當得知劉高在報告上寫的什麼「鄆城虎張三」原來是俠名遠播的山東「及時雨」宋江時，內心更是覺得慚愧，在宋江的勸說下，歸順了山寨。幾天後，他又去勸降黃信一同來入伙。最後，眾人又殺回清風鎮，宰了劉高的老婆。然後，由宋江帶領眾人，浩浩蕩蕩去梁山和晁蓋等人會合。

五六天後，眾人來到對影山。對影山是兩座一樣高的山，中間是一條寬闊的大路。大軍行進到一半，忽聽得前面傳來鑼鼓聲。花榮擔心有人伏擊，迅速拿出弓箭，與宋江一起帶了二十餘騎軍馬，上前探路。走了約半里多路，只見一個年少壯士，身披火紅色盔甲，騎一匹胭脂馬，手持方天畫戟，正站在山坡前大聲叫陣，後面跟了一百多個小校，也都是紅衣紅甲。不一會兒，對面山岡背後轉出一彪人馬，也是一百多人，白衣白甲，為首一個少年，身穿銀白色盔甲，騎一匹大白馬，也使一支方天畫戟。兩人見面後，二話不說，便挺着各自手中的畫戟搏殺起來。

只見他們越戰越勇，一團紅影一團白影，兩支畫戟飛舞，殺得難分難解。花榮和宋江在一旁勒住馬觀看，忍不住大聲叫好。正在這時，兩支畫戟上的絨條攪在了一起，怎麼扯也扯不開。花榮便拿起弓箭，「嗖」的一箭射出，正中絨條打結處，一下子就把畫戟分了開來。兩邊的人看了都一起喝彩。

那兩個少年也停了下來，跑到花榮跟前，請教大名。原來，他們一個叫「小溫侯」呂方，是這對影山的寨主；另一個叫「賽仁貴」郭盛，他要和呂方各分一座山，呂方不肯，因此，兩人每天在山下廝殺，已經打了十幾天，難分勝負。花榮自我介紹後，又把宋江介紹給他們。兩人急忙拜見宋江，也跟着宋江他們上梁山去。

走了兩天，宋江等人進了一家酒店休息，在那裏遇見了一個大漢。那大漢叫石勇，人稱"石將軍"。他沒見過宋江，但十分仰慕"及時雨"的大名，特去山東拜訪，到了那裏，沒見着宋江，卻在這裏巧遇了。他忙跪拜在地，對着宋江一口一聲"哥哥"，然後奉上宋清託他轉交的家信。宋江接過書信一看，信封上沒有按當時的慣例寫上"平安"兩字，不免有些疑惑，急忙扯開封皮，只見信上

赫然寫着："父親病故，專等哥哥來家安葬……弟宋清泣血奉書。"宋江只覺得眼前一黑，大叫一聲，差點哭暈過去。燕順和石勇勸了半天，才止住哭。由於要回家奔喪，宋江無法按原計劃帶眾人上山，只好寫了一封書信交給燕順，讓眾人拿了他的書信直接與梁山泊聯絡。

梁山射雁　戴敦邦　畫

宋江回家去奔喪，眾人來到了梁山。晁蓋等頭領看了宋江的書信，對前來投奔的各位好漢十分禮遇。宴席上，呂方、郭盛說起花榮一箭射斷絨條、分開畫戟的事，晁蓋聽了覺得不可思議，嘴上不說，神情間卻露出了不太相信的樣子。

　　酒後，晁蓋等帶眾人到後山散步。時值深秋，一行大雁鳴叫着從頭上飛過。花榮心想，晁蓋對我的箭術似乎不太相信，我何不借此機會露一手給他們看看？於是，他取出弓箭，對晁蓋說道："小弟這一箭要射雁行內第三隻大雁的頭。"說罷，一箭射去，那隻大雁應聲落下。小嘍羅奔過去把射落的大雁撿回來，晁蓋等人一看，果然一箭貫穿大雁的頭部，不由得連連稱讚。從此，梁山上沒有一人不欽佩花榮，都稱他為"神臂將軍"。

夜走潯陽江

第二十三章

　　宋江接到家信，急急忙忙回宋家莊奔喪。但到了莊門口，卻看不見絲毫辦喪事的跡象，他叫住一個莊客詢問，那莊客告訴他，太公剛從一個鄰居處喝了酒回來，在裏屋睡覺。宋江一聽十分惱火，心想，宋清怎麼可以拿這種事情開玩笑？他氣吼吼地走入廳裏，正好宋清得到莊客稟報，出來迎接。宋江一見宋清就十分生氣地指責他。宋清正要解釋，太公也出來了。這時，宋江才知道，那封信是太公命宋清寫的。太公知道宋江在外面交遊廣，擔心他在江湖上時間久了，闖出大禍來；再說，最近朝廷大赦天下，宋江殺閻婆惜一案也許能從輕發落，所以想出這麼一着棋。宋江心想，老人家的話也有道理，倘若真的上了梁山，就是朝廷欽犯，一輩子見不着老父，成為不忠不孝的罪人了。

　　父子三人久別重逢，有說不出的高興。晚飯後，宋太公見宋江旅途疲勞，就吩咐他早點上牀休息。到了一更時分，忽聽得莊外人聲嘈雜，有人高喊：“不要放走了宋江！”宋太公大吃一驚，拿了梯子爬上牆去一看，竟然是前來捉拿宋江的官兵。原來，有人看見宋江回家，就到縣衙門去告發了。恰巧朱仝、雷橫兩人都出差在外，主管此事的是新任都頭趙能、趙得弟兄兩個。趙家兄弟與宋江沒有交情，所以接到報告，就連夜來捉拿宋江。

宋江被捕之後，縣裏不少人都出來替他說情。知縣時文彬原先就與宋江交情不錯，既然有人說

李俊拆批文　賀友直　畫

情，樂得順水推舟，就以大赦為依據，從輕發落宋江，判他脊杖二十，刺配江州。宋江辭別父親兄弟，隨兩個公差上路。出發前，那兩個公差已經得了宋江不少銀兩，況且也知道宋江是個了不得的好漢，一路上殷勤伺候，平安無事。

不久，一行三人來到梁山腳下。晁蓋等得到消息後，大小頭領分路下山守候，硬是把宋江攔截下來，請他上山入伙。宋江因父親宋太公曾再三叮囑，不許他在外惹禍，所以，不管眾兄弟如何勸說，執意不從。最後，還是吳用了解宋江，邀請宋江在山寨盤桓幾

日，然後送他下山。臨行，吳用告訴宋江，江州兩院押牢節級戴宗是他的好朋友，並寫了一封信，讓宋江帶給戴宗。

下山後，兩個公差見梁山泊大小頭領一個個都拜宋江，哪裏還敢怠慢？一路上，服侍得更小心了。又走了半個多月，三個人來到揭陽嶺下。他們到一個酒家喝酒，不料，那是一家黑店，店主名叫李立，人稱"催命判官"，專做黑道買賣。他見宋江包裹沉重，露出不少銀兩，便動了惡念，用蒙汗藥把三人麻倒，拖到後面的人肉作坊，打算謀財害命。

正在這時，門外匆匆走來三個人。領頭的是"混江龍"李俊，另外兩個是"出洞蛟"童威和"翻江蜃"童猛。李立見李俊神色匆忙，就迎了上去，詢問何事。李俊告訴李立，他聽說山東"及時雨"宋江刺配江州，此地是去江州的必經之路，他一心要和宋江交朋友，所以，帶了童威、童猛在山下路口候了好幾天，卻始終沒等到。李立一聽，猛地想起剛才被他用蒙汗藥麻

穆春挨打　謝倫和　畫

翻的三個人，其中那個黑矮漢子正與宋江有點兒相似。他連忙帶了李俊等人奔入人肉作坊，取出公差身上的批文一看，果然是鄆城縣宋江。李俊這一嚇，嚇得腿都軟了，嘴裏不停地念叨：「天叫我早一步趕到，差點誤了哥哥的性命！」李立也慌了手腳，連忙拿出解藥，把宋江等人救醒。

當晚，李立置酒款待眾人。第二天，眾人來到李俊家，李俊忙備酒食，殷勤招待。

幾天後，宋江辭別李俊，隨着兩個公差，來到揭陽鎮。正好有一個漢子在街上舞槍棒賣膏藥，旁邊圍了一大羣人，宋江三人也擠了進去，站在一旁觀看。那漢子舞完槍棒，又使了一路拳。宋江一看，確實好武藝，忍不住大聲喝彩。奇怪的是，圍觀的沒一個人應和，一路拳使完之後，也沒一個人扔錢給那個賣藝的。宋江看了不忍心，叫公差拿了五兩銀子給他，那賣藝的漢子十分感激。

這時，人羣中鑽出一條大漢，對着宋江喝道：「你這個賊配軍，我已經吩咐眾人不許給他銀子。你怎敢賣弄有錢，滅俺揭陽鎮的威風！」宋江和他爭執起來，那大漢見宋江和他頂撞，怒不可遏，拔出拳頭要打宋江。那賣藝的漢子見了，大步趕過來，一把抓住那個大漢，只一招就把他摔在了地上。那大漢掙扎着想爬起來，又被他一腳踢翻。兩個公差連忙上去把他們勸開。那大漢挨了打，不肯罷休，臨走的時候，惡狠狠地對宋江三人說道：「你們不要得意，走着瞧！」

那大漢走了之後，宋江和那個賣藝的漢子交談起來，那人名叫薛永，人稱「病大蟲」。薛永得知眼前這個人就是大名鼎鼎的「及時雨」宋江時，立即跪拜在地，再三叩謝。宋江邀他一起去喝酒，到了酒店，店家卻不肯賣酒給他們。原來，剛才挨打的那個大漢是地方上一霸，已經派人吩咐過了，不許任何人賣酒食給他們。宋江和薛永聽了，只好分手，約定兩天後在江州見面。

宋江三人繼續趕路，一路上，沒有一家酒店敢提供他們酒食，更沒有一家客店肯讓他們住宿。眼看天漸漸黑了，宋江三人又飢又渴，十分狼狽。這時，見路邊林子後面隱隱露出燈光，是一個大戶人家的莊院，宋江他們就上去打門，請求借宿。莊主是一位慈善的

夜走潯陽江　謝倫和　畫

老人，答應了他們的請求。

　　晚飯後，宋江和兩個公差正要睡覺，忽聽得莊主的兒子回來了，帶了一大幫人，嚷嚷着要找哥哥為他報仇。莊主太公好言好語地規勸，他兒子就是不聽。宋江發覺這聲音很耳熟，從門縫裏往外一看，那莊主的兒子居然就是在鎮上和他們打架的那個大漢！從他們的對話中，宋江得知薛永已經被他們抓住，痛打了一頓，明天一早就要把他拋到江裏去餵魚，目前正在四處搜尋他們三人的蹤跡。

　　宋江三人大吃一驚，不敢再在莊子裏逗留，乘他們不注意，收起行李，悄悄從後面爬牆溜了。他們走了約一個更次，只聽得後面人聲喧鬧，估計是那兩兄弟帶人追來了。三人慌不擇路，糊裏糊塗地來到了江邊。後面追趕的聲音越來越近，宋江三人正走投無路，卻見蘆葦叢裏悄悄地搖出一隻船來。宋江大聲求救，艄公讓他們上了船，輕輕一點，把船蕩開了。

　　行不多遠，那兩兄弟帶人趕到，嚷嚷着要艄公把船搖回去，把人交給他們。那艄公冷笑着不肯答應，只管把船往江心搖去。宋江三人見船漸漸地離岸遠了，這才鬆了一口氣，暗自慶幸遇到了好人。

　　船到江心，卻聽那艄公唱起了歌：

　　　　老爺生長在江邊，

　　　　不怕官司不怕天。

　　　　昨夜華光來趁我，

　　　　臨行奪下一金磚。

　　宋江三人一聽這歌聲，嚇得腿都軟了，萬萬沒想到這個救他們的艄公竟然也是個不懷好意的強盜。正在慌張，那艄公轉過了身

165

子，朝他們冷笑一聲，說道：「你們三個要吃板刀麵還是要吃餛飩？」宋江聽他語意不善，賠笑着說：「大哥取笑了。什麼是板刀麵？什麼是餛飩？」艄公臉色一沉，喝道：「老爺沒心思說笑！要吃板刀麵，就一刀一個，剁你們下去。要吃餛飩，就免得老爺動手，脫了衣服，自己往江裏跳。」宋江他們聽得面面相覷，作聲不得。

正在這時，一隻快船飛也似地從上游下來。船上站着三個人，為首一個大漢大聲喊道：「前面是哪個艄公，敢在此地殺人？船裏貨物，見者有份。」那艄公回頭一看，連忙應道：「原來是李大哥。剛才穆家兄弟追趕兩個公差、一個黑矮囚徒，我看他們有點油水，就把他們弄到了船上⋯⋯」那大漢聽了驚叫道：「莫不是我哥哥宋公明？」宋江聽那大漢的聲音很耳熟，連忙大聲呼救。

原來那大漢正是李俊，後面兩人是童威和童猛。李俊聽到宋江的呼救聲，連忙跳過船來，叫道：「哥哥受驚了，幸虧我來得早，差點兒誤了哥哥性命。」那艄公在一旁聽了，呆了半晌，朝宋江拜道：「我那爺，你怎麼不早通個大名？省得我做出壞事來，傷了自家人。」

事後，李俊告訴宋江，那艄公姓張名橫，綽號「船火兒」，是他的結拜兄弟；那追殺他們的是穆家兄弟，老大「沒遮攔」穆弘，老二「小遮攔」穆春，也都是他們一伙兒的。不一會兒，上岸以後，李俊把穆家兄弟也叫來了。穆家兄弟得知他們追殺了半天的人竟然是仰慕已久的山東「及時雨」宋公明，非常慚愧，連連道歉，並邀請宋江等人回穆家莊，大辦酒宴，招待他們。至於薛永，當然，看在宋江的面子上，也早放出來了。

李逵鬥張順

幾天後，宋江辭別李俊及穆家兄弟等眾好漢，隨同兩個公差，渡過潯陽江，來到江州府。一進江州牢城，兩個公差就替宋江到管營處說了好話，宋江自己也拿出大把銀子上下打點，所以，他不僅免了一百殺威棒，而且還得到了一份抄事房工作的美差。

一天，宋江請差撥在抄事房喝酒。差撥告訴宋江，此地的押牢節級名叫戴宗，會道家的神行術，出行時，只要把兩隻甲馬拴在腿上，作起神行法，一天能行五百里，倘若拴四隻甲馬，還可以走得更快，能日行八百里，人稱"神行太保"。戴宗為人十分厲害，牢城裏的人見了他都害怕。所以，差撥提醒宋江，戴宗處要好好打點，否則，他一定會下來找茬。宋江聽了卻毫不在乎，他告訴差撥不用擔心，他自有辦法對付戴宗。說話間，有人進來報告說戴宗來了，正在點視廳裏發脾氣，指名要新配到的囚犯去見他。

167

到了點視廳，戴宗一見宋江就指着他鼻子大罵，要他按常規交人情錢。宋江背剪雙手，仰着頭，傲慢地答道：＂人情人情，在人情願，哪有像你這樣硬討的？＂戴宗見他出言頂撞，頓時暴跳如雷，吆喝着叫兩邊的人把宋江吊起來打。營裏的人都受過宋江的好處，誰也不肯出頭做這個惡人，看看勢頭不好，都一溜煙走了。戴宗見沒人幫他，愈發惱火，便自己拿了一根大棒，來打宋江。

宋江見周圍的人都走了，便朝戴宗笑了笑，說道：＂我不送常例錢就該死，那麼，私自結交梁山泊吳學究的人又該如何處置呢？＂戴宗一聽，慌了手腳，問道：＂你說什麼？＂宋江把剛才的話又重復了一遍。戴宗連忙丟了手中的棍棒，拉着宋江詢問他的來歷。宋江報了自己的姓名，並向戴宗說明，自己是故意激怒他，以便能有機會和他單獨見面。戴宗一聽他就是鄆城宋江，肅然起敬，連連作揖，請他到酒樓喝酒。

在酒樓上，宋江拿出吳用的書信，並把來江州時路上的經歷一一告訴戴宗。兩人正談得投機，忽聽得樓下傳來吵鬧聲，一個酒保匆匆上樓，央求戴宗去幫忙勸架。戴宗問了幾句，便隨那酒保下樓了。

不一會兒，戴宗領了一個黑凜凜的大漢走上樓來，告訴宋江此人是他手下的一個心腹兄弟，名叫李逵，老家在沂州，鄉里人都叫他＂李鐵牛＂，脾氣十分急躁，使兩把大板斧，所以，人們又叫他＂黑旋風＂。說完，戴宗要李逵上前去拜見宋江。李逵卻一動不動，瞪大眼睛看了半天，問道：＂哥哥，這個黑漢子是誰？＂

戴宗一聽，窘得不得了，對宋江說道：＂您看，我這位兄弟生性魯莽，一點禮貌都不懂。＂李逵聽了卻不服氣：＂我問大哥，怎麼算是魯莽？"戴宗耐着性子解釋道："兄弟，你應該問'這位官人是誰'，怎麼可以說'黑漢子'呢？現在我告訴你，他就是你朝思暮想要去投奔的那位義士哥哥。"李逵一聽，跳了起來，叫道："莫不是山東'及時雨'黑宋江？"戴宗聽他又冒出了個"黑"字，連忙喝住他："住口，還不快拜！"

李逵卻仍然不肯下拜，歪着頭想了想，問道："到底是不是真的？節級哥哥，你不要騙了我，再來取笑我。"宋江怕戴宗受窘，連忙插嘴說道："我正是山東黑宋江。"李逵聽了，高興得直拍手，叫道："我那爺，你怎麼不早告訴我，害我猜了半天！"說完，撲翻身軀便拜。宋江把他扶起，邀他在身邊坐下，一起喝酒。

說話間，宋江問起剛才吵架的事，李逵眨了眨眼，說道："我有一錠大銀，在當舖押了十兩碎銀使用。剛才，我打算問店主借十兩銀

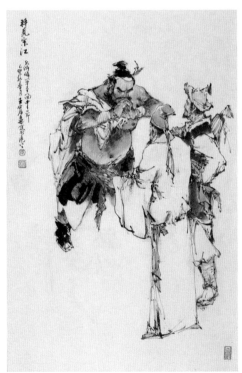

拜見宋江 王宏喜 畫

子去贖還那錠大銀，說好了贖回以後馬上還他。可那鳥店主就是不肯，惹得我心頭火起。"宋江聽了，隨手從身邊取出十兩銀子遞給李逵。戴宗想要阻攔，李逵卻已經伸出手，把銀子接了過去，高興地說道："兩位哥哥慢用，小弟去去就來。"

李逵走後，戴宗告訴宋江，李逵根本不可能有什麼大銀押在當舖裏，他拿了這銀子一定又是去賭錢了。宋江和戴宗又喝了兩杯酒，然後，出城去江邊遊玩。

再說李逵拿了銀子興沖沖地奔下酒樓，心想，義士哥哥果然仗義疏財，名不虛傳，我何不再去賭它一把，贏些錢回來，由我做東請哥哥一回。於是，他急忙來到城外的小張乙賭場，搶着要第一個下注，一注就是五兩銀子，攔都攔不住。誰知他手氣不好，轉眼間，十兩銀子輸得一乾二淨。李逵傻了眼，

李逵鬧賭場　王宏喜　畫

170

硬要小張乙把錢還給他。小張乙見他猴急的樣子，十分奇怪，説道：“李大哥，你平時賭性最直，今天怎麼要賴了？”李逵自知理虧，漲紅了臉，瞪起一雙怪眼，叫道：“老爺平時賭直，今天權且不直一回！”説罷，把桌面上的銀子全都搶了過來，用布衫一兜，轉身就走。

眾人見李逵搶銀子，都鬧了起來，十幾個人圍上來要打李逵，李逵三拳二腳，打得眾人哭爹叫娘，然後，一腳踢開大門，大搖大擺地走了出去。眾人被他打怕了，遠遠地跟在後面叫罵，沒一個人敢近前。

這時，有人在李逵的肩上拍了一下。李逵正要罵娘，回頭一看，卻是戴宗與宋江。李逵沒想到會被他們兩個撞見，滿面羞愧，只好把事情經過老老實實地全交代了。宋江聽了大笑，吩咐李逵把搶來的錢都還了，然後，帶了他一起上江邊有名的琵琶亭酒館喝酒。

到了琵琶亭，宋江想吃辣魚湯，便問戴宗：“這裏有鮮活的魚嗎？”戴宗笑道：“兄長，您不見滿江都是漁船，此地正是魚米之鄉，怎麼會沒鮮魚呢？”説完，便叫酒保送三份辣魚湯來。但酒保端來的是隔夜腌魚做的湯，味不鮮，酒保説當天的活魚還沒送來。李逵聽了，自告奮勇為宋江去江邊買魚。

李逵來到江邊碼頭，只見八九十隻漁船一字兒排開，停靠在綠楊樹下，漁民們有的在船頭織網，有的在水裏洗澡，有的枕着船槳在睡覺。原來，一行有一行的規矩，漁船到岸，必須有碼頭上的漁牙主人在場，燒過紙錢，才能開艙賣魚。今天漁牙主人來晚了，所以，儘管已經時值黃昏，卻沒有一個人敢開艙。

李逵不懂水上的規矩，嚷嚷着要買魚，找了幾個人，都被拒絕了。一怒之下，他跳上漁船，想自己動手抓魚，卻又不知道如何開艙，手忙腳亂中，拔掉了攔魚的竹笆簍，一船活魚都給他放走了。李逵卻不管，見船艙裏沒有魚，又跳到另一條船上，要拔那條船上的竹笆簍。漁民們急壞了，七八十個人都跳上船，拿了竹篙來打李逵。李逵大怒，早搶過五六根竹篙，扭蔥似地都扭斷了。漁民們見了大吃一驚，解了纜繩，把船撐開了。李逵又跳上岸，來趕打行販。

正在混戰，只見一個人從小路上走來，眾人見了都叫道：「漁牙主人來了，這黑殺才在這裏搶魚。」那人說：「是哪個吃了豹子心老虎膽的家伙，在這裏壞老爺的生意？」他見李逵在那裏打人，連忙趕上前去，大聲喝道：「你這家伙要打誰？」李逵不答話，掄起竹篙就往那人打去。那人也身手不弱，一個箭步上去奪下竹篙。李逵竹篙脫手，便用手抓住他的頭髮。那人順勢用頭向李逵撞去，想把李逵摔倒。不料李逵一身蠻力，哪裏扳得動？反而被李逵按住了頭，掙扎不脫。李逵舉起鐵錘般的拳頭，狠狠地朝他背上打去。正打得過癮，一個人把他攔腰抱住，喝令他住手。李逵回頭一看是戴宗，背後立着宋江。那人乘機掙脫身子，一溜煙走了。

戴宗把李逵埋怨一番，帶了他隨宋江回酒館喝酒。走不多遠，聽見後面有叫罵聲。李逵回頭一看，正是那漁牙主人。他的外衣已經脫去，露出一身雪白的肉，在江邊獨自撐一隻船趕過來，嘴裏不停地大罵：「千刀萬剮的黑殺才，老爺怕你，不算好漢！逃了，不是男子漢！」李逵也回罵道：「是好漢就上岸來！」那人卻不肯上岸，只是用長竹篙伸過來搠李逵的腿。李逵被他惹得心頭火起，不顧一切地跳到船上。說時遲，那時快，那人見李逵上船，便用竹篙往岸邊一點，雙腳一蹬，船箭也似地朝江心飛去。李逵水性不好，一下子慌了手腳。那人說道："今天我要和你見個輸贏。你這個殺才，先給我喝點水！"說罷，一腳把船踹翻，兩人都落到了水裏。戴宗和宋江趕到岸邊，船已經翻了。江岸邊早擁上了三五百人，在綠楊樹下看。兩個人在江心的清波碧浪中搏鬥，一個渾身烏黑，一個遍體雪白，打得難分難解。幾個回合下來，李逵明顯地落了下

風，被那人揪住頭髮，提起來，按下去，上上下下淹了幾十次，直淹得他兩眼發白。圍觀的人紛紛議論說："那黑大漢中計了，即使能逃得性命，也要喝一肚子水。"

戴宗和宋江看了着急，問旁邊的人那白大漢是誰，旁邊的人告訴他們，那白大漢名叫張順，人稱"浪裏白條"，水中工夫極為了得。宋江一

水中相鬥　王宏喜　畫

173

聽，忽然想起當日過潯陽江時，張橫曾經說起過他有一個弟弟叫張順，並寫了一封書信叫宋江帶給他。於是，他把此事告訴戴宗。戴宗連忙對着張順大聲喊叫：「張二哥，請饒了這個兄弟，有令兄張橫家書在此。」

張順聽到喊聲，見李逵也淹得差不多了，便放開手，把他扔在江心，自己游到岸上，與戴宗打招呼。戴宗見李逵在江心苦苦掙扎，央求張順道：「請足下看我的面子，救這位兄弟上來。隨後，我替你引見一位朋友。」張順又回到江心，帶住李逵一隻手，踩水而行。只見他如履平地，水只到他臍下，穩穩地回到岸邊，用手一托把李逵托上了岸。圍觀的人看了都大聲喝彩。

兩人上岸，戴宗請張順一起到琵琶亭說話。真是不打不相識，李逵和張順兩人交過兩次手之後，彼此折服，一個說：「你淹得我夠慘！」一個說：「你打得我夠狠！」說罷，相視大笑，成了好朋友。戴宗又介紹張順和宋江認識，張順一聽到宋江的名字，納頭便拜，說道：「久聞大名，不想今日得以相會。江湖上來往的人都說兄長扶危濟困，仗義疏財。」宋江連忙回禮。說話間，張順聽說宋江想要吃鮮魚湯，馬上站起來，拉着李逵的手，說道：「來，這次我和你一起去。」

不一會兒，兩人拿了四條特大的金色鯉魚回來。一條做湯，一條清蒸，還有兩條讓宋江帶回營裏去。酒家重新上酒上菜，大家邊吃邊聊，一直到很晚才盡興而歸。

潯陽樓吟詩

第二十五章

　　第二天，宋江在營裏煮魚。因為鯉魚鮮美，宋江貪嘴吃多了，到了晚上就開始腹瀉，一直病了六七天，才慢慢痊癒。病好之後，宋江一個人出城散步。來到潯陽樓，他找了個靠窗的位置坐下，一邊喝酒，一邊觀賞窗外的景色。倚闌暢飲，不覺有了幾分醉意。宋江想到自己年過三十，空懷一飛沖天的雄心壯志，卻功不成名不就，反被文了雙頰刺配到這裏，家中父兄不知何時才能相見，不覺情緒十分激動。他問酒保借來筆硯，在牆上題下《西江月》詞一首：

> 自幼曾攻經史，長成亦有權謀。
>
> 恰如猛虎臥荒丘，潛伏爪牙忍受。
>
> 不幸刺文雙頰，那堪配在江州。
>
> 他年若得報冤仇，血染潯陽江口。

　　寫完之後，宋江連飲數杯，滿腔豪情難以抑制，又拿起筆，在《西江月》後面再寫下四句詩：

> 心在山東身在吳，飄蓬江海謾嗟吁。
>
> 他時若遂凌雲志，敢笑黃巢不丈夫。

　　寫罷，還署上了自己的大名。然後，宋江把筆扔在地上，拿起酒杯，一邊吟詠，一邊喝酒，漸漸覺得力不勝酒，便喚酒保算了酒錢，拂袖下了酒樓。他跟跟蹌蹌回到營裏，倒下就睡，一直睡到第二天早上。酒醒之後，他把昨晚的事忘得一乾二淨，什麼都記不起來了。

再說江州對岸有個小縣城，叫無為軍。城裏住着一個卸任的通判黃文炳，為人十分陰險狡詐。他知道江州知府蔡九是當朝太師蔡京的兒子，就常常去巴結他。這天，他又準備了一些禮物，過江去探望蔡知府。不湊巧，知府家裏正在大宴賓客，黃文炳不敢進去，只好叫人挑了禮物回船。他的船停在潯陽樓下，見天氣炎熱，就一個人來到潯陽樓避避暑氣。

到了樓上，黃文炳東張張，西望望，正好看到前一天宋江題寫在牆上的《西江月》詞。他一邊看，一邊冷笑，心想：原來是一個囚犯，好大的

宋江吟反詩　戴敦邦　畫

口氣。又讀到後面的四句詩，不覺大吃一驚：這小子居然要賽過黃巢，豈不是打算謀反！他把這些詩詞抄了下來，並吩咐酒保不可把牆上的字刮掉。出了酒樓，黃文炳在船上過了一夜。

第二天一早，黃文炳趕到知府衙門，把宋江在潯陽樓題寫反詩的事情，添油加醋地向蔡九稟告了一番。蔡九當即陞堂，命令兩院押牢節級戴宗火速帶人去牢城逮捕宋江。

戴宗接到命令大吃一驚，吩咐手下的人回去準備兵器，自己急忙趕到牢城給宋江報信，叫他做好準備。然後，戴宗回城與手下的人會齊，裝模作樣地帶了眾人去抓宋江。

眾人來到牢城，只見宋江披頭散髮，在糞坑邊上打滾，嘴裏不停地胡言亂語。戴宗假裝惡狠狠地吆喝着，要眾人上去把宋江拿下。眾人見宋江滿身糞便，惡臭難聞，誰都不肯動手，紛紛說道：“原來是個瘋子，抓回去有什麼用？”戴宗也就順水推舟，附和道：“說得也是，不如回去稟報知府大人，請他定奪。”說完，帶着眾人走了。

戴宗回到州衙門，蔡九聽說那題寫反詩的人是個瘋子，正要詢問原因，黃文炳在一旁插嘴道：“我看此人的詩詞和字跡一點發瘋的跡象都沒有，怎麼可能一夜之間突然發瘋呢？其中一定有詐！”蔡九聽了點頭稱是，吩咐戴宗道：“不管他瘋不瘋，先給我拿來再說。”戴宗聽了暗暗叫苦，只好帶了手下的一幫人，重返牢城，用大竹筐把宋江抬到州衙門。

到了州衙門，宋江依然是滿嘴胡言，瞪大了眼睛，對蔡九嚷道：“我是玉皇大帝的女婿，丈人派我帶領十萬天兵來殺你們江州人！閻羅大王作先鋒，五道將軍作殿後……”一邊嚷，一邊滿地打滾，弄得大廳裏到處都是糞便。蔡九從來沒碰到過這樣的犯人，一時間沒了主意。這時，黃文炳又插嘴了，説道：「大人不妨把管牢房的獄卒叫來詢問，這個人是來的時候就瘋，還是這兩天才發瘋，如果是最近兩天才瘋，那就一定是假的。」蔡九聽了，覺得有道理，就把牢城的管營和差撥叫來。兩人不敢隱瞞，如實稟報。蔡九聽了大怒，吩咐眾人把宋江捆起來重打五十大板。戴宗在一旁乾着急，絲毫都幫不上忙。宋江被打得皮開肉綻，實在熬不過，只好全招認了。蔡九取了宋江的供狀，吩咐用二十五斤重的特大枷鎖把宋江鎖起來，押入死囚牢房，等候處決。

宋江裝瘋　賀友直　畫

退堂之後，蔡九把黃文炳請到裏面，大大表彰了一番，許諾要向父親蔡京推薦他，讓他早日飛黃騰達。黃文炳聽得更來勁了，建議蔡九馬上給他父親寫信，一方面請示對宋江的處理方法，是押解上京還是就地處決；另一方面，也可借此機會向朝廷邀功請賞。蔡九覺得有理，當即寫了一封書信，叫戴宗連夜上京。

　　戴宗無奈，只好收拾行李，連夜上路。幾天後，戴宗來到山東境內。此時正是六月酷暑天，他走得渾身是汗，喉嚨冒煙，見湖邊有一家酒店，便走了進去。誰知戴宗吃了些酒菜，便天旋地轉，人事不知。原來這酒店是梁山好漢開的，店主正是朱貴。朱貴從戴宗身上搜出蔡九的信，知道宋江就要遭難，又從戴宗佩帶的姓名牌上知道他就是吳用的好友。於是朱貴忙把戴宗救醒。戴宗不知道那封信是要取宋江性命的，拿過信一看，倒抽一口冷氣，便把宋江題反詩的事告訴了朱貴。朱貴聽了大驚失色，連忙帶戴宗上山向晁蓋和吳用稟報，商議如何營救宋江。從梁山到江州路途遙遠，倘若出兵強攻，只怕人還未到，風聲已經泄漏，不但救不了宋江，反而會害了他的性命。最後，吳用想出一條妙計，誘來"聖手書生"蕭讓和"玉臂匠"金大堅，請蕭讓模仿蔡京筆跡寫回信，讓金大堅仿刻了蔡京的印章，只說案情重大，要蔡九

戴宗傳假信　周峰　畫

179

把宋江押解上京，然後，在途中把宋江攔截下來。大家都覺得這個主意不錯，便依計而行。

　　幾天後，戴宗拿了偽造的書信下山回江州。戴宗走了沒多久，吳用突然大叫一聲：“糟糕，我這封信害了戴宗和宋公明的性命了！”原來，金大堅仿製的那枚印章是蔡京對外使用的，蔡九是蔡京的兒子，給兒子寫信，蔡京絕對不可能使用這樣的印章。蔡九是個馬大哈，未必能看出來，但黃文炳卻是一個極其精明的角色，如此明顯的破綻，一定瞞不過他的眼睛。

　　果然，不出吳用所料，黃文炳一看到那封書信就斷定是假的，經他提醒，蔡九也看出了其中的破綻，當即把戴宗拿下，嚴刑拷打。戴宗無法抵賴，只好招供。蔡九與黃文炳商議下來，把戴宗也定了死罪，押入大牢，只等七月十五日中元節之後，與宋江一起處死。

江州劫法場

行刑那天，蔡九親自任監斬官，一大早就派人去十字路口打掃法場。牢中的獄卒按慣例給戴宗和宋江梳洗打扮，用膠水刷了頭髮，插上紅綾紙花，再把他們推到青面聖者神案前跪下，給他們吃了長休飯、永別酒，然後，把他們捆綁起來，推出牢門。此時，押解的鄉兵和劊子手等早就在外邊等候了。犯人出來以後，行刑的隊伍開始移動。一路上，劊子手拉長了調子，一聲聲高喊"惡殺都來"，那陰沉的聲音聽了令人毛骨悚然。五百多人前推後擁，來到市中心的十字路口，只等午時三刻，監斬官到來開刀。

這時，法場東邊來了一羣玩蛇賣藝的乞丐，往人堆裏亂擠，鄉兵們連忙上去阻攔。乞丐還沒趕走，西邊卻又來了一羣使槍棒賣膏藥的，嚷嚷着説道："咱們走南闖北，什麼地方沒去過？京城裏天子殺人都任人觀看，你們有什麼了不起的？"正在吵鬧，南邊來了一羣挑夫，見道路不通，便放下擔子，擠在旁邊等着。北邊來了一隊客商，被鄉兵攔住，也

江州劫法場　戴敦邦　畫

停下車圍了上來。法場四周人越來越多，亂哄哄的。

不多久，午時三刻到了，監斬官喝令開斬。劊子手上去把犯人身上的枷鎖打開，正要舉刀，卻聽得人羣中三聲鑼響，擠在前面的那四路人馬突然間都拔出明晃晃的刀槍，衝進法場與警戒的鄉兵搏殺起來。原來，他們都是梁山好漢假扮的，晁蓋親自下山，帶了花榮等十七名頭領及一百多嘍羅，前來援救宋江和戴宗。

這時，十字路口的茶樓上又站起一個鐵塔似的黑大漢，手持兩把板斧，大吼一聲，從半空中跳下來，手起斧落，先把兩個劊子手砍倒，然後，直奔知府蔡九。鄉兵們趕忙來攔，哪裏攔得住。蔡九嚇得策馬狂奔，帶了一羣親信隨從，逃回衙門去了。那大漢也不追趕，只顧往人多的地方殺去，兩把板斧舞得風車似的，所到之處，血肉橫飛，人頭一排排地滾下來。與此同時，北邊那伙客商中有兩人鑽入法場，一個背起宋江，一個背起戴宗，其餘的人取出弓箭、石頭、標槍、掩護他們衝出法場。晁蓋見那黑漢子殺敵最多，猜想他就是戴宗多次提到過的那個“黑旋風”李逵，心想，李逵是當地人，一定熟悉路徑，就吩咐眾人跟着李逵走。

眾人跟着李逵來到城外，只見眼前江水滔滔，沒一條陸路可走。晁蓋看了叫苦不迭，李逵卻不慌不忙，讓眾人把宋江和戴宗背進江邊的一座白龍廟內休息。眾人正在商議如何過江，忽然嘍羅進來報告說來了三隻大船，船上的人都拿着兵器。眾人以為是官兵，都慌張起來。宋江奔到外面一看，當頭的船上坐着一個大漢，正是張順。張順也看見了宋江，他又驚又喜，連忙招呼另外兩條船一起靠岸。原來，宋江入獄之後，張順十分着急，想不出營救的辦法，後來，又聽說戴宗也被抓了起來，只好去找哥哥張橫，張橫又把此事通知了揭陽鎮和揭陽嶺的一班好漢。這天,兄弟倆正會齊了人手,打算去江州劫牢。宋江見眾好漢如此義氣,內心十分感動,介紹他們與晁蓋等人見面,然後,一起回到廟裏,商議如何脫身。

這時,一個小嘍羅慌慌張張地進來報告説無數官兵正朝白龍廟方向殺來。李逵聽了,大吼一聲:"殺他娘的!"提起兩把板斧,率先衝出廟門。眾好漢吶喊一聲,也都抄起兵器,一起出廟迎敵。追殺過來的官兵至少有五六千人,前面是馬隊,手持長槍;後面是步兵,搖旗吶喊。花榮見了,怕李逵吃虧,拿出弓箭,瞄準為首的那個軍官一箭射去。弓弦響處,那軍官應聲落馬,其餘的人見領隊被對方射死,大吃一驚,紛紛勒轉馬頭躲避花榮的神箭,慌亂中,把後面的步兵衝倒了一半。眾好漢趁機衝殺過去,殺得官兵屍橫遍野,血流成河,一直追到江州城下。官兵慌忙進城,關上門,好幾天不敢出來。

晁蓋等人殺退官兵,回白龍廟上船,來到揭陽鎮穆家莊。晚宴時,眾人説起黃文炳,都恨得咬牙切齒,決定攻打無為軍,殺黃文炳報仇。薛永對無為軍比較熟悉,自告奮勇先去摸底。

兩天後,薛永帶來了他的徒弟"通臂猿"侯健。那侯健不僅會武藝,而且是一流的裁縫,最近正在黃文炳家裏做衣服,所以,對黃家的出入路徑知道得一清二楚。於是,由侯健引路,宋江等人夜襲無為軍,闖入黃文炳的家。但眾人裏裏外外找了半天,也沒找到黃文炳,一怒之下,放火燒了他的家。

當時,黃文炳正好在知府衙門與蔡九議事,聽下人説對岸無為軍起火,不免着急,蔡九便差了一艘官船送他過江探看。船到江心,正好撞到張順和李俊。黃文炳來不及躲避,被他們活捉了去。

黃文炳被押到穆家莊，宋江見了非常高興，吩咐嘍羅把黃文炳綁在一棵柳樹上，指着他大聲罵道："你這個混蛋，我和你無冤無仇，為什麼幾次三番害我？老百姓背後都叫你'黃蜂刺'，想必你平時作惡多端。今天我就要替江州百姓拔掉你這'黃蜂刺'！"說着，轉身問眾好漢："哪個兄弟替我殺了

怒劗黃文炳　戴敦邦　畫

他？"李逵跳起來叫道："我替哥哥殺了這家伙。"說完，拿起尖刀，一刀一刀劗了黃文炳。

　　大隊人馬在穆家莊休息了兩天之後，分作五批，逐步撤回梁山。張順、李俊以及穆家兄弟等人，知道事情鬧大了，在當地不可久留，便帶了家眷，隨大部隊一起走了。途經黃門山時，晁蓋與宋江等人又遇到了"摩雲金翅"歐鵬、"神算子"蔣敬、"鐵笛仙"馬麟、"九尾龜"陶宗旺等好漢，那些好漢早就有心要投奔梁山，一直沒有機會，這次湊巧遇上，就一把火燒了山寨，帶領手下弟兄，隨大伙兒一起上了梁山。

李逵探母

第二十七章

　　上梁山以後，宋江把父親和弟弟也一起接了來。不久，公孫勝也回鄉看望母親，晁蓋等頭領一直送他到山腳下。公孫勝走後，李逵突然大哭起來，大家很奇怪，問他怎麼回事，他氣鼓鼓地說：「這個也去接爹，那個也去看娘，偏偏俺鐵牛是土坑裏鑽出來的！」眾人這才明白，原來他也想家了，打算把娘接到山上來享幾年福。宋江知道李逵脾氣不好，擔心他路上出事，便提出了三個條件：第一，路上不許喝酒；第二，接了娘馬上回來；第三，兩把板斧太引人注目，不可帶在身邊。李逵一口答應。

　　下山以後，李逵果然沒有喝酒，日夜趕路，來到了老家沂水縣。到西門外的時候，李逵看見很多人圍在那兒看官府的榜文，他也擠在裏面伸長了脖子看。這時，突然有人把他一把抱住，叫道：「張大哥，你在這兒幹什麼？」回頭一看，卻是朱貴。原來，李逵下山以後，宋江很不放心，知道朱貴也是沂水縣人，有一個弟弟在那兒開酒店，就派朱貴尾隨李逵下山，以防不測。

朱貴把李逵拉到一邊，埋怨道："榜文上明寫着緝拿宋江、戴宗和你，你怎麼還站在那兒看？若是被官府的人認出來怎麼辦？"說完，便帶他到弟弟"笑面虎"朱富的酒店去休息。到了那兒，李逵嚷着要喝酒，朱貴知道他脾氣不好，不敢阻攔，由他喝了個痛快。到五更時分，李逵收拾一下，進村去接母親。臨走，朱貴吩咐李

李逵放李鬼　孟慶江　畫

逵走大路，不要走小路，李逵不聽。朱貴勸道："小路上有老虎，說不定還有攔路搶劫的強盜，不安全。"李逵大笑道："俺鐵牛怕誰？"說完，提了朴刀，挎了腰刀，出門去了。

走了幾十里路，天漸漸亮了，李逵來到一片樹林旁。突然，大樹後面跳出一個大漢，臉上塗着墨，手裏還拿了兩把板斧，惡狠狠地叫道："'黑旋風'李逵在此，快留下買路錢！"李逵聽了大笑，說道："你是什麼人，膽敢冒充大爺在這裏胡作非為？"說完，提起朴刀來鬥那個大漢。那大漢哪裏抵擋得住，轉身要逃，早被李逵一朴刀搠中大腿，跌倒在地。李逵上去一腳把他踩住，喝道："你

這個小子，也學我使兩把板斧，壞我的名聲，我叫你嘗嘗板斧的滋味！"說着，奪過他手裏的板斧便砍。那漢子慌忙叫道："大爺饒命！你殺了我一個，就是殺了我兩個。"李逵覺得奇怪，便停下來問他。那漢子說道："小人賤名李鬼，本不敢做這種壞事，只因為有一個九十歲的老娘，沒有人供養，所以借用大爺的名號來嚇唬人，奪些路人的包裹來奉養老娘。如果大爺把我殺了，老娘沒人供養，一定會餓死的。"

李逵聽了這話，尋思道：我特地回鄉接娘，他攔路搶劫也是為了養娘，算了，就饒了他吧。於是，扔了板斧，從懷裏掏出十兩銀子，說道："難得你是個孝子，大爺今天就饒了你。這些銀子你拿去，規規矩矩地做些小買賣，不可再幹壞事了！"那李鬼接過銀子，千恩萬謝，一瘸一拐

李逵背娘　戴敦邦　畫

地走了。

李逵放走了李鬼，繼續趕路。走着走着，遠遠地看到山坳裏有兩間茅草房，李逵正覺得飢餓難忍，便走了過去，拿出一貫錢，請屋子裏的一個婦人給他做飯吃。那婦人打扮得十分妖艷，不像一般的村婦。她見李逵長相兇惡，不敢拒絕，便下廚房準備飯菜去了。

李逵放下行李，到屋子後面解手，卻聽得那婦人正和一個男子嘀嘀咕咕地説話。李逵覺得那男子的聲音有些耳熟，仔細一看，竟是李鬼。原來，那婦人是李鬼的老婆。李鬼大腿受了傷，走得慢，剛回到家，正在和老婆説遇見真李逵的事情。那婦人説道：「剛才有個黑大漢要我做飯，莫非就是那個李逵？你去看看，若真的是他，就用麻藥把他麻翻，奪了他身上的銀子，然後，我們搬到縣裏去住，做些買賣，總比在這裏做強盜好。」那李鬼點頭稱是，探頭探腦地到前面去看。

李逵大怒，心想：好一個李鬼，我饒了你性命，你們倒反過來想謀害我，真是天理難容！於是，上去把那李鬼揪住，拔出身邊的腰刀，割下了他的腦袋。他再回過去找那婦人，那婦人早已溜得不知去向。李逵自己到廚房找了些飯菜吃了，然後，一把火把那房子燒了。

這麼一折騰，李逵回到家裏，已經是黃昏時分。李逵離家出走，十多年沒有消息，母親想念兒子，眼睛都哭瞎了。李逵看到家裏這番情景，十分難過。為了哄娘高興，他謊説自己在外面做了官，這次特地來接她去享福。娘聽了，果然很高興。正在這時，李逵的哥哥李達回來了，見了李逵，非常生氣。十多年前，李逵打死了人逃走，他哥哥被抓到衙門裏，吃了不少苦。如今，李逵大鬧江州，官府又逼着他哥哥要人。兄弟倆爭吵起來，李達爭不過李逵，一怒之下出門去了。

李逵怕哥哥去報告官府，趕緊收拾行李，背起娘，出門從小路逃走。走到沂嶺，天已經完全黑了，娘雙目失明，不知道時間的早晚，也不知道到了什麼地方，只覺得口渴難忍，要李逵去找人家討水喝。李逵暗暗叫苦，這荒山野地的，到哪兒去找水？就對娘說："娘，等過了這座山，找一戶人家過夜，再討水喝，好嗎？"娘說："兒啊，娘中午吃了些乾飯，一下午沒喝水，實在渴得受不了了。"

李逵沒法，只好讓娘坐在大松樹下的一塊大青石上，自己去找水。盤過二三個山腳，李逵才找到溪水。他捧起水來，先喝了幾口，心想：沒有容器，怎麼盛水給娘喝呢？他遠遠地望見山頂上有個庵，就拉着葛藤攀了上去。進了庵，李逵使出蠻力，把神像前的香爐連底座一起拔起，砸掉底座，再回到溪水旁，把香爐洗乾淨，打了半香

李逵殺虎　陳白一　畫

爐水。

李逵千辛萬苦打水回來，卻不見了娘的蹤影，大叫幾聲，也沒人答應。李逵慌張起來，扔了香爐，四處尋找。走不多遠，他看見地上一灘血跡，沿着血跡過去，只見山洞前兩隻小老虎正在舔一條人腿。李逵心頭火起，赤黃鬍鬚一根根豎起，怒吼一聲，挺起手中朴刀，朝那兩隻小老虎撲過去。那兩隻小老虎看見李逵，張牙舞爪地迎了上來。李逵手起刀落，殺死一隻，另一隻嚇得返身往洞裏鑽，被李逵大步趕上，一刀砍死。李逵又鑽進老虎洞，伏在裏面，等那兩隻大老虎回來。不一會兒，母老虎回洞來了，先用尾巴往洞裏一掃，然後倒退着往洞裏進來。李逵心想：正是你這孽畜害了我娘！於是，拔出腰刀，對準那母老虎的尾巴下面狠命搠去。由於李逵力猛，那把刀連同刀把一起插入了母老虎的肚子，痛得母老虎狂吼一聲，竄出洞口，往山下滾去。李逵提起朴刀衝出洞去，正要追趕，忽聽得一聲虎嘯，天搖地動，旋即大樹後面"撲啦啦"亂響，捲起一陣狂風，原來是雄老虎回來了。

那雄老虎見李逵從它洞裏出來，怒吼一聲，張開血盆大口，直撲過來。李逵殺紅了眼，哪裏怕它？直挺挺地站在那裏，不躲不避，看那雄老虎從半空中撲下來，便挺起手中朴刀，對準它的咽喉迎上去。那雄老虎在空中轉動不便，被李逵一刀搠在氣管上，狂叫一聲，跌落下來，在草叢裏滾了四五丈遠，氣絕而亡。

李逵連殺四虎，渾身疲憊，就到廟裏睡了一覺。第二天早上，他回到山洞前，用布衫把娘的殘骸包好，挖個洞埋了，然後大哭一場，走下山去。

到了山腳下，當地的獵戶見李逵滿身血跡，都大吃一驚，後來，得知他已經把山上的四隻老虎全都殺死了時，大伙兒又都歡呼起來，跟着李逵上山，把四隻死老虎扛下山來。眾人把李逵迎入財主曹太公莊上，擺酒宴款待。附近村莊的人聞訊都趕了來，爭睹打虎英雄的風采。

湊巧，李鬼的老婆也在圍觀的人羣中，她認出了李逵，便回去報告里正。里正聽了大吃一驚，沒想到打虎英雄居然就是官府正在通緝的梁山泊"黑旋風"李逵，連忙把曹太公叫到外面，要他穩住李逵。曹太公便吩咐手下的人，用冷酒和熱酒交替向李逵敬酒，把李逵灌醉，綁在一條長板凳上。里正則帶了人飛也似地去縣裏報告。

縣官接到報告，當即派本縣都頭"青眼虎"李雲帶三十名鄉兵前去押解。消息傳開後，轟動了整個沂水縣。朱貴在弟弟朱富的店裏聽說了這個消息，大驚失色，與朱富商量要營救李逵。朱富想了想說道："那李雲是我的師傅，本領十分高強。硬截恐怕不行，只好智取。"言畢，說出一條計策，朱貴聽了大喜，便依計而行。

第二天一早，兄弟倆挑了滿滿兩擔酒肉瓜果，來到村外僻靜的路口等候。不一會兒，李雲等押着李逵來了，後面跟着曹太公、里正、李鬼老婆以及村裏的獵戶等。朱富上去叫住李雲，只說是為師傅接風慶功，就地擺開酒菜，請李雲和他手下的鄉兵吃喝。李雲不會喝酒，勉強喝了半杯酒，吃了幾口菜，其餘的都讓鄉兵們吃了。李逵看見朱貴兄弟，已經明白了他們的用意，故意大叫着也要喝酒。朱貴瞪着眼喝道："你這個強盜，只配吃刀，哪有酒食給你！"

李雲看鄉兵們吃得差不多了，便催眾人起程趕路，卻見他們一個個都眼睛翻白倒了下去，這才發覺酒菜裏面下了蒙汗藥。他想要上前去抓朱貴兄弟，但才一舉步，便覺得頭重腳輕，也一個跟斗栽倒了。朱貴兄弟大喝一聲，撿起地上的朴刀，去趕那些跟在後面的村民。這時，李逵大叫一聲，早掙脫了身上的繩索，搶過一把朴刀，趕上去把曹太公、李鬼老婆以及里正等都殺了，又回過來，把倒在地上的三十多個鄉兵也都殺了。李逵殺得性起，又要去殺李雲，朱富慌忙把他攔住。朱富今天救李逵，完全是為了哥哥朱貴，但他覺得很對不起師傅李雲，所以，不忍心再害他性命，也不忍心

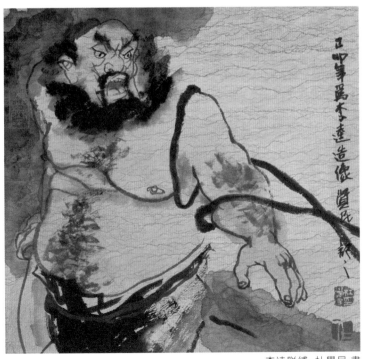

李逵脫縛　杜覺民　畫

193

將他一個人扔在那兒不管。朱貴覺得弟弟的想法也有道理，就讓李逵留下，和朱富一起在路邊等李雲，自己護送朱富的家眷先走。

朱貴走後不久，李雲慢慢地醒了。他看見滿地屍體，心頭大怒，跳起來就要和李逵拚命。兩個鬥了數十回合，不分勝負。這時，朱富上去把他叫住，先向他賠罪，說明他兄弟倆的苦衷，然後，又向他陳述了利害關係。李雲心想，自己一個人絕對無法抓李逵，又死了這麼多人，回衙門如何交代？幸虧自己沒有成家，來去自由，不如隨他們上梁山吧。於是，三個人合在一起，趕上朱貴，投梁山去了。

智殺裴如海

第二十八章

李逵安全回山，還帶來了朱富、李雲兩位好漢，晁蓋與宋江非常高興。眾人閒聊時，忽然想起公孫勝，他是在李逵之前回薊州探親的，說好去三個月，卻到現在還沒有回來。宋江不放心，叫戴宗下山去探聽消息。

戴宗離了梁山泊，往薊州而去。半路上遇到"錦豹子"楊林。於是，兩人結伴去找公孫勝。

幾天後，兩人來到薊州府。他們城裏城外到處打聽，卻問不到半點有關公孫勝的消息。

一天，他們在街上閒走，看見街心有兩幫人在打架，為首兩人，一個是本城的押牢節級兼市曹行刑劊子手楊雄，一身好武藝，江湖上人稱"病關索"，剛行刑回來，朋友們正在按當時的慣例給他掛紅賀喜。另一個叫"踢殺羊"張保，是薊州守軍中的一個小頭目，與楊雄不和，帶了手下的一幫無賴

195

兵丁故意前來找茬。由於是突然襲擊，楊雄被張保一伙人圍住，一身武藝施展不開，眼看就要吃虧。

這時，有個挑柴的大漢路過，看他們幾個人圍着楊雄，便上去勸架。那張保橫起三角眼罵道："你這個餓不死的乞丐，誰要你多管閒事！"那大漢被罵得心頭火起，一把抓住張保，只一推，張保跌出一丈多遠。其他人見了，想上來動手，早被那大漢一拳一個，打得東倒西歪。楊雄掙脫了身子，把武藝都施展出來，那些兵丁被打得哇哇亂叫。張保見勢頭不好，爬起來一溜煙走了。楊雄哪裏肯罷休，大踏步追了上去。那大漢仍然在原處，和留下的那些兵丁廝打。

戴宗和楊林看了暗暗喝彩道："路見不平，拔刀相助，真是條好漢！"便上去把他勸住，拉他到旁邊

石秀抱不平　戴敦邦　畫

196

巷子裏的一個酒家喝酒。那大漢名叫石秀，原籍金陵，早先隨叔父販馬，叔父亡故後，一個人流落到此，賣柴為生。他好打抱不平，人稱“拚命三郎”。戴宗把自己的身份也告訴了他，並邀請他上梁山入伙。三人正談得投機，楊雄進酒店來找石秀。戴宗和楊林不知楊雄的底細，悄悄離開了。幾天後，他們同在飲馬川結識的好漢“火眼狻猊”鄧飛、“玉幡竿”孟康和“鐵面孔目”裴宣一起回梁山去了。

再説楊雄見了石秀，再三向他表示感謝，又叫了許多酒菜，和石秀邊喝邊聊。楊雄喜歡石秀的豪俠氣概，兩人當即結拜為兄弟。楊雄見石秀孤單一人，就讓石秀搬到他家去住，石秀答應了。不久，楊雄的岳父潘公開了一家屠宰作坊，請石秀主管。就這樣，石秀在楊雄家住了下來。

楊雄的妻子潘巧雲，長得十分漂亮，只是天性風流，和報恩寺的年輕和尚裴如海暗有往來。楊雄公事繁忙，常常晚上不回家。楊雄不在時，潘巧雲就叫丫頭迎兒在後門擺出香桌做暗號，引裴如海來奸宿；裴如海又收買了寺裏一個頭陀在後門口敲木魚，提醒他五更時溜走。

一個月來，石秀老聽得報曉頭陀來巷裏敲木魚，心裏有些可疑。有天，五更時分，石秀睡不着覺，又聽得木魚響，便從門縫裏張望，只見一個人戴頂頭巾，從黑影裏閃出來，和頭陀一起走了。見此情景，石秀心頭十分憤恨，便去告訴楊雄。楊雄大怒，石秀勸他暫且不要聲張，待拿到真憑實據以後再説。楊雄覺得有理，答應了。可是，就在這天下午，楊雄被知府召去舞了幾回槍棒，知縣賞了他十大盅酒。從知縣家出來，眾人又拉他去喝酒，直喝得酩酊大醉。回到家裏，楊雄見了潘巧雲，不由得怒火中燒，把石秀的叮囑忘得一乾二淨，指着她的鼻子大罵，罵完後，倒在牀上呼呼地睡着了。

潘巧雲是個很有心機的婦人，知道一定是石秀把她和裴如海的事情告訴了楊雄，於是，索性來個惡人先告狀。等楊雄醒來後，她哭哭啼啼地對楊雄說石秀趁他不在家時如何調戲她。楊雄耳朵軟，信以為真，就此對石秀冷落起來。石秀心思縝密，猜想一定是楊雄酒後透露消息，反而受了潘巧雲的挑撥。為了彼此的體面，他也不說破，找個借口，搬出了楊雄的家，到客棧去住。

到了客棧後，石秀尋思道：我受點冤屈倒也罷了，只是那婦人手段太毒，哥哥早晚要吃大虧。不如我暗中幫他把這件事辦了，免得他受那

頭陀報曉　賀友直　畫

198

婦人蒙騙。一天，石秀打聽好楊雄在衙門值夜班的日子，拿了尖刀，四更時分悄悄伏在楊雄家的後門外。五更時，頭陀挾着木魚，探頭探腦來到巷口。石秀閃到他背後，脫了他衣服，拿了他木魚，又一刀將他殺了，自己扮成頭陀，敲着木魚進巷來。裴如海聽到木魚聲便披衣起牀，躡手躡腳閃出後門。石秀跟上去，一腳把他絆倒，喝令他脫去衣服，然後，把他一刀宰了。石秀把兩個人的衣服捲做一包，帶回客棧，然後悄悄上牀睡下。

天亮後，楊雄值完夜班出來，聽外面傳得沸沸揚揚，說報恩寺裏一個和尚、一個頭陀被人赤條條地殺死在他家後門巷子內，這才醒悟過來，知道這件事準是石秀幹的，於是，急忙找到石秀，向他道歉。石秀拿出和尚、頭陀的衣服給楊雄看，楊雄一看，怒火沖天，忙要去殺潘巧雲。石秀笑着把他勸住了，並說出一條殺潘巧雲的妙計。

過了幾天，楊雄謊說要去東門外岳廟燒香還願，把潘巧雲和迎兒騙到城外翠屏山上的亂墳堆裏。到山上時，石秀已經在那兒等着了。楊雄問起裴如海的事，潘巧雲支支吾吾地不肯承認。楊雄大怒，拔出尖刀擱在迎兒的脖子上，迎兒嚇得魂飛魄散，把事情一五一十都說了出來。潘巧雲抵賴不過，只好招認。楊雄手起刀落，把兩個人都殺了。然後，他和石秀商議，打算去梁山泊安身。

這時，旁邊松樹背後轉出一個人來，喝道："光天化日之下，你們殺了人，還想上梁山落草！我在此看了多時了！"楊雄大驚，抬頭一看，卻是他的朋友神偷時遷。此人輕功極好，飛檐走壁，如履平地，江湖上人稱"鼓上蚤"，他曾在薊州府吃官司，楊雄救過他。今天他是來盜墓的，正好碰上楊雄和石秀在墓地裏殺人，他不便露面，就躲在松樹背後，後來，聽他們說起要上梁山泊聚義，不覺動了心，就走了出來，要跟他們一起去。三個人草草整理了一下行裝，從後面小路下山，往梁山泊而去。

幾天後，他們來到鄆州地面，看見前面有一家客店，前臨官道，後傍大溪，兩旁種了數百棵楊柳樹，大門兩旁有一副對聯："庭幽暮接五湖賓，戶敞朝迎三島客。"雖說是荒村野店，卻給人以氣勢不凡的感覺。楊雄三人進去投宿。由於時間太晚，肉已經賣

智殺裴如海　賀友直　畫

完，他們就要了一瓮酒和一碟剩餘的熟菜。時遷到裏面轉了一圈，打了一桶熱水出來。大家洗了手，坐下來喝酒。

石秀看見店裏放了數十把朴刀，覺得奇怪。店小二告訴他們，此地方圓三十里地面名叫祝家莊，莊主祝朝奉有三個兒子，個個武藝高強，人稱"祝氏三傑"。由於地近梁山泊，擔心梁山上的人馬會來侵擾，所以，莊子裏家家戶戶都發了兵器。這個客店也是祝家開的，莊上常常派人到這兒來值班。說完，店小二回房休息去了。

店小二走了以後，時遷笑嘻嘻地說："兩位哥哥可要吃肉？"說着，到裏面灶上摸出一隻大公雞來。原來他剛才去屋後解手時，看見籠子裏有一隻大公雞，就偷偷拿到溪邊殺了，再假裝燒水，把雞扔進鍋裏，現在正好煮熟。楊雄和石秀看了都忍不住笑了起來，說他是賊性難改。

三個人一邊吃雞一邊喝酒，正吃得高興，店小二怒氣沖沖地走了出來，說有人偷了他的雞。時遷哪裏肯認帳，一口咬定那隻雞是他們自己路上買的。店小二十分生氣，和時遷吵了起來。石秀連忙向店小二道歉，答應賠他錢。可店小二卻說："這是一隻報曉的雞，店裏少不了它，就是賠十兩銀子也沒用，我只要還我的雞。"石秀大怒道："你騙誰？老爺不賠你，又怎麼樣？"店小二說："你不要嘴硬。我這店不比別的客店，把你當作梁山賊寇抓起來，夠你受的。"石秀聽了，大罵道："我就是梁山好漢，看你怎麼抓了我去請賞。"店小二大叫一聲："有強盜！"店裏衝出五六個值班的大漢，和楊雄他們打了起來。那些人哪裏是楊雄和石秀的對手？沒幾個回合，就被打得哇哇亂叫，一個個從後門逃走了。

楊雄三人知道他們一定是回祝家莊報信去了，於是，收拾行李，一把火燒了客店，急急忙忙走了。不多久，後面果然來了追兵。混戰中，時遷失手被擒。由於天黑，路徑又不熟，楊雄和石秀沒法返回去救他。兩人好不容易擺脫追兵，來到一個村落旁。這時，天已經亮了。

一夜混戰，楊雄和石秀又餓又累，便走進村邊的酒店去吃早飯。在酒店裏，楊雄遇到了一個熟人。此人名叫杜興，人稱"鬼臉兒"，前年在薊州經商時，因失手打死了人而坐牢，楊雄見他是條好漢，出力把他救了出來，沒想到今天在這兒見面。説起別後的經歷，楊雄把昨夜大鬧祝家店的事告訴了杜興。杜興聽了，安慰楊雄道："恩人不必煩惱，此事我可以幫你解決。"

火燒祝家店　王家訓　畫

原來，此地總共有三個莊子，中間是祝家莊，西邊是扈家莊，東邊是李家莊。這三個莊子訂有攻守同盟，彼此之間關係很好。杜興現在是李家莊的總管，莊主"撲天雕"李應為人十分豪爽，由他出面，一定可以讓祝家莊放人。楊雄和石秀聽了十分高興，就隨他一起去李家莊。

到了李家莊，李應聽他們講了事情的經過，一口答應，當即寫了書信，讓一名副總管去祝家莊要人。不料祝氏三傑年輕氣盛，不買李應的帳。李應很不高興，又寫了一封信，叫總管杜興親自送去。祝氏三傑看了李應第二封信，不但不肯放人，反而當着杜興的面大罵李應不識時務，還把杜興趕了出去。杜興回去一說，李應氣得七竅冒煙，當即披甲上馬，點起三百莊客，帶了杜興以及楊雄、石秀到祝家莊找祝家兄弟論理。

到了祝家莊前，李應把人馬排開，大聲叫祝家兄弟出來答話。這時，莊門大開，老三祝彪帶了五六十騎人馬衝了出來，到陣前站定，指着李應罵道：“那時遷已經招認是梁山泊強盜，你為何還一次次來要人？若再不走，連你也一同抓了，押到府衙門去。”

李應大怒，挺槍來鬥祝彪。兩人在莊前鬥了十幾個回合，祝彪鬥不過李應，撥馬就走，李應追了上去。祝彪看李應追得近了，回身一箭，正中李應臂膀，李應翻身落馬。楊雄和石秀見了，連忙衝上去，把李應救了回來。

回到李家莊，楊雄、石秀與杜興商議道：“沒想到那祝氏三傑如此蠻橫，當今之計，只有請梁山泊的兄弟來營救時遷，並替李大官人報仇了。”於是，兩人辭別李應，上了梁山。

兩打祝家莊

第二十九章

　　宋江聽楊雄和石秀説起祝家莊的事情，十分憤怒，親自帶了人馬下山，攻打祝家莊。大隊人馬來到獨龍山，在距祝家莊一里以外的地方紮下營盤。祝家莊位於獨龍山前的獨龍崗上，地形十分複雜，所以，宋江先派石秀和楊林進莊探路。

　　第二天五更時分，石秀扮做賣柴的樵夫，楊林扮做走江湖的解魔法師，一前一後，朝祝家莊走去。到了莊內，石秀發現裏面的路彎彎曲曲像個迷魂陣，馬上警惕起來，不敢亂走。他找了一個面貌慈祥的老大爺，很有禮貌地行了個禮，説自己是外鄉人，因為經商蝕本，無法回鄉，只好挑了一擔柴到這兒來賣，請老人家指點途徑。老人聽了，叫他快走，説這裏就要打仗了，陌生人進來，弄不好被當作梁山泊的奸細，那可就沒命了。石秀連忙問他出莊的路，老人搖了搖頭，連説幾聲“難走”，還給他念了一首詩："好個祝家莊，盡是盤陀路。容易入得來，只是出不去。"石秀聽了，捶胸頓足，放聲大哭。老人見他可憐，便安慰他道："小伙子，這擔柴算我買下了。你先進來吃點飯，我再告訴你如何出去。"

石秀探路　焦成根　畫

飯後，老人告訴石秀一個秘密，這兒的路以白楊樹為暗號，凡是有白楊樹的地方就是活路，可以轉彎，否則，就是死路。石秀聽了，再三拜謝，然後，準備出門。這時，他忽聽得外面鬧哄哄的，說是抓住了一個梁山泊的奸細。他連忙向門外張望，見楊林被人用繩索綁着向前走，心裏不禁暗暗叫苦，但又不敢聲張。老人拉住石秀，說道："今天太晚了，出去很危險。不如就在我這兒過一夜，明天早上再走。"石秀想了想，答應了。過了一會兒，有人挨家挨戶地上門來通知道："大家聽好了，今天晚上以紅燈為號，齊心殺賊，捉拿梁山泊強盜，重重有賞！"石秀聽了，知道宋江今晚攻打祝家莊兇多吉少，暗自盤算了一番，假裝困乏，進房睡覺去了。

宋江在莊外，不見楊林和石秀出來，不覺焦躁起來，看看天色已晚，便下令發動進攻。梁山人馬殺到莊前，見吊橋已經高高收起，莊子裏靜悄悄的，看不見一點燈火。宋江心中疑惑，卻聽得一聲炮響，獨龍崗上亮起了上千支火把，門樓上萬箭齊發。宋江知道中計，急忙命令部隊後撤，轉回去時，發現來時的路已經全被各種障礙物堵住了。眾人正在尋路，又是一聲號炮，炮聲未絕，四面八方又響起了吶喊聲。宋江看勢頭不好，便命令部隊往大路上衝。不料這莊子前都是盤陀路，衝殺了半天，又回到了原來的地方。宋江沒法，只好再吩咐眾人往火把亮的地方衝。但衝了沒多遠，前面又叫喊起來，原來這是一條死路，佈滿了竹籤、鹿角、鐵蒺藜等障礙物。宋江叫苦不迭，喊殺聲越來越近，眼看就要全軍覆滅。

　　正在這危急的時候，石秀不知從哪兒鑽了出來，他領着眾人走出了盤陀路。但這時又出現了一件怪事，無論梁山人馬走到哪裏，祝家莊的人馬就趕到哪

一打祝家莊　戴敦邦　畫

裏，阻截他們。宋江感到很疑惑，石秀告訴他：「今晚打仗，他們以紅燈為號。」花榮在馬上，果然看見一盞紅燈，他對宋江說：「哥哥，你看見樹影裏那盞燈嗎？我們走到哪裏，它就指向哪裏。想來那盞燈就是號令了。」說着，張弓搭箭，把紅燈射滅了。四面的伏兵看不見紅燈，頓時亂了起來。宋江乘機叫石秀領路，朝村口衝殺出去。將近村口時，正好山寨中前來接應的第二撥人馬趕到，於是，裏應外合，殺散村口的伏兵，宋江的人馬終於殺出了重圍，但黃信在混戰中被莊丁捉了去。

經過這場挫折，宋江頭腦冷靜多了，叫楊雄和石秀帶他去李家莊，向李應探聽祝家莊的虛實。到了李家莊，管家杜興把他們迎入大廳，並把此事稟報了李應。李應雖然與祝家莊鬧翻，但與梁山泊直接交往仍有顧忌，所以推說箭傷尚未痊癒，謝絕見面。杜興只好送宋江他們走。臨別時，杜興告訴宋江，祝家莊還有一個後門，進攻時，必須前後夾攻方能奏效，還提醒宋江注意西邊的扈家莊，扈太公的女兒扈三娘人稱「一丈青」，使兩口日月刀，武藝十分高強，她已經與祝彪訂親，一定會來救援。宋江聽了，連連稱謝。

從李應那兒回來後，宋江決定再次攻打祝家莊。這次宋江親自做先鋒打頭陣，他點了馬麟、鄧飛、歐鵬、王英四個頭領，讓戴宗、秦明、楊雄、石秀、李俊、張橫、張順、白勝各帶人馬隨後跟上，林沖、花榮、穆弘、李逵分作兩路在最後接應。

一切調撥停當後，宋江帶了四個頭領，一百五十騎馬軍，一千步兵，前面是大紅帥字旗，殺奔祝家莊而來。到達莊前，看見大門口新豎起兩面大旗，上面寫着：「填平水泊擒晁蓋，踏破梁山捉宋江。」眾頭領看了大怒，宋江指天發誓道：「不破祝家莊，我宋江

207

永不回梁山泊！"他讓戴宗、秦明等進攻前門，自己帶了前部人馬轉到莊後，攻打後門。

宋江到了莊後，正要指揮眾人進攻，卻見西邊來了一彪人馬，當頭一員女將，舞一對日月雙刀，正是"一丈青"扈三娘。王英是個好色之徒，見來了女將，便抖擻精神，搶先出陣迎敵。不料扈三娘刀法嫻熟，十幾個回合下來，王英被殺得手忙腳亂，看看勢頭不好，轉身想走。扈三娘縱馬趕上，一伸手就把他活捉過去。歐鵬見了，挺槍來救，卻也只能和扈三娘戰個平手。祝家莊恐怕扈三娘有個閃失，忙放下吊橋，打開莊門，祝龍親自引了三百人馬衝出來，直奔宋江，馬麟上去應敵。看看身邊只剩下鄧飛一個頭領，馬麟又鬥不過祝龍，宋江有點慌張起來。這時，秦明聽到廝殺聲，從前莊趕了過來。宋江連忙叫他去替換馬麟。

秦明是個急性子，舞起狼牙棒直奔祝龍。馬麟乘機脫身，帶了人衝入對方陣中去救王英。扈三娘見了，撇下歐鵬，回陣迎戰馬麟。兩個人都使雙刀，兩匹馬攪在一起，四把刀上下翻飛，猶如風飄玉屑，雪撒瓊花，看得人眼花繚亂。那邊祝龍和秦明已經鬥了十幾個回合，見祝龍不是秦明對手，祝家莊的首席武師欒廷玉帶了鐵錘，挺槍上馬，衝了出來。歐鵬上去攔截，被欒廷玉一飛錘打中肩膀，翻身落馬。嘍羅們連忙上去，把他救回陣中。

祝龍鬥不過秦明，拍馬就走。秦明正要追趕，欒廷玉上來擋住。那欒廷玉武藝十分高強，與秦明大戰數十回合，不分勝負。欒廷玉賣個破綻，落荒而走。秦明不知是計，追了上去，看看追近，草叢中拉起一條絆馬索，把秦明連人帶馬絆倒在地，活捉去了。鄧飛急忙去救，也被伏兵絆倒，活捉了。宋江看了，叫苦不迭。馬麟見勢頭不好，撇下扈三娘，奔回來保護宋江，往南而走。這時欒廷玉、祝龍、扈三娘分頭追來，眼看就要追上宋江，穆弘、楊雄、花榮三路人馬殺到。宋江大喜，撥轉馬頭，合力圍攻欒廷玉和祝龍。莊上的人看見了，怕他們吃虧，留下祝虎守莊，祝彪帶五百人馬衝殺出來，一起加入混戰。莊前李俊、張橫、張順下水過來，被莊上亂箭射回，不能得手。戴宗、白勝等只能隔着河，在對岸吶喊助威。看看天色已晚，宋江吩咐鳴金收兵，自己四處巡視，只怕有弟兄迷路。

　　宋江正在巡視，突然間扈三娘飛馬趕到。宋江措手不及，拍馬往東而走，扈三娘在後面緊緊追趕，追到樹林邊，正遇上林沖，林沖挺起丈八蛇矛迎敵。兩人鬥不到十個回合，林沖賣個破綻，放扈

單捉王矮虎　周峰　畫

三娘兩口刀砍入來，用長矛逼住，輕舒猿臂，只一拉，把扈三娘活捉了。林沖護送宋江來到村口，這時，其他頭領也都從村裏退了出來。雙方收兵，各自回營。

回到營房，宋江悶悶不樂，左思右想，想不出破莊的辦法。第二天上午，吳用帶了阮氏兄弟以及呂方、郭盛等頭領前來增援。宋江把交戰失利的情況告訴吳用，歎息道："若是打不破祝家莊，救不出被俘的兄弟，我寧可戰死在此地，也沒有臉回去見晁蓋哥哥。"吳用笑了笑，安慰宋江道："公明兄不必焦慮，最近山寨裏又來了一位兄弟，有這個人在，大破祝家莊只在且夕之間。"

　　吳用提到的那人名叫孫立，人稱"病尉遲"，原是登州府的軍馬提轄。他有兩個遠房表兄弟，是登州城外的獵戶，一個叫"兩頭蛇"解珍，一個叫"雙尾蠍"解寶。弟兄兩個都使混鐵點鋼叉，有一身驚人的武藝。

　　當時登州山上有老虎出沒，接連傷人，官府召集獵戶，限期三天捕獲。解珍、解寶接了捕虎文書，哪敢怠慢。他們在山上老虎出沒處安置了窩弓、藥箭，然後，找一個地方隱蔽起來。但是，一連等了兩天兩夜，老虎都沒有出現。到第三天夜裏四更時分，他們實在太累了，背靠背打起盹來。朦朧之間，忽聽得窩弓發動的響聲，兩人連忙跳起來查看。只見一頭老虎中了藥箭，在地上亂滾，弟兄倆提着鋼叉，朝老虎奔去。老虎見了人，掙扎着往山下逃，逃到半山腰，藥力發作，狂吼一聲，骨碌碌滾下山去，恰好滾進毛家莊的後花園。這時，天快要亮了。

　　解珍、解寶來到毛家莊要老虎。過了好長時間，莊主毛太公才出來。他非常客氣地把他們迎入客廳，招呼他們吃早飯。解珍、解寶心思都在那隻射死的老虎身上，哪裏肯吃早飯，婉言謝絕了。毛太公又請他們喝茶，他們不好意思再拒絕。喝完茶，毛太公帶他們到後花園去。後花園的門鎖着，毛太公拿鑰匙去開，開了很久，卻打不開。他自言自語地說："好久沒有人進去，這鎖一定是鏽壞了。"於是，吩咐莊客用鐵錘把鎖砸掉。

　　進入後花園，弟兄倆分頭去找，卻不見老虎的蹤影。毛太公對

毛太公賴虎　彭偉　畫

解珍、解寶說道：「兩位賢侄，會不會天黑你們看錯了，那老虎沒有落在這裏？」弟兄倆說不可能，他們看得清清楚楚，那老虎確實是落在他家的後花園。突然，解寶發現草地上有老虎翻滾壓過的痕跡，草上還沾了血跡，連忙叫解珍來看。兄弟倆懷疑那老虎被毛家的莊客抬走了，因為毛太公是地方上的里正，也接到了官府的捕虎文書，需要死老虎去交差。於是，他們衝入廳前搜尋，但搜了半天，也不見老虎，一怒之下就砸了廳裏的桌椅。毛太公便說他們是上門搶劫，要莊客把他們拿下解官。解珍、解寶見他們人多，只好氣沖沖地走了。

走到門口，正好毛太公的兒子毛仲義帶了一伙人從外面回來，解珍、解寶就把毛家賴虎的事告訴他。毛仲義說道：「那一定是莊客搞鬼，父親受他們騙了。你們跟我來，我幫你們找。」解珍、解寶跟他進去了。到了裏面，毛仲義把大門關上，然後，臉色一變，喝道：「來人！把這兩個無賴綁了！」說時遲，那時快，兩邊衝出數十個莊客，把解珍、解寶按住綁了起來。弟兄倆這才發現，毛仲義帶回來的那伙人都是衙門裏的公差。原來，毛太公發現那隻死虎以後，立即叫毛仲義把它送到了州衙門，謊說是毛家打死的；同時，估計解珍、解寶找不到死虎會到他家爭吵，便讓毛仲義帶一批公差回來。弟兄倆不明真相，果然中了他的計。

公差把解珍、解寶押到州衙門。州衙門的孔目官王正是毛太公的女婿，上上下下都已被他買通。審訊時，解珍、解寶被定為「白晝持械入室搶劫」的重罪，關入了死囚房。這時，一個年輕的獄卒悄悄走到他們的牢房前，問他們是不是「病尉遲」孫立孫提轄的表弟。弟兄倆覺得十分意外，因為孫立雖然是他們的表兄，但平時並無往來。那獄卒告訴他們，他叫樂和，是孫立的妻弟，除了習武之外，還通曉音樂，人稱"鐵叫子"。他見解珍、解寶是兩條好漢，又和自己沾了點親戚關係，所以，有心要救他們。

弟兄倆聽了喜出望外，商量下來，決定請樂和帶信給他們在城外開酒店的姑表姐姐顧大嫂，請她想辦法救他們。顧大嫂是孫立的弟弟"小尉遲"孫新的妻子，武藝高強，性格豪爽，人稱"母大蟲"。

樂和找到酒店，把解珍、解寶受陷害的事和顧大嫂一說，顧大嫂就跳了起來，心急火燎地把孫新找來，商議營救的辦法。孫新想了想，說道："毛太公那老狗十分奸猾，他知道解珍、解寶一旦出獄，一定會找他算帳，所以要把他們弟兄倆往死裏整。官府上下都已經被他買通，除了劫牢，沒有別的辦法。"顧大嫂聽了，手掌一拍，嚷道："劫牢就劫牢，有什麼可怕的！"孫新笑道："你好魯莽，劫牢可不是小事，光憑你我兩個哪裏能行？你先準備酒菜，我去叫幾個朋友幫忙。"說完，就出去找人。

黃昏時，孫新帶了兩個好漢回來了。這兩個好漢是叔侄倆，叔叔叫"出林龍"鄒淵，侄兒叫"獨角龍"鄒潤，都有一身好武藝，膽氣過人，目前在城外登雲山落草。飲酒時，顧大嫂把劫牢的事情告訴他們，兩人一口答應，並提出劫牢以後就去梁山泊，不知道顧大嫂他們敢不敢去。顧大嫂說："有什麼不敢的？只要能救出我兩個兄弟，什麼地方我都去。"於是，他們仔細策劃了劫牢的計劃，一直商量到深夜。

第二天，孫新派人去通知孫立，說顧大嫂得了急病，請他們來幫忙。孫立得到消息後，便帶了妻子樂大娘子急匆匆趕來了。孫新把兄嫂迎入房內，孫立正要問顧大嫂的病情，卻見顧大嫂風風火火地從外面走了進來，後面跟着鄒淵、鄒潤叔侄倆。孫立覺得奇怪，問道：“弟妹，你這是害的什麼病？急急忙忙地把我們叫來。”顧大嫂説：“我害的是救弟弟的病。”孫立更摸不着頭腦了，問道：“救哪個弟弟？”顧大嫂便把解珍、解寶的事情告訴孫立，請他一起劫牢救人。

　　孫立聽了連連搖頭，説：“我是朝廷的軍官，怎麼能做這樣的事？”顧大嫂見孫立不肯答應，惱怒起來，嚷道：“既然伯伯不肯，那麼，你做你的官，我做我的賊，今天就拚個你死我活！”説完，從身邊拔出兩把尖刀，站在他身後的鄒淵和鄒潤也都亮出了兵

顧大嫂探獄　彭偉　畫

器。樂大娘子是個文弱的人，哪裏見過這樣的陣勢，嚇得目瞪口呆。孫立連忙叫住顧大嫂："弟妹且住，有事好商量。"一邊說，一邊思忖：倘若去告官，那會害死弟弟的；倘若不去告官，他們鬧出事情來，不管是成是敗，自己都免不了要受到牽連。想到這裏，他長歎一聲："罷，罷，罷，聽你們的，我參加就是了。"於是，各人按計劃分頭行事。

第二天，顧大嫂去給解珍、解寶送飯。樂和打開大門，把顧大嫂放進院子。看牢房的包節級因為受了毛太公的賄賂，故意刁難，不許顧大嫂與解珍、解寶見面。顧大嫂也不與他爭執，把飯菜交給樂和，由樂和送進去。樂和乘機把解珍、解寶的牢門打開，除去了

登州大劫牢 顧曾平 畫

他們身上的木枷。這時，孫立帶了十幾個親信，騎着馬來了。包節級不肯讓他進來，孫立便使勁打門。顧大嫂聽到聲音，大喝一聲："還我兄弟！"從身邊拔出兩把明晃晃的尖刀，直奔包節級。包節級嚇得轉身就逃，正好解珍、解寶從牢房裏衝出來，提起木枷朝他砸去，當場打死在地。顧大嫂手揮尖刀，戳死了幾個獄卒。其他的獄卒看勢頭不好，都四散逃命去了。

四個人從牢裏殺出，與外面的孫立、孫新兄弟會合，一起向州衙門衝去。到了那兒，鄒淵和鄒潤已經殺了王正，正提着他的腦袋從裏面衝出來。公差們見孫提轄也來了，誰還敢出手阻攔？看着他們殺出城門，揚長而去。

回到顧大嫂的酒店，眾人的家眷都早已等在那兒，行李也已經裝上了車。解珍、解寶提出要趁此機會殺毛太公報仇，眾人覺得有理。於是，孫新保護家眷和行李先行，孫立帶了解珍、解寶及其餘的人直奔毛家莊，殺了毛太公一家，一把火燒了莊子，然後，趕上車隊，一起投奔梁山泊而去。

孫立等人來到梁山，正好吳用要領兵去增援宋江攻打祝家莊，孫立獻計道："吳軍師，祝氏三傑的老師欒廷玉是我的同門師兄弟，我可以假裝從登州對調到鄆州防守，順路去看望他，再裏應外合，一定可以攻破祝家莊。"吳用聽了大喜，忙去宋江營中報告喜訊。

三打祝家莊

第三十一章

　　宋江聽到吳用帶來的消息，喜出望外。不一會兒，孫立等人到了。宋江把他們迎入帳內，設宴款待。席上，吳用把他的計策告訴大家，眾人皆依計分頭行事。這時，嘍囉進來報告說，扈三娘的哥哥扈成牽牛擔酒，前來求見。原來，扈三娘被擒之後，扈太公十分焦急，希望祝家莊能與宋江談判換人。不料，祝氏三傑好大喜功，一心要捉宋江，向朝廷請功，不肯談判。扈太公沒法，只好叫扈成直接到宋江營中求情。吳用聽了正中下懷，他告訴扈成，扈三娘現在不在營裏，已送到山上大寨，宋太公很喜歡她，認她做了乾女兒，拿下祝家莊後，一定送她回去，和家人團聚；同時，勸扈成與祝家莊斷絕往來，倘若有人逃到他們那兒，一定要綁了送來。扈成一一答應了。

　　再說孫立打起"兵馬提轄"的旗號，帶了家眷及隨行人馬來到祝家莊後門。欒廷玉聽說孫立調任鄆州兵馬提轄，順路來看他，十分高興，連忙放下吊橋，出莊迎接。祝朝奉和祝氏三傑雖然是精明人，但見孫立帶了家眷前來，自然不會起半點疑心；再說，祝家莊屬鄆州地面，也在他的管轄范圍內，哪裏敢怠慢？於是，大擺酒宴，招待孫提轄一行。飲酒間，欒廷玉說起與梁山泊交戰的事，孫提轄朗聲大笑，說道："區區草寇，何足道哉！我就在這裏多住幾天，看他們敢怎麼樣！"祝朝奉聽了滿心喜歡。

過了兩天，莊客來報，宋江領兵來犯。大家登上門樓去看，只見林沖正在高聲叫罵。祝龍性格急躁，提槍上馬，衝出去與林沖交戰。莊前擂起戰鼓，兩邊用弓箭射住陣腳。祝龍和林沖鬥了三十多個回合，不分勝負，雙方鳴鑼，各回本陣。祝虎大怒，衝到陣前，大叫宋江決戰。叫聲未了，宋江陣中衝出穆弘，兩人大戰三十回合，又是不分勝負。祝彪按捺不住，也衝了出去，那邊楊雄出陣接住。孫立在門樓上看兩邊都相持不下，便對孫新說道："把我的鞭槍拿來，看我去收拾他們！"

孫立來到陣前，把馬勒住，大聲喝問道："你那賊兵陣上有武藝高強的，出來與我決戰！"宋江陣上兩邊閃開，一陣急促的馬鈴聲，衝出石秀。兩馬相交，雙槍並舉。一個是槍法嫻熟，一個是捨命相撲，打得十分精彩。鬥了五十多個回合，孫立賣個破綻，讓石秀的槍搠過來，一閃身，抓住石秀的腰帶，把他從馬上捉了過來，挾到莊前扔下，喝道："給我綁了！"祝氏三傑見孫立得手，一起衝出，宋江大敗而走。

經此一戰，祝家莊的人對孫立佩服得不得了，欒廷玉也覺得很有面子，十分高興。祝朝奉算了一下，上幾次抓住的時遷、楊林、黃信、王英、秦明、鄧飛，連同今日活捉的石秀，祝家莊已經擒獲了七個梁山泊頭領。孫立叫他們一個也不要殺,而且不能虐待,說道:"押送官府時,這些強盜看上去越精神,就越能顯出祝家莊的本領。"祝朝奉覺得有理,傳下令去,每天好酒好菜供養,等擒了宋江一起押到東京請賞。

第五天早上,莊客又進來報告說:"宋江兵分四路,前來攻打本莊。"孫立說道:"兵分十路也不怕他!你們且去準備撓鉤套索,要抓活的,死的不要。"然後,隨祝朝奉上門樓觀看,只見正東方一彪人馬,為首的是林沖,後面跟着李俊、阮小二,約五百人馬;正西方一彪人馬,為首的是花榮,後面跟着張橫、張順,也是五百來人;再看南面和北面,也各有五百人馬。欒廷玉說道:"今天必有一場惡戰,大家不可輕敵。"商議下來,欒廷玉和祝虎出後門,迎戰西北兩路人馬,祝龍和祝彪出前門,迎戰東南兩路人馬,孫立協助祝朝奉留守莊中。這時,鄒淵、鄒潤已經藏了大斧,守在牢門左側,解珍、解寶和孫新、樂和分別守住前後門,顧大嫂安排軍馬保護樂大娘子,自己拿了兩把刀在堂前來回走動。

一切安排停當,祝家莊擂起了三通戰鼓,放了一聲號炮,前後門大開,莊中精銳盡出,分四路廝殺。人馬一衝出去,孫立立刻帶領自己人守在吊橋上,孫新在門樓上插起原先帶來的梁山泊旗號。樂和按約定大聲唱歌。鄒淵、鄒潤聽到歌聲,掄起大斧,打開牢門,放出被俘的七個頭領。顧大嫂拔出雙刀衝入內堂,殺宅內的女眷。祝朝奉發覺中計,想投井自殺,石秀大步趕上,一刀剁了首級。十幾個好漢分頭去殺莊兵,解珍、解寶去馬草堆放火。一剎那間,莊內鬼哭狼嚎,黑煙沖天。

祝虎見莊中起火,先奔回來。孫新守住吊橋,大喝一聲:"哪裏去！"祝虎看勢頭不好，撥轉馬頭想走，迎面撞上呂方、郭盛。呂方、郭盛同時舉起畫戟把祝虎搠翻在地，剁成了肉泥。前門的莊兵潰不成軍，孫立、孫新把宋江接入莊內。

　　東路的祝龍鬥不過林沖，飛馬往後莊而去，到了吊橋邊，卻見解珍、解寶把莊兵的屍體一個個往下扔。祝龍急忙回馬，往北而走。斜刺裏衝出李逵，舞起兩把板斧，捲地而來。祝龍措手不及，

李逵殺祝龍　王家訓　畫

被砍斷馬腳，倒撞下來。李逵上去，一斧把他劈死。祝彪得到消息，不敢回莊，單身匹馬投奔扈家莊。扈成叫莊客把他綁了，押着去見宋江，恰好遇到李逵。李逵一斧劈死祝彪，莊客嚇得四散而走。李逵又掄起雙斧，朝扈成砍來。扈成見勢頭不好，飛馬落荒而走，棄家逃命。李逵殺得手順，一直闖入扈家莊，把扈太公一門老幼盡數殺了，又放起一把火，把扈家莊燒成了平地。

宋江在莊內犒賞眾將士，得到這個消息，大吃一驚，正在歎息時，只見李逵渾身血污跑了進來，向宋江報功。宋江火冒三丈，喝

鍾離老人受賞　焦成根　畫

道：「扈成前幾日已來與我梁山通好，你怎麼可去追殺他全家？」李逵卻振振有詞地辯解道：「哥哥，你忘記了，我卻不曾忘記。上次『一丈青』那個鳥婆娘趕着哥哥要殺，把我嚇出了一身冷汗。你又不曾和他妹子成親，倒先護起阿舅、丈人來了。」宋江聽了連連搖頭，哭笑不得。

這時，吳用引了一行人馬來莊上祝賀宋江。石秀建議宋江賞賜有指路之恩的鍾離老人。宋江和吳用商議後，便賞賜鍾離老人一包金帛，又給莊裏每戶人家發糧一石，然後帶領眾將載上多餘的糧食、牛羊回到了梁山。

再說李應在家養傷，閉門不出，一面又派人打探祝家莊消息，聽說宋江破了祝家莊，心中又驚又喜。一天，莊客進來說本州知府駕到，李應連忙開門迎接。不料，那知府一進大廳就喝令手下把李應和杜興綁了，說他們勾結梁山泊強盜，害得祝朝奉家破人亡。李應百般分辯，知府哪裏肯聽，帶了他們就走。出莊後不過三十多里，卻聽得林子裏一陣鑼響，宋江等人衝了出來，趕走官兵，把李應和杜興救上了梁山。宋江請李應入伙，李應推說不放心家裏的人，不肯答應。這時吳用笑了起來，說道：「您的家眷就在山上，李家莊已經一把火燒成了平地，您還想回哪兒去呢？」李應不相信，走到外面，只見一隊人馬緩緩上山，正是自己的家眷，不由得大吃一驚。妻子告訴他，他被知府帶走之後不久，又有兩個巡檢帶了三百多個鄉兵來抄家，要她們上車，並一把火燒了莊院。李應叫苦不迭，無可奈何，只好答應入伙。原來這知府、巡檢都是梁山好漢扮的，是軍師吳用的妙着。

義釋雷橫

宋江領兵回到梁山，因扈三娘無家可歸，便做媒把她許配給了王英。山寨大擺酒宴，為新郎、新娘賀喜。這時，正好雷橫去東昌府辦公事回去，途經梁山泊，晁蓋、宋江知道了非常高興，親自下山請他上來喝酒。飲酒間，宋江想邀雷橫入伙。雷橫因家中老母年高，婉言拒絕了。

下山後，雷橫回到鄆城縣。一天，有朋友邀請他一起去看戲，說最近戲院有一個剛從東京來的歌女，名叫白秀英，色藝雙絕。雷橫正閒着沒事，就答應去看看。到了那兒，正好在演開鑼戲，雷橫便在第一排找了個位置坐下。那白秀英果然長得妖冶迷人，容貌、身段樣樣都好，只見她輕移蓮步，款款走上戲台，唱一段，說一段，引得滿棚看客喝彩不止。一曲唱完，白秀英的父親白玉喬插科道："雖無買馬博金藝，自有聰明知音人。看官已經喝彩了，我兒下去走一遭，看官都會賞你的。"白秀英托起盤子，嘴裏念念有詞地説道："財門上起，利地上住，吉地上過，旺地上行，手到面前，不要空過。"邊説邊走，來到雷橫面前。

雷橫見白秀英過來，便伸手去掏銀子，不料一時疏忽，出門

怒打白玉喬　曠昌龍　畫

時忘了帶銀子，只好尷尬地説道："今天忘了帶銀子，明天一起賞你。"白秀英以為他要滑頭，不依不饒地盯着他問："看官既然是來聽戲，怎麼會不帶銀子呢？"雷橫漲紅了臉，説道："賞你三五兩銀子也無所謂，今天確實是忘記帶了。"白秀英冷笑着説："今天一文都沒有，還説什麼三兩五兩，豈不是叫我'望梅止渴，畫餅充飢'嗎？"這時，白玉喬不耐煩地插嘴進來説道："秀英，你怎麼不長眼睛？不看看是城裏人還是鄉下人，只顧問他要什麼？還是去找那幾位懂事的客官，發個利頭。"

雷橫聽了很不高興，責問道："我怎麼不懂事了？"白玉喬不屑地回答説："你若是懂得這種憐香惜玉的風流事，狗頭上生角！"周圍的人聽了，都哄笑起來。雷橫大怒，罵道："你這個狗

奴才，怎敢出口傷人？"白玉喬也不買帳， 嘴道："就罵你這個三家村放牛的，又怎麼樣？"戲場裏有人認得雷橫，出來打圓場，勸道："罵不得，他是本縣的雷都頭。"白玉喬眼皮一翻，有恃無恐地說："什麼雷都頭？我看像是驢筋頭！"雷橫哪裏忍耐得住？跳下座椅，一把揪住白玉喬，當面門一拳，打得他嘴唇爆裂，血流滿面，牙齒都掉了下來。眾人連忙上去勸開。

白秀英見父親被打，便叫了一乘軟轎，到知縣那兒去哭訴。那知縣是新上任的，早在東京時，白秀英就與他勾搭上了，也正是由於這個原因，白玉喬才敢當眾辱罵雷橫。那知縣聽了白秀英的一面之詞，勃然大怒，派人把雷橫抓來，痛打一陣，然後下令給雷橫戴上木枷，押出去號令示眾。白秀英還不罷休，一定要把雷橫押在戲院門口，羞辱雷橫。那糊塗知縣居然也一一依從。

第二天一早，公差們押着雷橫到戲院門口。白秀英知道那些公差都是雷橫的部下，怕他們放交情，就親自坐在路邊茶館裏監視着。公差們沒法，只好按照當時的規矩，把雷橫連枷帶人一起用繩子綁了，當眾鞭打。圍觀的人很多，街上鬧哄哄的。這時，雷橫的母親給兒子送飯來了，看見這情狀，如萬箭鑽心，指責那些公差不講交情。公差們委屈地訴苦道："伯母，你不知道，那個女人和知縣有勾搭，一句話就可以斷送我們。"雷母聽了十分生氣，不顧一切地上去為兒子鬆綁，一邊恨恨連聲地責罵白秀英。

白秀英正得意洋洋地在茶館裏喝茶，聽到雷母罵她，便衝了出來，斥責道："你這個老不死的，怎敢罵我？"雷母見了白秀英，氣不打一處來，說道："罵了你又怎樣？你這個狗仗人勢的娼婦！"白秀英大怒，一巴掌把雷母打倒在地。雷母掙扎着要爬起來，白秀英又趕上去，連打雷母幾個耳光。雷橫是個孝子，見母親挨打，哪裏還按捺得住？一時間怒從心頭起，惡向膽邊生，扯起木枷對準白秀英打去。雷橫是何等樣的氣力？一枷下去，正中白秀英的後腦勺，頓時打得她腦漿迸濺，氣絕而亡。

眾人見出了人命，就押着雷橫來到縣衙。知縣氣得暴跳如雷，

枷打白秀英　黃全昌　畫

把雷橫押入死囚房。管牢的節級正是雷橫的好朋友朱仝。朱仝見雷橫犯下了死罪，十分焦急，為他上下打點，開脱罪名。怎奈那知縣恨雷橫打死了他的情婦，怎麼説也不肯放過雷橫，六十天關押期滿，便移送州衙門問罪，押送的人恰巧又是朱仝。

朱仝帶着幾個公差，押了雷橫離開鄆城縣。走了約十多里地，朱仝見前面有一個酒家，就對大家説道：「咱們進去喝幾杯再走吧。」大家進店正喝得熱鬧，朱仝假裝淨手，把雷橫帶到店外僻靜處，替他打開木枷，説道：「你趕快回去，帶了老母逃命去吧。官司的事，我替你頂着。」雷橫怕連累朱仝，不肯答應。朱仝勸他道：「你若不走，是死路一條。我放走你，再怎麼樣，也夠不上死罪。再説你家中還有年邁的母親，你得為她老人家着想。」雷橫呆了半晌，覺得朱仝的話句句在理，於是，揮淚拜別朱仝，從小路奔回家，帶了老母親，投奔梁山泊去了。

朱仝把空木枷丟在草叢裏，然後回到店裏，

義釋雷橫 王家訓 畫

一臉緊張地對大家說：「不好了，雷橫溜了。」眾人一聽，忙嚷道：「快去他家裏抓人。」朱仝故意磨蹭了半天，料着雷橫走遠了，才帶了眾人回縣衙門自首。知縣雖然生氣，卻也無可奈何。結果，朱仝被判脊杖二十，刺配滄州牢城。

到了滄州，公差把公文呈上。知府見朱仝原先是鄆城縣的都頭，長得一表人材，貌如重棗，美髯過腹，便有八分喜歡，吩咐把他留在州衙門打雜聽差。

一天，知府召朱仝問話。說話間，知府的兒子從內堂跑了出來。小孩約四歲左右，活潑可愛，見了朱仝也不怕陌生，要他抱，抱起來之後，便扯着朱仝的長胡子玩。知府叫他下來，他不聽，嚷嚷着要朱仝帶他出去。知府被愛子纏得沒辦法，只好答應。朱仝帶孩子到街上轉了一圈，買了不少糖果。知府本來就對朱仝印象不錯，見孩子跟他合得來，自然更喜歡了。就此，那小孩每天要找朱仝，朱仝也喜歡孩子，便常常帶他上街玩耍。

不知不覺過了半個月，正是七月半盂蘭盆大齋，外面十分熱鬧。知府夫人吩咐朱仝帶孩子去看燈，朱仝便背着孩子出去了。兩個人來到地藏寺的放生池旁，正玩得高興，突然有人在背後悄悄地拉朱仝的袖子。朱仝回頭一看，卻是雷橫，不覺大吃一驚，連忙把孩子放下，吩咐他在原地看燈，不要走開，自己到一邊與雷橫說話。雷橫把朱仝拉到僻靜處，拜謝他救命之恩，和他說了一些梁山上的事情。這時，吳用走了過來，告訴朱仝說，晁蓋和宋江兩個人都十分想念他，想請他上山。朱仝聽了連連搖頭。雷橫勸道：「哥哥在這兒做得再好，也是伺候人的事。不如一起上山，轟轟烈烈地幹他一番大事業！」朱仝還是不肯。吳用插嘴道：「既然都頭不願意，就不要勉強。"説完，與雷橫兩人陪朱仝走回原處。

三人到原處一看，卻不見了小孩。朱仝這一驚非同小可，雷橫安慰他説："哥哥不要着急，也許是同來的兩個伙伴把他抱走了。"朱仝沒法，只好跟着他們去尋找。出城走了二十餘里，只見李逵在樹林邊等着，朱仝急忙問他："小孩在哪兒？"李逵指了指樹林，説道："被我用了些麻藥，正睡在林子裏，你自己去看。"朱仝搶入林子，見小孩倒在地上，連忙伸手去抱，卻發現孩子已經死了。

朱仝又驚又怒，奔出林子，吳用和雷橫早走得無影無蹤，只看見李逵在遠處向他招手。朱仝氣沖沖地趕上去，李逵又轉身走了。前面都是山路，朱仝走不快。李逵卻是走慣山路的人，朱仝追得緊，他就走得快，朱仝走累了，他也放慢腳步，總是保持這點距離。朱仝氣得七竅冒煙。追着追着，李逵逃入了一座大莊院裏。此時長夜將盡，天色微明。朱仝尾隨李逵進入莊院，這才發現已經來到了滄州城外的柴家莊。柴進把朱仝迎入客廳，告訴他："宋江為了請你上山，故意派李逵殺了小孩，請你不要怪罪他。"説話間，吳用、雷橫從廳邊的小屋裏出來，向朱仝賠罪。朱仝長歎一聲，説道："雖説是兄弟們一番好意，只是這計策實在用得太毒辣了些。"

這時，李逵也出來了。朱仝看見李逵，想起那無辜慘死的孩子，滿腔怒火又爆發出來，跳起來要和他拚命。眾人苦苦相勸，朱仝不依，斬釘截鐵地説："只要李逵在，我就不上梁山！"眾人沒法，商量下來，李逵暫時留在柴家莊。朱仝這才勉強答應，和他們一起上了梁山。

下井救柴進

　　李逵得罪了朱仝，暫時留在柴家莊。

　　一天，柴進接到一封十萬火急的書信，是他住在高唐州的叔叔柴皇城寄來的。高唐州知府高廉是高俅的叔伯兄弟，權勢顯赫。高廉有一個小舅子，名叫殷天錫，更是仗勢欺人，無惡不作。他看中了柴皇城的花園，企圖強佔。柴皇城和他爭執，反而被他打傷。柴家是後周皇帝柴榮的後裔，有宋太祖趙匡胤賜給的丹書鐵券，世世代代受朝廷保護。因此，柴皇城咽不下這口氣，要柴進進京告狀。柴進看了此信，十分焦慮，第二天一早，就帶了李逵一起去高唐州。

　　趕到高唐州，柴進直奔叔叔的臥房。柴皇城雙眼緊閉，已經奄奄一息。柴進把情況告訴了李逵，李逵聽了，暴跳如雷，提起雙斧，大聲嚷道："什麼鳥舅子，先吃我幾斧頭！"柴進知道他性情暴烈，忙說道："李大哥，你別發怒。我家是皇親國戚，不怕有人欺詐。朝廷有條例，我可以和他打官司。"李逵嚷道："條例，條例頂什麼用？若真的有條例，天下會亂成這樣？你等着，我去把那惡棍一斧頭砍了！"柴進連忙把他勸住，笑道："你別着急。等我需要大哥幫忙時，再央求大哥出力。"

失陷高唐州　周峰　畫

232

這時，柴皇城的侍妾慌忙跑出來，讓柴進去見叔叔。柴皇城醒了，兩眼含着淚，拉住柴進的手，要柴進進京告狀，為他報仇，然後，兩眼一閉，含恨死去。柴進痛哭了一場。

第二天，柴進在後堂為柴皇城料理後事。第三天，殷天錫騎着高頭大馬，帶了一幫惡奴，又找上門來了。柴進出來和他論理，告訴他柴家有先皇賜予的丹書鐵券，警告他不得胡來。殷天錫聽了狂妄地大笑道：「什麼丹書鐵券？在這裏，我就是天皇老子！來啊，給我打！」那些惡奴如狼似虎地撲上來，要打柴進。李逵在裏面聽到這話，哪裏還按捺得住？拉開房門，大吼一聲，衝到殷天錫面前，把他從馬上一把揪了下來。那些惡奴圍上來與李逵廝打，經不住李逵三拳兩腳，都鼻青臉腫，一鬨而散逃走了。李逵把殷天錫提起來，拳頭腳尖一起上。那殷天錫平時氣壯如牛，這會兒卻像個豆腐架子，挨不起揍。柴進把李逵勸住，再看那殷天錫，已經七竅流血，嗚呼哀哉了。

柴進知道事情鬧大了，把李逵拉到後堂，叫他趕快逃走。李逵怕連累柴進，不肯走。柴進說：「我有丹書鐵券護身，不會有事。萬一你被他們逮住，事情就不好辦了。」李逵走後沒多久，高廉就派人把柴進抓走，嚴刑逼供。柴進被打得皮開肉綻，熬不過，只好胡亂招供，說是故意縱奴行兇，打死殷天錫。高廉取了供狀，把柴進關入了死囚房。

再說李逵回到梁山，宋江等人聽他說起事情經過，都怪他魯莽，擔心柴進要吃官司。這時，下山探聽消息的戴宗回山稟報：柴進被押入了死囚房，生命危在旦夕。宋江聽了十分焦急，當即決定攻打高唐州，營救柴進。

高廉早年學過道術，手下有一支三百人的特種部隊，號稱"飛天神兵"。他依仗妖法連勝宋江兩陣。宋江苦於無法破高唐州救柴進，和吳用商量後，叫戴宗再去薊州走一趟，李逵做他的伴當，無論如何要把公孫勝找來。

　　戴宗、李逵來到薊州，費了九牛二虎之力，終於打聽到公孫勝在九宮縣二仙山修道。兩人轉過山嘴，來到幾間草屋前，只見裏面出來一位婆婆。戴宗忙上前施禮道："告稟老娘，小可要求見清道人。"婆婆說："孩兒外出雲遊，不在家裏。"李逵見狀大怒道："我是梁山泊黑旋風，聽哥哥將令來請公孫勝下山。早早出來，否則一把鳥火，燒了草屋。"說着，一斧頭先砍翻了一堵牆，婆婆嚇得驚倒在地。戴宗忙喝斥李

打死殷天錫　葉雄 畫

234

逵，扶起婆婆。公孫勝急從裏面出來，答應跟兩位下山。第二天一早，三個人便下了山。戴宗怕宋江擔心，先趕回高唐州報信，留下李逵，一路上小心伺候公孫勝。

李逵和公孫勝走了三天，來到武岡鎮，進一家小酒店吃午飯。公孫勝不沾葷腥，李逵便出去替他買素食。買好素食回去時，他看到鐵匠舖前有一個身材魁梧的大漢在舞鐵錘，那鐵錘有三十來斤重，那大漢舞得興起，一錘砸下，把地上的壓路石打得粉碎，圍觀的人連聲喝彩。李逵看了忍不住技癢，擠進去掂那鐵錘。那大漢喝道：「你是誰？敢來碰我的大鐵錘！」李逵笑道：「你舞得不算好，我來舞一遍，讓大家開開眼。」那大漢不服氣，說道：「好吧，大鐵錘借給你，若是舞不動，看我不好好揍你！」李逵接過鐵錘，如撥弄彈丸一般，上上下下舞動了一番，一口大氣都不喘。那大漢看呆了，拜倒在地，心悦誠服地説道：「哥哥真是大力神下凡，請受小弟一拜！」原來此人名叫湯隆，人稱「金錢豹子」，父親原是打鐵高手，受老種經略相公賞識，在他的門下任職，不久前去世了，他因為好賭，流落在此，打鐵為生。李逵心想，山寨裏正好少一個打鐵的能人，於是，便請他上梁山聚義。湯隆對梁山好漢仰慕已久，聽說他就是大名鼎鼎的「黑旋風」李逵，大喜過望，當即收拾行李，隨李逵走了。李逵帶湯隆回到酒店，伺候公孫勝用過午餐，三人繼續趕路。

幾天後，他們來到高唐州。宋江見了公孫勝，大喜，第二天一早，便率領三軍，搖旗擂鼓，到高唐城下挑戰。高廉出城迎戰。

宋江陣中花榮率先出陣，高廉旗下統制官薛元輝拍馬舞刀，前來迎敵。鬥了不滿十個回合，薛元輝被花榮一箭射死。高廉大怒，又作起妖法。公孫勝見了，不慌不忙地拔出寶劍，指着敵軍，大喝一聲：「疾！」一道金光射去，頓時破了妖法。宋江乘勢襲擊，高廉大敗。

第三天二更時分，高廉前來劫營，吳用早佈下伏兵，三百神兵全部被殲，高廉只帶得八九個親信隨從僥倖逃脫。

經此一戰，高廉元氣大傷，決定向東昌府和寇州兩處求援。第四天晌午，宋江正在攻城，突然間，城中有兩隊人馬衝出，往西奪路而去。眾將要去追殺，吳用卻微微一笑，説道：「不必追趕，正好將計就計。」命令戴宗回梁山另取兩支人馬，扮作官軍，分兩路過來。

尋找公孫勝　周矩敏　畫

高廉回城後，每天派人在城頭望，只等救兵到來。一天，哨兵來報告說，西北邊有兩支兵馬殺到，宋江的陣營不戰自亂。高廉大喜，點起城中所有兵馬，衝殺出去，企圖與援兵會合。

　　到了城外，高廉看見宋江帶了花榮、秦明往小路逃竄，於是，領了人馬追殺過去。追了沒多遠，忽聽得一聲炮響，左右兩邊殺出呂方、郭盛。高廉知道中計，急忙突圍，手下人馬已損失大半。回到城前，卻見城上已都換了梁山泊的旗號，再往四周看看，哪裏有半個援兵？高廉沒法，只好帶了殘兵敗將往山間小路逃命，走不多遠，孫立從山背後轉出，攔住去路。高廉想要回頭，後面又一彪人馬殺到，為首的是朱全，再看看，前後左右都是梁山泊的人馬。高廉還想垂死掙扎，被雷橫大步趕上，一刀揮作兩段。

　　宋江殺了高廉，收兵進城，出榜安民，然後，帶了李逵等人去大牢尋找柴進。一個名叫藺仁的押牢節級稟告道：「三天前，知府高廉要殺柴進，小人不忍下手，推說柴進已經病得奄奄一息，不必下手。後來，知府又派人來催。小人謊稱柴進已死，並把他藏入後面的一口枯井裏面。只是最近兩天城中混亂，小人一直未能去探視，不知他在下面是死是活。」宋江聽了，急忙叫藺仁帶路去救柴進。

　　眾人到了後牢枯井邊，只見下面黑洞洞的，叫了幾聲，沒有人答應，宋江急得直掉眼淚。吳用勸宋江不要着急，問眾人道：「你們誰敢下去探一探？」話還沒說完，只聽李逵叫道：「我下去。」宋江說：「當初是你害了柴大官人，現在也應該你去救他。」李逵笑道：「我下去不怕，但你們不要割斷了繩子。」於是，眾人找來一個大篾筐，吊繩上繫上個大銅鈴，讓李逵坐進筐裏，下到井底。

下井救柴進　葉雄　畫

到了井下，李逵爬出篾筐，在井底摸了一陣，先摸着一具屍骨，然後又摸着一個人。李逵叫一聲“柴大官人”，但那人一動也不動，只是嘴裏有微弱的氣息。李逵一陣高興，忙爬進篾筐裏，搖動銅鈴，眾人把他拉了上來。

李逵向眾人講了井下的事，宋江説：“你再下去，先把柴大官人救上來，然後再放篾筐把你拉上來。”李逵只能再下到井底。他把柴進抱進篾筐，搖動銅鈴。井上的人聽到銅鈴聲，把篾筐扯了上來。柴進滿臉血污，兩腿潰爛，雙眼無力睜開，宋江見了心疼不已，忙喚醫生治療。眾人忙着救柴進，沒顧着井下的李逵，急得李逵在井底大喊大叫。宋江聽了，急忙叫人放篾筐下去，拉李逵上來。

宋江等人把柴進護送上了梁山。幾天後，柴進終於漸漸康復，大家都很高興，設宴慶賀。

時遷盜甲

　　梁山好漢打破高唐州，誅殺知府高廉，這件事驚動了朝廷。在高俅的慫恿下，宋徽宗派遣"雙鞭"呼延灼率一萬精兵進攻梁山泊，並且賜予他一匹踢雪烏騅馬。呼延灼是宋初開國名將呼延贊的嫡派子孫，使兩條銅鞭，有萬夫不當之勇，麾下有一支三千人的馬隊，號稱"鐵甲軍"——馬的身上都披重鎧重甲，刀槍不入。

　　宋江兵馬和呼延灼連打數仗。第一仗，活捉了"天目將軍"彭玘，但趁勢衝殺時，卻被鐵甲軍擋住；第二仗，宋江兵分五路，向呼延灼挑戰，但呼延灼放出連環馬，三十騎為一排，遠用弓箭，近用長槍，漫山遍野，橫衝直撞，梁山兵馬大敗而逃。後來，宋江、吳用雖然設計收服了呼延灼的火炮專家"轟天雷"凌振，但呼延灼的連環馬卻令宋江愁容滿面。

　　一天，宋江召集眾將領又商議起如何對付連環馬。眾人絞盡腦汁，誰也想不出好辦法。忽然湯隆說："破連環馬，只有用鉤鐮槍。我有祖傳的圖樣，會打造這種兵器，但不知道怎麼用，只有表哥'金槍手'徐寧知道。"宋江聽了大喜,但馬上又犯起愁來,怎樣引徐寧上山呢?湯隆說道:"徐寧有副祖傳的金甲,披在身上又輕又穩,刀槍不入,號稱'賽唐猊'。他把金甲看得比性命還重,用一個紅羊皮匣子盛着,掛在房樑上。若能把金甲盜走,不怕他不來。"吳用聽了一個"盜"字,不由得大笑起來,指着時遷說道:"有現成的高手在此,還擔心什麼?"於是,宋江決定先由時遷去盜甲,再由湯隆出面,把徐寧引上山;戴宗、樂和配合他們的行動。湯隆下山前,宋江先叫他打造好一把鉤鐮槍,以備工匠按樣打造。

時遷領命下山來到京城。他先在城外旅館住了一宿,第二天,進城打聽徐寧的住處,察看徐家周圍的情況。天黑後,時遷正式行動。他趁夜色潛入徐家的院子,然後順着柱子悄悄爬上屋頂,雙腳倒掛在屋檐的橫樑上偷看房內情形,只見臥室的房樑上果然掛着一隻皮匣,與湯隆描述的一模一樣,想必金甲就藏在那隻皮匣裏;徐寧和娘子正圍着火爐閒談,從他們的話中得知,皇帝明天要出去遊玩,徐寧一早要入宮護衛。時遷心中暗喜。不一會兒,兩個丫鬟進去伺候徐寧夫婦入睡,然後,自己也回房休息,不過,在靠窗的桌子上留了一盞燈。時遷等丫鬟們睡熟,在窗紙上舔破一個小洞,伸進蘆管,把桌上的蠟燭吹滅。

約莫到四更天左右,徐寧起牀,呼喚丫鬟燒水。丫鬟一看,留着的那盞燈熄滅了,只好打開後門,到外面去借火。時遷乘機溜進廚房,藏在桌子下面。兩個丫鬟伺候徐寧用過早點,掌燈引路,送徐寧出門。時遷利用這個機會從桌子下面出來,鑽進臥室,輕手輕腳爬上了屋樑。等丫鬟回來睡熟後,時遷從樑上解下了皮匣。他正要下來,徐寧娘子一覺醒來,聽得有些聲響,就問丫鬟:"樑上有什麼聲音？"時遷連忙"吱吱"學幾聲老鼠叫。丫鬟睡得稀裏糊塗，說道："沒什麼事，是老鼠在打架。"時遷一邊學着老鼠打架的聲響，一邊從樑上溜下來，輕輕打開門，翻院牆出了徐家。

時遷一口氣奔到城外，在旅館取了行李，便挑着擔子走了。他走了四十餘里，來到一家吃食店，只見一個人也撞了進來，那人正是戴宗。時遷把金甲交給了戴宗。戴宗把金甲拴在身上，作起神行

時遷盜甲　黃全昌　畫

法來，一陣風似地離開了吃食店，投梁山泊去了。

時遷把空皮匣子拴在擔子上，也出了店門。他走了二十里路，碰上了湯隆，兩人便進了酒店。湯隆指了指窗外一條道，對時遷說：“你就從這條路走。凡路過的酒店、客店，門上畫有白圈的，你就在那兒買酒買肉吃，在那店住宿。把皮匣子放在顯眼處，讓人一眼就能瞧見。”時遷依計先挑擔子走了。湯隆喝了一會酒，朝東京城走去。

再說天亮後，徐寧的娘子發現樑上的皮匣不見了，大吃一驚，便叫丫鬟火速通知徐寧。怎奈徐寧已經入宮，皇宮禁地，一個丫鬟如何進得去？只好在家裏呆呆地等着。晚上，徐寧回到家裏，聽到這個消息，猶如五雷轟頂。這金甲乃祖傳四代的寶物，是他的命根子，多少達官貴人託了人情，出了巨款，想要買他這副金甲，他都斷然拒絕了。如今，一夜之間，金甲不翼而飛，怎能不叫他着急？更糟糕的是，為了杜絕別人求購的念頭，早在兩年前，他已經四處放風，說他家祖傳的金甲不見了。所以，這次金甲被盜，連報官都沒法報。

徐寧啞巴吃黃連，一晚上沒睡好。第二天早上，他正在房裏悶坐，多年不見的表弟湯隆來了。表兄弟見面，不免絮說一些家庭瑣事。徐寧留湯隆吃午飯，喝酒的時候，徐寧眉頭緊鎖，面帶憂愁。湯隆問道：“哥哥心頭好像有不快之事？”徐寧長歎一口氣，說：“兄弟不知，家裏昨夜被盜，祖宗留下的金甲被人盜走了。”湯隆假意吃驚地問道：“你說的金甲是不是用紅羊皮匣子裝着，匣子上面有白線繡着綠雲頭如意，中間還有個獅子在滾繡球？”徐寧一聽，跳了起來：“兄弟，你見到這個皮匣了？”湯隆說道：“是的，昨天傍晚，我在城外酒店喝酒，看見一個黑瘦漢子擔兒上放着這個皮匣。因為這皮匣和他的人不相配，所以我特別留意，多看了一眼。那漢子似乎閃了腿，走路一瘸一瘸的。如果真是這個匣子，何不馬上去追？"徐寧聽了，大喜過望，連忙提了朴刀，請湯隆引路，急急忙忙地往城外趕去。

　　走了一段路，湯隆看見路邊一個酒家，牆壁上畫有白圈，便對徐寧說道："咱們先進去歇歇腳，順便打聽打聽。"他們進了酒店。兩人一邊喝酒，一邊向店主詢問。店主說："是有這麼一個黑

客店誑徐寧　賀友直　畫

瘦漢子到店裏來過，好像腿受了傷，走路不太方便。"徐寧匆匆忙忙喝了酒，就催湯隆動身，繼續追趕。又追了一段路，看看天色已晚，湯隆見前面一家客店也畫有白圈，便對徐寧說："哥哥，兄弟走不動了，就在這家店投宿吧！"兩人進了客店，徐寧又向店小二打聽，店小

243

二也説看見過這樣一個人，並説那人在他店裏住宿，一直到今天中午才離開，説是要去山東。聽店小二這麼説，徐寧更有信心了。第二天，他們四更天起身，往山東境內追去。到黃昏時分，他們終於在一座古廟前追到了挑着紅羊皮匣子的漢子，那人正是時遷。徐寧惱怒地把時遷一把揪住，問他索取那副金甲。時遷耍賴説："金甲是我偷的，只是現在不在我身上。若要報官，打死我也不招！"湯隆把那皮匣子打開一看，裏面果然是空的。徐寧慌了，只好忍氣吞聲地與時遷商量。時遷説指使他盜甲的是泰安州的一個財主，盜甲的時候，他不小心跌傷了腿，走不快，所以，那金甲已經由同來的伙伴送往泰安去了，如果徐寧願意私了，他可以帶他們去泰安追回那副金甲。徐寧沒法，只好跟了他一起去泰安。

一路上時遷推説腿傷得厲害，不肯快走，徐寧不由得焦躁起來。正在這時，一輛馬車從旁邊經過，車主人

大破連環馬　戴敦邦　畫

244

恰好是湯隆的朋友，名叫李榮，也是去泰安的，願意帶他們同行。徐寧十分高興，三人一起上了車。中途休息時，李榮叫伙計買來很多酒食，請徐寧他們一起吃。徐寧才喝了一杯酒，就兩眼發直，倒在地上。原來，那李榮是樂和扮的，酒裏早就摻上了蒙汗藥。

等到徐寧醒來，人已經在山寨裏了。宋江親自向他賠罪，說明前因後果，並邀請他入伙。徐寧見事已如此，只好答應。這時，工匠們已打造好鉤鐮槍。不到半個月，徐寧就訓練出了一支專破連環馬的鉤鐮槍隊伍；宋江又安排了一批撓鉤手，配合鉤鐮槍手作戰。與此同時，凌振也為山寨造好了各種火炮。

一切準備就緒之後，宋江帶了人馬下山，與呼延灼決戰。呼延灼帶了連環馬迎敵。不料，尚未開戰，只聽得四周炮聲隆隆，官兵的隊伍不戰自亂。呼延灼猜想凌振已經投降了山寨，這炮必是他所造，不由得大怒，與“百勝將軍”韓滔兩人驅動連環馬，向宋江的陣地衝殺過去。宋江見連環馬衝來，便帶領隊伍退入湖邊的蘆葦叢中。連環馬的特點是，一旦奔跑起來，便收勒不住，因此，也跟着衝進了蘆葦叢。連環馬一到裏面，無數支鉤鐮槍伸出來，專鉤馬腳。兩旁的馬一倒下，中間的馬就無法動彈。前面一排才倒下，後面的又衝上來，自相踐踏，亂作一團。馬上的官兵也不知所措，埋伏在蘆葦叢中的撓鉤手紛紛伸出撓鉤，把那些官兵從馬上鉤下，捆綁起來。沒多少時間，三千連環馬便全部報銷。宋江趁勢衝殺，官兵大敗。混戰中，韓滔被擒，呼延灼獨自一人落荒而走。

宋江鳴金收兵，回到山寨，親自替韓滔解開繩索，勸他投降。韓滔見彭玘、凌振、徐寧等都已經歸順，也就答應了。

智取華州

呼延灼率鐵甲軍征討梁山，結果全軍覆沒。他不敢回京城，只能去投奔他的朋友慕容知府。

在路上奔走了兩天，當晚呼延灼投宿在一家鄉村酒店。不料，半夜裏那匹踢雪烏騅馬被人偷走了。店小二說，一定是附近桃花山上的強盜幹的。呼延灼沒法，只好步行到州衙門。

慕容知府見了呼延灼很高興，因為最近青州地面有三處強盜，活動十分猖獗：一處是桃花山，李忠、周通在那兒安營紮寨；一處是二龍山，為首的是魯智深、楊志、武松，此外，還有施恩、曹正以及張青、孫二娘夫婦；還有一處是白虎山，孔太公的兒子孔明、孔亮，因為與本鄉的一個財主爭吵，一怒之下殺了他全家，便聚集了四五百人佔據白虎山為王。慕容知府發兵兩千，讓呼延灼掃平這三個山頭，呼延灼一口答應。

呼延灼先打桃花山，周通、李忠自然不是他的對手，最後二龍山的魯智深、楊志來增援，呼延灼和他們打了個平手。呼延灼喘息未定，慕容知府又召他回青州。原來白虎山的孔明、孔亮因為叔叔被慕容知府抓了，正在攻城救叔叔。呼延灼的武藝本來就比孔家兄弟強，鬥了一會，孔明便被活捉，孔亮帶了嘍羅大敗而逃。途中，孔亮遇到了武松、魯智深、楊志他們。四

活捉呼延灼　程多多　畫

人一合計，決定請梁山宋江合力破青州。

　　宋江帶了三千兵馬，趕到青州。第二天一早，宋江和吳用、花榮到城邊山坡上察看地形。呼延灼得到消息後，點起馬軍，悄悄出城，趕上坡去。宋江他們只顧看城，等呼延灼來到坡前，才調轉馬頭，沿一條小路緩緩離去。呼延灼趕緊策馬追趕，眼看要追上，卻聽到"轟隆"一聲巨響，連人帶馬掉進了陷阱。後面的馬軍，前面幾個被花榮神箭射中落馬，其餘的一鬨而散。原來，這是吳用的計策。呼延灼被活捉了，他見宋江義氣過人，就歸順了梁山。

　　當晚，呼延灼帶了扮作軍士模樣的秦明、花榮、孫立等頭領，

來到城邊叫門。慕容知府聽是呼延灼的聲音，吩咐軍士開門。眾人一擁而入，慕容知府被秦明一棒打死。其餘的人把軍士殺散，在城樓上放起火來。宋江見城裏起火，便帶領大軍衝殺進去，救出孔明以及他叔叔，然後清點庫存錢糧，一部分發放給貧苦百姓，其餘的裝車帶回山寨。幾天之後，三山的頭領也都帶了各自的部屬跟隨宋江一同上了梁山。

上山後不久，魯智深想起好朋友史進，他與朱武、陳達、楊春等人在華州的少華山聚義。魯智深想，何不把史進一起叫來，可以為山寨增添一份力量。他把這個想法告訴了宋江，宋江聽了十分贊同，讓武松陪魯智深一起去少華山，又派戴宗暗中保護他們。

魯智深、武松來到少華山，只見到朱武、陳達、楊春三個頭領，獨獨不見史進。魯智深覺得奇怪，問朱武是怎麼回事。朱武愁容滿面地告訴魯智深，不久前，有個從北京大名府來的畫匠，名叫王義，帶了女兒一起去西岳華山還願，替山上的金天聖帝廟裝畫影壁。恰好華州的賀太守也去廟裏燒香，他見王義的女兒長得漂亮，就想娶她為妾，王義不答應。賀太守竟公然將他女兒搶走，還找了個罪名，把王義發配邊關。史進知道這事後，義憤填膺，潛入華州府行刺太守，不料事泄被捕，關進了大牢。賀太守還揚言要聚集軍馬掃蕩山寨。

魯智深是個火爆性子，聽說那狗官如此胡作非為，頓時氣得暴跳如雷，嚷着要進城去殺賀太守。武松勸道：「哥哥不可魯莽，不如你我即刻回梁山，請宋公明領大隊人馬來打華州，營救史大官人。」魯智深不肯，說道：「等叫得山寨的人馬到來，史家兄弟的性命早就沒了。」第二天一早，他獨自帶了戒刀，提了混鐵禪杖，氣沖沖地進城去了。武松不放心，派了兩個嘍羅跟在他後面打探消息。

　　到了城裏，魯智深先打聽去州衙門的路徑，然後，提了禪杖往那兒走去。他剛走到橋上，忽聽得一陣喧鬧，正是太守的大轎經過。魯智深心想，來得正好，免得洒家找上門去了，於是，提了禪杖想上去行刺。走近一看，大轎四周有許多虞候守護着，無法下

失陷華州　謝倫和　畫

手，魯智深一愣，又退了下來。大轎過後，魯智深繼續往前走，走了沒幾步，一個虞候迎面過來招呼他：「大和尚，太守請你到他府上用齋。」魯智深覺得奇怪，太守怎麼會請我用齋呢？轉念一想，管他呢，一定是他惡貫滿盈，活該死在我手上。於是，跟了那個虞候往衙門走去。

到了大門口，虞候請魯智深把戒刀和禪杖收起來，放在一邊，魯智深不肯。虞候說道：「你這個和尚好不懂道理，哪有帶了兵器作客吃飯的？」魯智深聽了無話可說，心想，沒有兵器也不要緊，就憑兩隻拳頭，也可以打碎他的腦殼。於是，他把戒刀和禪杖放在走廊裏，隨那個虞候進了後堂。到了裏面，卻聽得賀太守大喝一聲「拿下」！魯智深還沒有反應過來，就被埋伏在兩邊的數十個公差團團圍住，綁了起來，送入死牢。原來，賀太守為人極其狡詐精明，自從史進行刺失敗以後，他估計還會有人再來行刺，便戒備森嚴，處處留心。剛才魯智深在橋上一進一退，都被他看在眼裏，所以，設下這個圈套，把他引進衙門，抓了起來。

這件事驚動了整個華州府，小嘍囉得到消息飛報上山，武松聽了大吃一驚。恰巧，這時戴宗趕到了。他知道魯智深陷入死牢，火速回梁山泊稟報宋江。宋江聽說史進和魯智深兩人都失陷華州府，便率領大隊人馬下山，直奔少華山，與武松等人會合，商議營救兩位兄弟。

第二天晚上，宋江與吳用、花榮、秦明、朱仝等頭領趁夜色到華州城外察看地形。只見那華州城緊靠西岳華山，城牆高大堅固，易守難攻。回營以後，眾人想了半天也沒有想出破城的好辦法，宋江十分憂慮。

過了兩天，一個小嘍羅上來報告說，朝廷派太尉宿元景帶了御賜的金鈴吊掛來西岳華山降香，後天上午到達。吳用聽了大喜，說道："有了，機會來了！"當即派李俊、張順等去準備船隻。第二天晚上，宋江帶了五百多人悄悄來到渭河渡口，讓花榮、秦明、徐寧、呼延灼四人埋伏在岸邊；讓李俊、張順把船開到灘頭，隱蔽起來；自己和吳用、朱仝、李應登上一條船，等候朝廷的官船。

眾人在河邊候了一夜，天亮時，遠遠傳來鑼鼓聲，三隻官船緩緩駛來，船上插着一面杏黃旗，寫着"欽奉聖旨西岳降香太尉宿元景"。宋江大喜，等官船臨近河口，便與吳用一起，帶了朱仝、李應上去把官船攔住，說是要求見太尉。船上的客帳司出來喝道："太尉的官船，你等怎敢隨意攔截？"宋江躬身致禮。吳用站在船頭說道："梁山泊義士宋江，特來參見。"官船上

智賺金鈴吊掛　賀友直 畫

的人說：「太尉是朝廷派來的，何等身份，怎麼能和梁山亂寇見面。」宋江微笑着說：「太尉若不肯相見，只怕孩兒們會驚了太尉。」朱仝在宋江身後，把令旗一招，岸上花榮、秦明、徐寧、呼延灼引馬軍出來，手持弓箭，齊刷刷地排成一字長蛇陣。客帳司慌了，急忙進去稟告太尉。太尉沒法，只好出來與宋江相見。見面之後，宋江提議請太尉下船，到山寨說話。太尉當然不會答應，說道：「我今特奉聖旨，去西岳華山降香，與義士有何商量？身為朝廷大臣，怎可輕易登岸？」宋江答道：「太尉如果不肯，只怕手下兄弟不會答應。」說完，李應把令旗一招，河邊灘頭撐出兩艘快船，李俊、張順各拿着明晃晃的尖刀，飛身跳上官船，把太尉身邊的兩個虞候扔到了河裏。宋江喝道：「休得無禮，驚了貴人！」兩人又跳下水去，踩水而行，如履平地，把那兩個虞候重新送回船上。宿太尉在京城裏養尊處優慣了，哪裏見過這樣的陣勢，嚇得魂不附體，只好答應宋江，隨他們上了少華山。

到了山寨，宋江對宿太尉說：「太尉不必害怕。今有兩個兄弟，被賀太守陷害，下在牢裏。宋江暫借太尉御香、儀仗和金鈴吊掛，去華州救兄弟。用畢即原物奉還。」宿太尉見宋江身邊一班人，個個如狼似虎，哪敢說半個「不」字。宋江叫人把他們的服飾全都換下，在山寨裏挑了一個模樣俊俏的嘍羅，扮作宿元景，自己和吳用兩人扮作客帳司，守在假太尉旁邊。解珍、解寶、楊雄、石秀扮作虞候，在前面引路。小嘍羅們都是紫衫銀帶，拿了旌旗、儀仗以及御賜的金鈴吊掛等跟在後面。一行人離開山寨，到河口登船，徑直向華山駛去。

到山腳下，雲台觀觀主把他們迎接上山。吳用假裝惱怒，對觀主說道：“太尉奉旨降香，本州官員緣何怠慢，不來迎接？”觀主連連謝罪，說道：“已經派人去報告了，想必馬上會來。”不一會兒，賀太守派了一名推官和四五十個隨從，向太尉獻禮。那假太尉雖然模樣和太尉相似，但說話的聲音卻不像，只能裝作生病，坐在牀上。那推官見旌旗、儀仗都是內府所造，哪裏會起疑心？宋江和吳用假意來來回回向太尉稟告幾次，然後引推官遠遠地在階下參拜

怒殺賀太守　謝倫和　畫

了假太尉。假太尉只是把手指了指，聽不見他説些什麼。吳用走到推官面前，埋怨道：「太尉是天子跟前最親信的大臣，不辭千里，奉聖旨來此燒香，不料路上生病，那賀太守為何不親自來迎接？」推官慌了，忙解釋説，少華山賊人勾結梁山泊強盜進攻華州，太守不敢擅離，所以要晚一步來。吳用知道那賀太守是隻老狐狸，不肯輕易上鉤，於是，讓那個推官觀賞御賜的金鈴吊掛。那一對金鈴吊掛是東京內府高手匠人所製，用七寶珍珠嵌造而成，中間還點着一碗紅紗燈籠，做工精緻，民間哪裏看得見？

那推官看了金鈴吊掛，更無半點疑慮，便回去稟告太守。不多久，賀太守帶了三百多人前來拜見太尉。到廟門口，假客帳司吳用、宋江見三百多個隨從都帶着刀槍，便上前把他們攔住，喝道：「太尉在此，閒雜人員不得近前！」賀太守沒法，只好一個人進去。步入官廳，賀太守按規矩向太尉行參拜大禮，頭還沒抬起來，卻聽得吳用在一旁喝道：「太守，你知罪麼？」賀太守以為太尉怪他這麼遲才來迎接，剛要分辯，又聽得吳用喝一聲「拿下」！解珍、解寶早拔出尖刀，把賀太守一腳踢翻，割下了腦袋。宋江大聲喊道：「兄弟們動手！」埋伏在廟門附近的武松等好漢聽到號令，把廟外的三百多個隨從團團圍住，殺得一個也不剩。

這邊宋江等用計誘殺賀太守，那邊秦明、呼延灼、林沖、楊志等早按照吳用的安排，趁亂拿下華州城，救出了史進和魯智深。事成之後，宋江把金鈴吊掛等物件還給宿太尉，放他回京城覆命。史進感謝梁山好漢的救命之恩，和朱武、楊春、陳達一起帶了手下的嘍囉，隨宋江一起上了梁山。

誘擒玉麒麟

第三十六章

　　梁山好漢回到梁山泊後，又出征收服了徐州芒碭山"混世魔王"樊瑞、"八臂哪吒"項充、"飛天大聖"李袞，正當宋江率眾好漢班師回山，乘船過湖時，路邊蘆葦叢中走出一名大漢，對着宋江納頭便拜。此人名叫段景住，人稱"金毛犬"，是個盜馬高手，因為仰慕宋江的威名，特意盜了一匹叫做"照夜玉獅子馬"的良駒前來獻給宋江，不料，途經曾頭市的時候，被那兒的曾家五虎搶了去。宋江聽了，便請他一同上山，同時，派遣戴宗去曾頭市打聽那匹馬的下落。

　　四五天後，戴宗回山稟報：那曾頭市有三千多戶人家，為首的一家大戶叫做曾家府，父親曾弄，原本是大金國人，五個兒子個個都會武藝，號稱"曾家五虎"，府中一個教師史文恭，一個副教師蘇定，都武藝出眾，搶去的那匹駿馬現在給了史文恭，他們在曾頭市聚集了五六千人馬，對梁山泊十分仇視。晁蓋聽了大怒，點起人馬，親自下山攻打曾頭市。

攻打曾頭市時，晁蓋中了敵人的詭計，被一枝毒箭射中，箭上刻有"史文恭"三字。晁蓋回山之後，毒性發作，渾身浮腫，滴水不進。臨終前，他對宋江說道："賢弟保重，日後哪個能捉住射死我的人，便由他做山寨之主。"說完，咽下了最後一口氣。

晁蓋死後，宋江十分悲痛，請了北京大名府來的高僧大圓法師來替晁蓋做佛事。用齋的時候，宋江問起北京的英雄豪傑。大圓法師說道："您沒有聽說過河北'玉麒麟'的大名嗎？"宋江一拍腦袋，叫道："啊呀！我怎麼把他給忘了！"原來，"玉麒麟"盧俊義是河北三絕之一，祖居北京，家境十分富有，人稱盧大員外。此人武藝高強，一根棍棒天下無敵，更兼天性仁厚，很重義氣。宋江感歎道："若是能得此人上山，哪裏還怕官兵圍剿？"吳用在一旁說："這有何難，小生略施小計，就可以叫他自投

晁蓋中箭　戴敦邦　畫

梁山入伙。"宋江大喜。

第二天一早，吳用假扮算命先生，李逵扮作啞道童，下山遊説盧俊義。

兩人行走了四五天，來到了北京城。進城之後，吳用搖動鈴杵，口裏念念有詞地喊道："甘羅發早子牙遲，彭祖顏回壽不齊，范丹貧窮石崇富，八字生來各有時。若要問前程，先賜銀一兩。"一路喊，一路往鬧市區走去。李逵背着行李，一腳高一腳低地跟在後面。街面上的頑童，看李逵的模樣滑稽可笑，便哄笑着跟在他們後面，有的學李逵走路的樣子，有的學吳用喊叫的腔調。幾個圈子兜下來，吳用、李逵走到盧俊義家的大門外時，後面已經跟了五六十個小孩了，又叫又跳，煞是熱鬧。盧俊義在家中閒坐，聽到喧鬧聲，問僕人什麼事情。僕人告訴他説有一個外鄉來的算命先生，口出大言，要一兩銀子算一卦，後面的道童又長相古怪，一點都沒有道童的樣子，所以大家都在哄笑。盧俊義聽了十分好奇，説道："奇人必有奇才，快請他進來説話。"僕人奔到街上，請吳用進去。

到了裏面，吳用和盧俊義分賓主坐定，李逵站在一旁伺候。盧俊義取出白銀一兩，放在吳用面前，説道："君子問災不問福，不必説在下如何富貴，我只要你推算我往後該做些什麼。"吳用點了點頭，説道："果然豪傑！"然後，拿出一個奇特的鐵算盤，按照盧俊義所説的生辰八字，煞有介事地撥拉了半天，算着算着，臉色凝重起來。突然間，他一拍桌子，叫道："怪哉！"盧俊義大吃一驚，趕緊問他命理如何。吳用連連搖頭，答道："不可説，不可説。"盧俊義更緊張了，一定要他實話實説。

盧俊義追問了好幾遍，吳用才開口，說道：「既然員外不見怪，我就直說了。按命理來看，百日之內，員外將有血光之災，家產落入他人之手，本人死於刀劍之下。」盧俊義哪裏肯信，笑着搖了搖頭道：「先生一定是看錯了。我盧俊義世代清白，一生謹慎，怎麼會有血光之災？」吳用聽了，冷笑一聲：「原來也是個喜歡奉承的人！」說完，把桌子上的那一兩卦銀往盧俊義面前一推，站起身子要走。

盧俊義急忙拉住他，說道：「先生息怒，在下願聽指教。」吳用這才重新坐下，在算盤上撥拉幾下，說道：「若往東南方向一千里外躲避，可以免除這場災禍。」臨別，他又留下一首詩，請盧俊義寫在牆壁上。那四句詩是：「蘆花叢裏一扁舟，俊傑俄從此地遊。義士若能知此理，反躬逃難可無憂。」

吳用走後，盧俊義在家裏坐立不安。他想了很久，然後，把府中的各級管事全都召來，告訴他們自己想去東嶽泰山燒香避災，同時看看外邊景物，做些買賣。盧俊義手下有兩個親信：一個是大主管李固，東京人氏，早年落魄，來北京投親不遇，大雪天凍倒在盧府的大門口，盧俊義救了他的性命，並留他在身邊管帳；另一個是燕青，自幼父母雙亡，在盧府中長大，一身白肉，遍體花繡，吹拉彈唱，無所不會，更有一身好武藝，愛使一張川弩，當地人都稱他「浪子燕青」。

聽了盧俊義的話，眾人都很吃驚。李固第一個反對，燕青也不贊成，因為去泰山燒香要經過梁山泊，很不安全。眾人正在議論，盧俊義的妻子賈氏也走了出來，勸盧俊義不要去。盧俊義不耐煩地皺了皺眉頭，說道：「你婦道人家知道什麼？那些梁山泊的草寇不來倒也罷了，若是真的敢出來惹事，我把他們一個個都捉了，方顯我英雄本色！」眾人聽了，不敢再勸。

第二天清早，盧俊義帶了李固等出門，總共十輛大車，上面裝滿了貨物。燕青也想去，盧俊義不許，要他留在家裏看守。眾人上路，行走了幾天，漸漸地已接近梁山泊。一天，他們在一家客店投宿，清晨起身，臨出門時，店小二好心地告訴盧俊義說前面就是梁山泊，叫他們經過的時候千萬小心，不可招搖。不料盧俊義不但不聽，反而從行李中取出四面白絹旗，要李固把旗幟豎在車上。那旗幟上寫着四句詩：「慷慨北京盧俊義，遠馱貨物離鄉地。一心只要捉強人，那時方表男兒志。」李固叫苦不迭，卻不敢違抗，只好哭喪着臉把旗幟插了上去。

眾人駕着車，出了門，近中午時分，望見一片大樹林，走到樹林旁，只聽得一聲尖銳的唿哨，林中走出四五百個嘍羅，為首的大

吳用賣卦　黃全昌　畫

259

漢正是李逵。他手持兩把板斧，指着盧俊義厲聲叫道："盧員外，還記得啞道童麼？"盧俊義這才知道中計，不由得勃然大怒，挺起朴刀來鬥李逵。鬥了不滿三個回合，李逵跳出圈外，轉身就走，盧俊義緊緊追趕。李逵東閃西躲，引得盧俊義轉入林中，李逵忽然奔入亂松林中。盧俊義趕過松林中去，但一個人影也不見，正要回身，卻見旁邊又跳出一個胖大和尚，對着他大聲叫道："洒家魯智深，奉軍師將令，迎盧員外上山！"盧俊義焦躁起來，罵道："禿驢，休得無禮！"提刀直奔魯智深。鬥了不到三個回合，魯智深又走了。盧俊義才要追趕，旁邊轉出武松。就這樣，眾好漢一個接一個和他遊鬥。盧俊義全然不懼，越戰越勇。

這時，忽聽得山頂上一聲鑼響，眾好漢一起退下。盧俊義打得一身臭汗，也就不再追趕，想回去和李固等人會合。他來到林邊一看，哪裏還有李固等人的影子？遠遠地只見山坡下一伙嘍囉正押着他的車子及李固等人往山寨裏去。盧俊義怒不可遏，提起朴刀朝那兒飛奔過去，趕到山坡前，人和車子都已經不見蹤影。盧俊義正在彷徨，卻聽得山頂上傳來鼓聲簫聲，抬頭一看，一面杏黃旗迎風招展，上面繡着"替天行道"四個大字。杏黃旗下宋江、吳用、公孫勝等頭領都站在那兒，微笑着與他打招呼："盧員外，別來無恙。"

盧俊義益發憤怒了，指着山頂大罵。宋江背後轉出花榮，張弓搭箭，指着盧俊義喝道："盧員外休要逞能，看花榮神箭！"說完，"嗖"的一箭，正中盧俊義氈笠上的紅纓。盧俊義大吃一驚，這才知道梁山上藏龍臥虎，不可小看。他急忙轉身往山下走。這時，山上突然間鼓聲震天，秦明、林沖引一彪人馬從東邊殺出，呼延灼、徐寧率一支軍馬從西邊殺出。一時間金鼓聲、馬蹄聲、吶喊聲驚得天搖地動。盧俊義慌不擇路，逃到山腳下的一個大湖邊。

這時，天已經漸漸地暗了下來，一眼望去，滿目蘆花，茫茫煙水。盧俊義正在無奈，卻見蘆葦叢裏蕩出一隻小船。他連忙叫漁夫幫忙載他過

智賺玉麒麟　戴敦邦 畫

湖，漁夫答應了。船搖了約四五里，前面蘆葦叢中撐出一隻小船，有個大漢在唱歌：

> 生來不會讀詩書，且就梁山泊內居。
>
> 準備窩弓射猛虎，安排香餌釣鰲魚。

盧俊義聽了暗自心驚，不敢作聲，又聽得後面蘆葦叢中也出來一隻小船，也有人在唱歌：

乾坤生我潑皮身，賦性從來要殺人。

萬兩黃金渾不愛，一心要捉玉麒麟。

盧俊義聽了叫苦不迭，朝四周看看，當中又一隻小船，飛也似地過來，同樣有人在唱歌：

蘆花叢裏一扁舟，俊傑俄從此地遊。

義士若能知此理，反躬逃難可無憂。

這不就是吳用假扮算命先生來遊説他時留在家裏的那首詩？盧俊義再也坐不住了，央求漁夫攏船靠岸。那漁夫仰天大笑，對盧俊義説道：“上是青天，下是綠水，盧員外還想往哪兒走？”原來，那漁夫不是別人，正是李俊。盧俊義大怒，提起朴刀朝李俊搠去。李俊一個鷂子翻身，跳入水中。船沒有了掌舵的人，頓時在湖心滴

盧俊義落水 曾毅 畫

溜溜地轉了起來。盧俊義用朴刀往水裏亂搠。不料船尾又鑽出張順，把船一掀，盧俊義掉入了水中，只好束手就擒。

張順等把盧俊義拖上岸，捆綁起來。這時，戴宗急急忙忙趕來，傳宋江將令，喝道：「不得冒犯貴人！」隨即叫人送上一包錦衣繡襖，讓盧俊義換上，並抬出一頂軟轎，送盧俊義上山。走不多遠，盧俊義見遠處二三十對紅紗燈籠，照着一簇人馬，前來迎接。走到近處，盧俊義細細一看，正是宋江、吳用等一班頭領。

宋江迎盧俊義上山，設宴招待，請他留在山寨坐把交椅。但盧俊義捨不得萬貫家產，更不想從「賊」落草。宋江也不勉強，只是邀請他在山上多住幾天。至於李固，吳用提議放他下山。臨行前，吳用悄悄告訴李固：「你主人已答應在山上坐第二把交椅。你們家牆壁上四句詩，每一句頭一個字合起來就是『盧俊義反』四個字。你不要再盼他回家了。」李固聽了這話，也不吭聲，只是快步上船，返回北京。

燕青救主

第三十七章

宋江、吳用設計將盧俊義騙上了梁山，但盧俊義不肯"落草為寇"，眾頭領只能送他下山。

下山以後，盧俊義三步併作兩步，急急忙忙往家裏趕。十來天後，盧俊義來到北京城外。忽然，一個衣衫襤褸的乞丐攔住他，納頭便拜。盧俊義仔細一看，卻是他的親信燕青。他很奇怪，問道："你怎麼是這般模樣？"燕青哭泣着告訴他：李固從梁山泊回來之後，就和賈氏去官府告發了盧俊義投靠梁山。賈氏和李固本來就有曖昧關係，借此機會把盧俊義的家產全部侵吞了。他們嫌燕青礙手礙腳的，便把燕青趕出家門，還不許別人接納他。燕青扯着盧俊義的衣服，勸他不要回去，否則，一定會遭到他們的陷害。盧俊義哪裏肯聽？一腳踢開燕青，大踏步進城去了。

回到家裏，眾人見了他都很吃驚。盧俊義問起燕青的事，李固和賈氏吞吞吐吐，只說怕他聽了生氣，等吃了早飯再講。盧俊義便回房換了衣服，出來吃飯。他剛拿起筷子，忽聽得前後門人馬喧鬧，闖進來二三百個公差，不由分說，把盧俊義捆綁起來，帶入了留守司衙門。梁中書立刻陞堂問罪，並傳出證人。盧俊義一看，那證人不是別人，正是賈氏和李固。這時候，盧俊義才明白，燕青告訴他的全都是實情。賈氏和李固一口咬定盧俊義勾結梁山泊強盜，反叛朝廷。盧俊義百口莫辯，最後被屈打成招，押了大牢。

李固和賈氏擔心盧俊義不死，日後找他們算帳，便在衙門裏上上下下打點，一心要置盧俊義於死地。幸虧梁山泊宋江及時得到了消息，派柴進帶了一千兩黃金下山，通過大名府兩院押獄節級"鐵臂膊"蔡福，為盧俊義疏通，開脫罪名。最終盧俊義被判為脊杖四十，刺配三千里。

李固得到消息後十分慌張，又去收買押解的公差，要他們在發配途中結果盧俊義的性命。那兩個公差是誰？正是當初受高太尉差遣，在野豬林謀害林冲未成的董超和薛霸。高俅怪他們辦事不力，找了個岔子，把他們趕到了大名府。這兩個人惡習難改，與李固一拍即合，答應在路上謀害盧俊義。

兩人拿了銀子，兇神惡煞地催盧俊義動身，一路上百般虐待他。晚上投宿時，他們故伎重演，用開水把盧俊義的腳燙傷。第二天，盧俊義腳痛難忍，走不動路，他們便把他帶入一片樹林裏，假意讓他休息，用繩子把他綁在一棵大樹上。然後，薛霸叫董超到林子外邊望風，自己提了水火棍，冷笑着對盧俊義説道："你不要怪我們兩個，是你家總管李固要我們如此。早晚都是死，不如現在就打發了你。明年今日，就是你的週年！"盧俊義聽了，淚如雨下，只好閉着眼睛等死。

董超在林子外邊守候，忽然聽見林子裏面有人"撲"的倒地聲，以為是盧俊義死了，便走進去看。不料盧俊義依然好好地縛在樹上，薛霸卻跌倒在地，沒有了氣息。董超覺得奇怪，仔細察看，發現薛霸的心窩插着一支三四寸長的弩箭。董超大驚，正要叫喊，猛地發現東北角樹上坐着一個人。那人叫一聲"着"，一支弩箭射來，正中董超咽喉，董超撲地便倒了。

那放箭的不是別人，正是被趕出家門的燕青。自盧俊義被捕之後，他一直在監獄外探聽消息，湊巧看見李固找兩個公差密談，料定沒有好事，就

燕青救主　賀友直　畫

一路跟了來，在這裏救了盧俊義。主僕見面，恍如隔世，兩人抱頭痛哭。由於盧俊義的腳燙傷了，走不動，燕青便把他背出樹林，找了家客店讓他休息躲避，自己拿了弩弓到外面打獵，充作食物。

　　再說樹林裏兩個公差的屍體被過往行人發現後，報告了官府。官府派人查驗下來，那弩箭是燕青的。於是，大名府發出榜文，緝拿盧俊義和燕青。客店主人看了榜文，見店裏的兩個客人十分可疑，便向當地官府報告。燕青打獵回來，聽得村子里亂哄哄的，便機警地躲到樹後，悄悄察看。只見一二百個公差，拿着刀槍，把客店團團圍住。不一會兒，盧俊義被他們五花大綁地押了出來。燕青見了叫苦不迭，眼睜睜地看着他們把盧俊義押上囚車帶走了。

　　燕青知道，盧俊義再次被捕性命難保，只有梁山泊宋江才能救他。於是，他急急忙忙趕赴梁山報信。途中，燕青見兩個行人和他擦肩而過，便尋思道：我正沒盤纏，奪了他們的包裏，好作上梁山的盤纏。於是，他就趕上去，對準後面一人的背心就是一拳，那人"撲"地倒下。他拔拳想再打前面一人，不料，那人手起棒落，把燕青打翻在地，後面那人已爬起身來，抽出腰刀，朝燕青刺去。燕青大叫："好漢，我死不要緊，可誰為我主人盧俊義報信呢？"那兩人一聽"盧俊義"三字，再看燕青手腕上的花繡，便慌忙問道："你是盧員外家的浪子燕青？"原來，那兩人正是奉宋江之命去打探盧俊義消息的楊雄和石秀。燕青忙把事情經過跟他們說了。三人商議下來，決定楊雄陪燕青回山寨求救，石秀獨自一人進城打探盧俊義的消息。

　　石秀來到城裏，見人們都在歎息，露出惋惜的神情。石秀心中疑惑，走到市中心，只見商店都關了門，一個老人告訴他，盧俊義判了死罪，今天午時三刻在這兒十字路口行刑。石秀聽了大驚，悄悄到路口察看地形，發現旁邊有一家酒樓，窗戶正對着路口。於是，他上樓把那個靠窗的座位佔了，一邊喝酒，一邊觀察路口的動靜。

過不多久，街上喧鬧起來，全副武裝的兵丁在路口四周守定，幾十名劊子手前呼後擁地把盧俊義押解過來。行刑的不是別人，正是蔡福和他的弟弟"一枝花"蔡慶。兄弟倆歎息一聲，對盧俊義說道："不是我們弟兄不幫忙，實在是無能為力。"說話間，監斬官高喝："午時三刻到！"蔡慶照規矩按住犯人的頭，蔡福把屠刀高高舉起。就在這一刹那間，石秀拔出腰刀，大喝一聲："梁山泊好漢全伙在此！"從酒樓上跳了下去。蔡福、蔡慶本來就有心要幫盧俊義，借此機會，把他身上的繩索扯掉，撇下他走了。

法場上的人都嚇懵了，自相踐踏，亂作一團。石秀一手拿着鋼刀，一手拉着盧俊義，殺人如同砍瓜切菜，衝出一條血路，往南便走。梁中書得到報告大吃一驚，急忙命令關閉城門，然後，派出大隊人馬前來圍捕。石秀不熟悉路，盧俊義又傷勢未癒，哪裏衝得出去？不多久，雙雙被擒，押到留守司大廳。

石秀見了梁中書，全然不懼，圓睜雙眼，高聲大罵："你這個禍國殃民的賊，我哥哥宋公明派我來通知你，他早晚要率領大軍，把你的城池踏為平地，把你斬成三截！"梁中書聽得膽戰心驚，沉吟半晌，吩咐把他們兩人暫且押入大牢。

第二天，梁中書手下的人慌慌張張地前來報告，說城裏城外出現了無數張署名梁山泊宋江的告示，警告梁中書不得傷害盧俊義和石秀，否則將血洗大名府。梁中書更害怕了，忙把大名府太守召來商議。那太守是個膽小的人，他勸梁中書不要傷害兩人性命，免得激怒宋江。梁中書覺得有理，吩咐蔡福好好看管，不可太寬，也不可太嚴。蔡福便把他們兩人關在一起，每天好酒好菜款待。兩人在監獄裏不但沒有吃苦，反而把身體養好了。

再說宋江得到消息後，親自率領大隊人馬下山，殺奔北京。梁中書派大將聞達、李成、索超等出城迎敵。吳用略施小計，連贏數陣，又乘勝劫

石秀劫法場　戴敦邦　畫

營，聞達等被殺得大敗，丟盔棄甲，逃回北京城，再不敢出城應戰。宋江引兵圍城，分三路攻打。梁中書束手無策，只好向朝廷發出告急文書，請求救援。

月夜誘關勝

第三十八章

　　宋江領兵圍攻大名府，梁中書向朝廷發出求援文書。太師蔡京接到戰報，大吃一驚，連忙奏明皇上，派遣"大刀"關勝率領十萬精兵前去救援。同行兩員大將，一個"丑郡馬"宣贊，一個"井木犴"郝思文，都有萬夫不當之勇。關勝是三國時代名將關雲長的嫡派子孫，自幼熟讀兵書，智勇過人，使一口青龍偃月刀，長相與他的祖先十分相似，身高八尺，面如重棗。他受命之後，決定采用"圍魏救趙"的方法，直撲宋江的大本營——水泊梁山。

　　這一招果然厲害，宋江得到消息，不得不暫時撤兵。吳用吩咐花榮和林沖各領五百兵馬在城外飛虎峪兩側埋伏，又安排了呼延灼和凌振帶了風火炮在城外十里遠近的地方守候觀察，見追兵過來，就放號炮。

　　果然，梁中書見宋江撤兵，料想是朝廷派兵圍攻了梁山泊，當即派遣李成、聞達出城追殺。追到飛虎峪，忽聽得背後炮聲震天，兩邊伏兵一起殺出，李成、聞達知道中計，急忙退兵，迎面又衝出呼延灼。

好一場廝殺，直殺得兩人金盔倒掛，衣甲飄零，逃回城裏，再也不敢出來。

殺退城裏的追兵，宋江帶領大隊人馬返回梁山泊。到梁山附近，迎面遇到宣贊，攔住去路。宋江便在外圍下寨，並派人由水路上山與留守山寨的頭領聯絡。那些頭領得知宋江就要回山，都歡欣鼓舞，紛紛議論着要在這場戰役中再立新功。水軍頭領張橫把弟弟張順拉到一邊，悄悄說道：「咱們弟兄倆來山寨以後，一直沒有機會立功。老是看別人神氣活現的，真覺得自己窩囊。不如今天晚上去劫營，把那關勝活捉了，也可以在眾人面前爭一口氣。」張順勸道：「哥哥，那關勝精通謀略，安營紮寨，佈置必定十分嚴密。你我冒冒失失前去劫營，若有什麼閃失，反而被人笑話。」張橫不聽，氣鼓鼓地說：「你這麼膽小，何時才能建功？不去算了，我自己去！」張順竭力勸阻，張橫哪裏肯聽。

當晚二更時分，張橫帶了手下的二百多個兄弟，每船三五人，一共五十多隻小船，乘着夜色悄悄駛往對岸。船還沒有靠岸，已經被湖邊的暗哨發現。消息傳到中軍大營，關勝聽了，微微冷笑，把副將叫來，如此這般地佈置一番，只等他們自投羅網。

不多久，張橫帶兵上了岸，躡手躡腳地摸進關勝的營壘。到了中軍大帳，只見裏面燈火通明，關勝手捋長髯，正聚精會神地坐在桌子旁閱讀兵書。張橫大喜，手提長槍，帶了二百多人，直往帳中衝去。剛衝到裏面，忽聽得一聲鑼響，兩邊的伏兵齊聲吶喊，如天崩地塌，山倒江翻，張橫嚇得倒拖長槍，轉身就走。此時此地，哪裏還走得了？可憐二百多人，一個不留，全部被生擒活捉。

張順得到消息後，急忙去告訴阮氏兄弟。阮小七聽了，埋怨張

271

順道："我們異姓兄弟都要誓同生死，你是他的親兄弟，怎麼會讓他一個人去？如今他被關勝捉了，為什麼還不去救他？"張順說道："因為沒有宋江哥哥的將令，所以不敢輕舉妄動。"阮小七喝道："放屁！等將令傳到，你哥哥早被他們剁成八段了！"阮小二和阮小五也都主張馬上前去營救。張順拗不過他們，只好答應。

當夜四更，阮氏兄弟出動水寨中全部人馬，駕起數百艘戰船，一起殺奔關勝大營。岸上的哨兵見水面上戰船密如螞蟻，慌忙報告關勝。關勝笑道："到底是草寇，不懂兵法，哪有這樣打仗的？"當即傳下令去，吩咐眾將四處埋伏，只等梁山水軍進寨，甕中捉鱉。不一會兒，梁山水軍的大隊人馬殺到，阮氏兄弟在前，張順在後，吶喊一聲，直往關勝的大營殺去。到了裏面，他們見寨子裏空蕩蕩的，這才覺得不對勁兒，想要退出，已經來不及了。只聽得一聲號炮，四面伏兵擁出，層層疊疊，不知有多少人馬，吶喊着圍了上來。張順機靈，"撲通"一聲，先跳下水去。阮氏兄弟拚死衝殺，退到湖邊，追兵已蜂擁而至。守在湖邊的李俊和童威、童猛等拚死救援，把阮小二和阮小五救上了船。阮小七卻被伏兵的繩索絆倒，未能逃脫。

關勝一個晚上連擒張橫和阮小七等數名水軍重要頭領，活捉嘍羅無數，官軍士氣大盛。第二天早上，宣贊帶了兵馬到宋江寨前挑戰。宋江領兵出營，命花榮上去迎敵。宣贊舞刀來迎，一上一下，鬥了十個回合，花榮賣個破綻，回馬就走。宣贊追上去時，花榮拈弓取箭，側坐雕鞍，翻身一箭，"錚"的一聲射在宣贊的刀面上。花榮見一箭不中，又取第二箭，此箭直奔宣贊的胸膛，宣贊連忙閃身，總算躲過，但已經嚇出一身冷汗。他見花榮箭術高明，不敢再追，返身回陣。花榮又取出第三支箭，對準他後背射去，只聽"鐺"的一聲，射在他背後的護心鏡上。嚇得宣贊慌忙派人稟報關勝。關勝大怒，親自引兵出寨，與宋江對陣。

宋江在陣前打量關勝，只見他手提青龍偃月刀，騎一匹赤色戰馬，果然威風凜凜，宛如關公再世，不由得暗暗喝彩。吳用也在一旁讚歎："大刀關勝，果然名不虛傳！"林沖聽了大怒，說道："我們兄弟上了梁山，還未曾挫了銳氣，軍師為何要滅自己的威

張橫被擒　戴敦邦　畫

風！"說着，便舉槍出馬，直奔關勝。關勝見了，叫道："我只要宋江出馬與我決戰！"宋江便叫林沖退下，親自出陣，在馬上欠身向關勝施禮道："鄆城小吏宋江參拜將軍。"關勝說："你為小吏，為何背叛朝廷？"宋江答道："因朝廷昏昧，奸臣當道，百姓塗炭。

宋江等人替天行道，並無他謀。"關勝喝道："天兵到此，還巧言令色。快快下馬受降！"秦明聽了，恨得牙齒"咯咯"作響，揮舞狼牙棍，直取關勝，林沖也從旁飛馬出擊。三匹馬攪作一團，猶如走馬燈一般，看得人眼花繚亂。宋江擔心傷了關勝，吩咐鳴金收兵。

回營之後，關勝心想，剛才一戰我明明已經落了下風，為什麼宋江不乘機襲擊，反而鳴金收兵呢？他叫人把張橫、阮小七帶來，問道："宋江只是鄆城一個小小押司，你們怎麼伏他指揮？"阮小七說："宋大哥仗義疏財，最講義氣，山東、河北一帶，誰不知道'及時雨'的大名。你這種不明禮儀的人怎麼懂得？"關勝聽了，沉吟不語，命人把他們押下去。

月夜誘關勝 戴敦邦 畫

夜裏，關勝獨坐帳內，小校進來報告，說有一個胡子將軍單身匹馬在營門前求見。關勝請進來一看，有些面熟。那人告訴關勝，他叫呼延灼，本來也是朝廷命官，投降梁山實在是身不由己，希望能戴罪立功；並說宋江也早有歸降的意思，無奈林沖等人不肯依從，所以宋江派他來與關勝商議，明天晚上可以從小路去偷襲，生擒林沖等人，一起進京請功。關勝聽了大喜，忙置酒款待呼延灼。

　　次日清晨，宋江帶領兵馬前來挑戰，關勝帶了呼延灼一起出去迎敵。到了陣前，宋江指着呼延灼大罵：「你這個背信棄義的賊，山寨不曾虧待你半分，你為何半夜偷偷溜走？」呼延灼答道：「我本來就是朝廷命官，怎麼可以和你們這些草寇同流合污！」宋江大怒，命黃信出馬與呼延灼交戰。兩人鬥了不到十個回合，呼延灼手起鞭落，把黃信打翻在地。關勝大喜，命令大小三軍一起衝殺。呼延灼連忙勸阻，說道：「軍師吳用詭計多端，恐怕會有埋伏。」關勝聽了覺得有理，便命令收兵。

　　回到軍營，關勝問起黃信的來歷。呼延灼告訴他說，此人與秦明、花榮同時落草，也是個強硬分子，所以宋江剛才故意借呼延灼之手把他除去，挫滅他的威風。關勝聽了，對呼延灼更加信任了。於是，當天晚上，由呼延灼領路，關勝自帶兵馬五百人，宣贊、郝思文兵分兩路接應，以炮響為號，三路人馬一起偷襲梁山泊軍隊的大營。

　　這天夜裏，月明如晝，關勝命令軍士披掛上馬，銜枚疾走。呼延灼在前引路，眾將士緊跟在後。翻過一座小山，見暗影裏有四五十個軍校等在路邊，他們悄悄問呼延灼：「來的是不是呼延灼將軍？宋公明派我們在此地接應。」

呼延灼叫這些軍校跟在他後面，繼續往前走。又轉過一個山嘴，呼延灼指着遠處的一盞紅燈告訴關勝，那兒就是中軍大營，宋江已經把林沖等頭領聚集在那裏了。關勝大喜，帶領眾將悄悄殺過去。但到裏面一看，卻是一座空營，再回頭找呼延灼，哪裏還看得見他的人影？關勝知道中計，慌忙回馬。這時，只聽得一聲號炮，四邊的伏兵一起衝殺出來。關勝邊戰邊退，來到一片樹林旁。兩邊突然伸出無數支撓鉤，關勝措手不及，被伏兵拖下馬綁了起來。郝思文和宣贊兩人左衝右突，最後，也被林沖、花榮和秦明、孫立生擒活捉。與此同時，李應帶了一支人馬殺奔關勝大營，救出張橫、阮小七等人，並招安四處潰散的官兵。

　　天明以後，宋江率領大軍回到山寨，嘍囉們把關勝、宣贊、郝思文三人押上忠義堂，宋江見了，連忙喝退嘍囉，親自替他們三人鬆綁，並把關勝扶在正中的交椅上，向他叩首請罪。關勝手足無措，慌忙回禮。這時，呼延灼也伏地謝罪。宋江表示，倘若關勝他們不肯留下，他也不敢勉強，願意馬上送他們下山回家。關勝見這些頭領個個義氣深重，便問宣贊和郝思文怎麼樣。他們兩人表示聽關勝的。關勝說道：「人稱宋公明忠義，果然名不虛傳，我等願在帳下為一小卒。」

　　宋江聽了，十分高興，一面設宴慶賀，一面派人把他們的家眷接到山寨安居。眾人正興高采烈地喝酒，宋江想起盧俊義、石秀兩人還關在大名府監獄裏，生命危在旦夕，不由得黯然淚下。

　　第二天一早，宋江再次出兵，攻打大名府。關勝、宣贊、郝思文三員大將自告奮勇，願為前部先鋒，帶了原有的兵馬，浩浩蕩蕩往北京進發。梁中書得到消息，大吃一驚，急忙派遣索超出城迎敵，李成、聞達隨後調軍接應。吳用知道索超性急，便安排下一條妙計，第一天交戰，故意讓他贏一陣。索超十分得意，歡天喜地回城慶功。

當天夜裏，彤雲四合，下起了大雪。吳用望着飛舞的雪花，心生一計。他派人在靠山的河邊小路上挖了個陷阱，大雪輕輕飄落，蓋在上面，絲毫不露痕跡。

次日上午，索超在城頭望見宋江營壘裏的軍士站在雪地裏毫無鬥志，便帶了三百軍馬衝殺出來。梁山泊的兵馬四散奔逃，只有水軍頭領李俊、張順匆匆上馬出來迎敵。不到十個回合，李俊、張順就被索超殺得大敗，慌慌張張地往河邊逃去。他們一邊逃一邊叫："宋公明哥哥快快下船，索超追來了！"索超性格魯莽，聽說宋江在前面，哪裏還顧其他？策馬狂追，想活捉宋江立功。待

雪天擒索超　戴敦邦　畫

277

他趕到河邊，只聽得"轟隆隆"一聲巨響，連人帶馬，掉入陷阱之中。

　　嘍囉們把索超押入中軍大營，宋江親自為他鬆綁，設宴招待。楊志以前在大名府任職時，與索超熟悉，於是，邊喝酒，邊跟他說梁山泊好漢"替天行道"的宗旨。索超聽了，豁然開朗，也歸降了山寨。

報仇揚子江

第三十九章

　　收服索超後，宋江加緊攻城。但大名府城池堅固，易守難攻，接連打了幾天，都沒能攻破。宋江擔心盧俊義、石秀的安全，心中十分煩悶。

　　一天晚上，宋江做了個惡夢，清晨起來，便覺得神思倦怠，頭痛欲裂，一會兒發覺背上又熱又痛。眾人一看，是一個大毒瘡。吳用請了很多醫生，都沒能治好宋江的病。這時，張順告訴吳用，建康府"神醫"安道全能治這種毒瘡，十年前，他母親也得過這種病，就是安道全給治好的。吳用聽了大喜，吩咐張順速去建康府尋訪安道全，同時傳令撤軍，送宋江回山寨治病。

　　張順為了救宋江，連夜趕路。無奈天公不作美，接連幾天，不是雨就是雪，張順沒帶雨具，一路上走得好辛苦。十多天後，他來到揚子江邊。這一天，北風呼嘯，大雪紛飛，江面上幾乎看不見船隻。張順卻不敢耽擱，沿着江邊一路尋找，忽聽蘆葦叢裏簌檝一陣響，走出一個艄公，頭戴箬笠，身披蓑衣。

張順央求艄公送他過河，艄公答應了。不過艄公建議他先歇一會，因為天色已晚，即使過了江，也沒有落腳休息的地方，不如等到四更時分出發，到對岸正好天亮。張順覺得有理，便跳入船艙。這時，他發現船尾還坐着一個瘦瘦的年輕人，正在船艙下烤火。張順由於連日來過度疲勞，躺下後不久，就睡着了。那年輕人見張順睡着了，指了指張順枕在頭下的包裹，對艄公說：“大哥，裏面有不少金銀呢！”艄公壓低聲說：“你去把船划開，到江心再下手。”

船到了江心，艄公拿出纜船繩，把張順綁了起來，又從船板下取出板刀來。這時，張順正迷迷糊糊地醒來，發現自己的手腳已被綁住，那個艄公正拿了刀想要殺他，他連忙央求道：“好漢饒命，金子全都給你。”那艄公卻惡狠狠地說道：“金子要，你的性命也要！”張順說道：“那就求你給我一個全屍吧，我死了鬼魂也不來纏你。”

艄公聽了，放下刀，把張順拖到外邊，“撲通”一聲，扔進了冰涼的江水裏。張順人稱“浪裏白條”，當然不怕水。他屏住呼吸，在水底把繩索咬開，游到對岸，上岸後，渾身濕漉漉的，冷風一吹，凍得直發抖。這時，他看見林子邊上正好有一個破舊的小酒店，裏面隱隱露出一點燈光，便上去敲門求援。

開門的是個老人，他見張順狼狽的樣子，猜想是被人打劫了，就拿出乾衣服給他換，讓他烤火取暖，還溫了一壺酒給他驅寒。因為張順從山東來，閒聊時提起梁山泊。老人感慨地說道：“聽說梁山的宋頭領從不打劫過往行人，專門劫富濟貧，替天行道。什麼時候他能到我們這兒來就好了，可以不再受那些貪官污吏的氣了。"
張順聽了，就把自己的真實身份告訴老人。老人十分高興，連忙叫
兒子出來拜見張順。他兒子名叫王定六，也喜歡游泳和使槍弄棒，
因為身手靈活，人們都叫他"活閃婆"。王定六告訴張順，那個打
劫他的艄公叫"截江鬼"張旺，時常來這裏喝酒，下次張旺來時，
一定替他報仇。張順把自己下山的任務告訴王定六，約定請到安道
全之後，就回來和他相會。

第二天早上，張順進城，來到安道全的藥舖。安道全見了張順
十分高興，但說起請他上山的事，安道全卻為難地搖了搖頭，推託
說妻子剛去世，家裏的藥舖沒有人照料，走不開。張順軟磨硬纏，
說了好半天，安道全終於答應，並說出了實情。原來他正和一個名

江上遭劫 劉昕 畫

叫李巧奴的娼妓相好，打得火熱，捨不得離開。

　　當天晚上，安道全帶張順到李巧奴那兒去喝酒，順便向她辭行。李巧奴聽說安道全要走，便撲在他的懷裏撒嬌，死活不肯讓安道全離開，還不停地給他灌酒，把他灌得大醉。張順在一旁恨得咬牙切齒，卻拿她沒有辦法。李巧奴把安道全扶到房裏睡覺，又出來打發張順回去。張順哪裏肯走？硬是賴了下來，在她門邊上的小房間裏過夜。

　　張順睡到半夜，忽聽得有人敲門。他從牆縫裏往外張望，只見一個人拿了一些金子交給老鴇，不一會兒，李巧奴躡手躡腳地走了出來，和那個人一起進了另一個房間喝酒調笑。張順仔細一看，那個人不是別人，正是張旺。原來，張旺也是李巧奴的相好，在船上劫得些不義之財，便到這裏來找樂子。張順看了，氣不打一處來。他耐着性子等到三更時分，見老鴇靠在椅子上迷迷糊糊地睡着了，便悄悄摸到廚房，拿了一把菜刀，然後回到前面，把老鴇殺了。李

水上報冤　劉昕　畫

巧奴在房裏聽到動靜，開門來看，迎面撞上張順，張順手起刀落，把她劈死。他再想進去殺張旺報仇，張旺卻已經跳窗逃走了。張順十分懊惱，隨即撕下一塊衣襟，蘸了血在牆上寫道："殺人者，安道全也！"連寫了十幾處。

　　到五更時分，安道全酒醒了，見地上血淋淋的死屍，又見牆上寫着自己是殺人犯，嚇得渾身發抖，只好回家拿了藥箱隨同張順去梁山躲避。

　　兩人先來到王定六酒店，正說話間，遠遠望見張旺走過。王定六便過去打招呼，要張旺幫忙載他的兩個親戚過江，張旺滿口答應。張順在房裏悄悄和安道全互相換了衣服，然後，跟了王定六一起來到張旺船上。船到江心，張順在艙裏喊道："艄公快來，船艙漏水了！"張旺不知是計，鑽了進來，被張順一把揪住，喝道："你還認得我嗎？"張旺見雪天被他扔下江去的那個客人居然還活着，而且得知他就是大名鼎鼎的梁山好漢"浪裏白條"張順，頓時嚇得魂飛魄散。張順問道："你的同伙呢？"張旺說："我怕他跟我爭金子，把他殺了。"張順冷笑一聲，說道："你也該見閻王去！那天你免了我一刀，今天我也免你一刀。"說完，把張旺手腳綁住，拖到艙外，"撲通"一聲扔了下去。"截江鬼"張旺在江面上害人無數，如今落在張順手裏，真的做了江中之鬼。

　　三個人上了岸，張順和安道全告別王定六向梁山走去。兩個人來到一家酒店，正巧遇見來接他們的戴宗。因宋江已昏迷不醒，危在旦夕，故戴宗作神行法帶安道全先行上山，張順則留在酒店內歇了二三天。一天，王定六帶了父親來到酒店，說要跟張順上梁山。張順聽了大喜，便帶他們一同上了梁山。

火燒翠雲樓

安道全不愧是江南名醫，上山之後，手到病除，不出十天，宋江就痊癒了。這時，宋江提出要興兵去打北京。安道全連忙勸阻，要他注意休養，萬萬不可勞累，以免背瘡復發。吳用在一旁說道："哥哥不必費心，不出十日，小弟即可拿下大名府，獻給哥哥。"原來，吳用已經打聽清楚，北京慣例，每逢元宵節，家家戶戶張燈結彩，熱鬧非凡，富豪人家還要扮社火，賽花燈，四方客商做了花燈進城兜售，百姓們則走親訪友，看燈湊熱鬧。屆時，人來客往，十分混雜，可以利用這個機會打破城池，救出盧俊義和石秀。宋江大喜，就把這件事交給吳用辦理。

吳用問眾頭領："你們各位弟兄中，誰有膽量混進城去放火？"話音未了，時遷出來答應道："小弟幼年時曾經去過北京，那兒有座翠雲樓，樓上樓下有一百多個樓台亭閣，元宵之夜必然熱鬧。我爬上樓頂放火，軍師另外派人手前來廝殺，裏應外合，北京城唾手可得！」吳用聽了十分滿意，說道：「那麼，就由你負責放火，只要元宵之夜翠雲樓起火，就是你的功勞。」時遷領命而去。

混入大名府 郎承文 畫

第二天，吳用又安排解珍、解寶、孔明、孔亮、魯智深、武松等數十個頭領喬裝改扮，分批進城，等翠雲樓火起，在各要害之處截殺。此外，吳用還安排了柴進、樂和，進城與蔡福聯絡，保證盧俊義和石秀的安全；又命令張順和燕青，伏在盧俊義家附近，捉拿李固和賈氏。同時還調撥呼延灼、林沖、關勝、秦明、穆弘、李逵、雷橫、樊瑞八位虎將，各率一支人馬埋伏在北京城外，只等元宵之夜，以火光為號，裏應外合，攻打北京城。

時遷擅長飛檐走壁，他不從正路入城，而是夜間悄悄越牆進城。進城以後，他白天在街上閒逛，晚上便在東岳廟內神座底下安身。正月十三那天，時遷去翠雲樓察看地形，恰巧看見孔明披頭散髮，在那兒行乞。時遷笑嘻嘻地對他說：「老兄，你氣色這麼好，紅紅白白的臉皮，哪裏像叫花子。還是找個地方躲起來吧，萬一被公差看出破綻可就不妙了。"説話間，又一個乞丐從牆邊走過來，正是孔亮。時遷看了看他，也連連搖頭，説道："你也是的，渾身細皮白肉，哪像是忍飢挨餓的樣子？"話音剛落，背後竄出兩個人，把他一把揪住，喝道："你們做的好事！"時遷大吃一驚，連忙回頭，卻是楊雄和劉唐。楊雄把他們帶到僻靜處，埋怨道："你

火燒翠雲樓　郎承文　畫

們好不懂事，怎麼可以在街上聚在一起説話，若是有公差走過，豈不露餡？弟兄們都已經進城，還是各自找地方躲起來吧。"説完，五個人打算分手。這時，一個算命的從面前經過。仔細一看，正是公孫勝，後面跟着一個道童，是凌振。七個人都點頭會意，各自散去。

轉眼間兩天過去了。元宵節晚上，北京城果然熱鬧非凡，街上燈火通明，人山人海。押獄節級蔡福吩咐弟弟"一枝花"蔡慶替他看守監獄，自己回家吃晚飯。蔡福剛走進家門，後面緊跟着進來兩個人，仔細一看，卻是梁山泊的柴進和樂和。柴進告訴蔡福，梁山泊的大軍隨後就到，要他保護盧俊義和石秀的生命安全。蔡福不敢拒絕，只好叫他們換了公差的衣服，混進監獄。

初更時分，王英、扈三娘、孫新、顧大嫂、張青、孫二娘三對夫婦，假扮鄉下人進城看燈，擠在人羣裏，進東門去了。公孫勝帶了凌振，在城隍廟賣卦算命。鄒淵、鄒潤挑着燈，在城裏閒走。杜遷、宋萬各推着車，停在梁中書的衙門前。劉唐、楊雄假扮公差，提了水火棍，坐在州衙門前面的橋上。燕青領了張順，在盧俊義家附近的僻靜處埋伏。

不久，樓上鼓打二更。時遷晃晃悠悠地來到翠雲樓，他假扮賣剪紙飾物的小販，提了一隻竹籃，下面放滿了硫磺火藥，上面用布蓋好，堆了一些花花綠綠的飾物掩人耳目。他走到樓下，正好看見解珍、解寶假扮賣野味的獵戶，也提着鋼叉在那兒轉悠，便問他們道："時間差不多了，怎麼還沒有動靜？"解珍説："剛才有一個探馬慌慌張張地從這兒過去，想必兵馬已經到了。"説話間，忽聽得前面鬧了起來，有人喊道："梁山泊兵馬到西門外了！"時遷連忙施展身手，爬到樓頂放火。

再說北京留守司梁中書，在元宵前兩天，派了聞達在城外飛虎峪駐紮警戒，次日，又吩咐李成帶領五百鐵騎軍，全副武裝，繞城巡視。他以為戒備森嚴，萬無一失，便獨自在衙門裏悠閒地飲酒觀燈。突然間探馬來報，說梁山泊大隊人馬前來攻城，城外的防線已被全部擊潰，梁中書頓時驚得目瞪口呆。不一會兒，又見翠雲樓烈焰沖天，街上一片混亂，他知道大事不好，慌忙騎馬逃出衙門。

這時，城門早已被打破，四面八方都有梁山泊的兵馬擁進來。梁中書奔到東門，兩條大漢大喝一聲："李應、史進在此！"手提朴刀，大踏步殺來。守門的官兵死的死，傷的傷，其餘的都一溜煙逃走了。梁中書轉奔南門，還沒有到，就聽得人們慌慌張張地嚷着，說有一個胖大和尚和一個虎面行者在那兒殺人。梁中書哪裏還敢過去，只好回州衙門。但到了州衙門附近，他又不敢走近，只是遠遠地看，恰好看見王太守從那兒經過，被楊雄、劉唐兩條水火棍砸得腦漿迸裂，眼珠突出，死在衙門前。梁中書嚇得魂飛魄散，策馬狂奔。這時，他又聽得城隍廟裏火炮齊響，驚天動地。鄒淵、鄒潤手拿竹竿，在房檐下放火。王英、扈三娘殺向戲台，孫新、顧大嫂手拿短刀，在那裏助戰。張青、孫二娘爬到銅佛寺前的鰲山上放火。北京城裏火光沖天，難辨方向。

梁中書走投無路，到處亂竄。正在危急的時候，恰巧李成帶了殘兵敗將過來。李成護着梁中書來到南門城上，只見城下佈滿兵馬，到處是"大將呼延灼"的旗號。梁中書和李成只能逃向北門，但北門城下林沖正率大軍在攻城。梁中書沒辦法，只能再轉向東門，火把閃亮中，穆弘正領兵殺入城中。梁中書再奔南門，只見吊橋邊火把通明，李逵手持雙斧，從城壕裏飛殺出來。李成捨命殺開一條血路，護着梁中書，逃出北京城。誰知兩人狂奔一陣，左邊殺出了關勝，樹林裏又竄出了林沖，右邊又衝出個秦明。李成邊打邊退，損失了大半人馬，護着梁中書終於殺出了重圍。

這時，柴進、樂和早隨蔡福混進大牢。他們看見翠雲樓起火，外面人馬喧鬧，知道已經得手，便對蔡福説道：“我們的兵馬已經進城了，再不棄暗投明，更待何時？”這時，鄒淵、鄒潤等也來到

攻佔大名府 郎承文 畫

了大牢前，一邊撞門，一邊大喊：「梁山泊好漢全伙在此，好好送盧員外、石秀哥哥出來！」蔡福、蔡慶兄弟哪裏還敢遲疑，連忙取鑰匙打開牢門，除去盧俊義、石秀兩人身上的木枷，隨同他們一起入了伙。

再說盧俊義府中，李固和賈氏聽說梁山好漢打進城來了，兩人嚇得魂不附體，捲了一包金銀珠寶，出後門到小河邊躲避。張順早就盯上他們了，大喊一聲：「狗男女哪裏去！」李固心慌，扔下賈氏，獨自跳上河邊的一條小船。他剛鑽入艙裏，卻被燕青一把揪住。燕青喝道：「你還認得我麼？」李固聽出是燕青的聲音，嚇得連連求饒。張順和燕青把他們兩人綁了起來，帶到中軍營裏，聽候發落。

第二天早上，吳用出榜安民，清點庫存，把梁中書搜刮來的金銀珠寶全數裝車運走，又打開糧倉，一部分賑濟城裏的貧民，剩餘的也都裝上了車，作為山寨的給養，然後整頓軍馬，高唱凱歌，出城回山。

宋江得到消息後，十分高興，親自帶人在山下迎接。

眾人來到忠義堂，宋江見了盧俊義，跪拜在地，要讓盧俊義坐第一把交椅，盧俊義哪裏肯坐，慌忙還禮。李逵在旁叫道：「宋江哥哥若讓別人做了山寨之主，我可要造反了。」吳用勸道：「讓位的事，等以後有了功勳再說吧。」當天宋江在忠義堂上設宴慶賀，並吩咐嘍囉把李固和賈氏押上來。盧俊義見了他們兩個，怒不可遏，在堂前親自動手把他們殺了，然後回到堂上，拜謝眾人的救命之恩。

大破曾頭市

攻下大名府之後，梁山好漢在一次戰鬥中又收降了敵將"聖水將軍"單廷圭和"神火將軍"魏定國，枯樹山的好漢"沒面目"焦挺、"喪門神"鮑旭也投奔了梁山，山寨日益興旺。但宋江想起晁蓋被曾頭市的教師史文恭毒箭射死，這一殺兄之仇尚未洗雪，心中終日不安。這時，前些時候派去北方選馬的段景住狼狼地跑回山上來報告說，他買了二百多匹駿馬，在青州地面被一個人稱"險道神"郁保四的強盜帶人搶走，解送去曾頭市了。宋江大怒，說道："我正要為晁大哥報仇，他們反倒又惹上門來了。"於是，決定興兵攻打曾頭市，新仇舊恨一起了斷。

吳用派時遷混入曾頭市探聽消息，幾天後他回來稟報說："曾頭市一心要與梁山作對，已在市口紥下總寨，由教師史文恭執掌，又在東西南北設立了四個分寨，分別由副教師蘇定、寨主曾弄和曾家五虎把守。周圍數百里，到處插滿了旌旗。"吳用聽了，決定兵分

291

五路，宋江、吳用、公孫勝率領主力攻打曾頭市總寨，隨行副將有呂方、郭盛、時遷等，秦明、花榮、魯智深、武松、楊志、史進、朱仝、雷橫等八位頭領分別率軍攻打其餘四個營寨，李逵、樊瑞、項充、李袞率軍接應，另外又安排盧俊義和燕青帶五百步軍在西邊小路上埋伏，等待時機，前後接應。分撥停當，宋江率領五路大軍下山，到曾頭市附近紮下營寨。

兩軍對壘，長子曾塗率先出陣挑戰，宋江營中呂方舞動方天畫戟迎戰曾塗。鬥了三十回合，郭盛見呂方落了下風，也挺起方天畫戟出陣助戰。不料，兩支畫戟上都鑲有豹尾，混戰中，與曾塗槍上的紅纓攪作一團。花榮見了，怕呂方、郭盛有危險，便縱馬出陣，一箭射中曾塗左臂。曾塗跌下馬去，呂方、郭盛雙戟齊下，把曾塗

雙戟殺曾塗 周衛平 畫

刺死。曾弄得到消息，失聲痛哭。五子曾昇大怒，飛馬出營，要為兄長報仇。

宋江聞知，吩咐前軍迎敵。秦明得令，正要出馬，卻見李逵赤着胳膊，舞兩把大斧，搶先衝了出去。曾昇見李逵赤膊上陣，便吩咐手下放箭。李逵大腿上吃了一箭，跌倒在陣前。秦明、花榮等急忙衝出去，擋住曾昇的兵馬，把李逵救了回來。曾昇見宋江陣上人多勢眾，不敢再戰，各自收兵回營。

第二天晚上，史文恭帶了蘇定和曾家兄弟去宋江軍中劫營。不料，吳用早已設下埋伏。史文恭等人闖入的是一座空營，等他們慌忙後撤，兩邊伏兵已經殺出，混戰中，三子曾索被解珍一鋼叉搠死在馬下。史文恭無法救援，死命殺開一條血路，逃回自己的營壘。

曾弄見兩個兒子先後被殺，心頭恐懼，想和宋江談判投降。他派人送信給宋江。宋江把書信扯得粉碎，指着來人大罵："殺兄之仇，不共戴天！一定要把曾頭市踏為平地，方解我心頭之恨！"吳用在一旁慌忙勸道："兄長不要生氣。既然曾家來求和，我們怎麼能因一時之忿，失了大義？"說完，好言安慰來人，並回了一封信，表示可以談判，但必須送還兩次奪去的馬匹，交出強盜郁保四。曾弄回信答應上述條件，但要求談判期間雙方各派一人作為人質。吳用看了微微一笑，叫時遷、李逵、樊瑞、項充、李袞等五人前去。臨行，吳用在時遷耳邊悄悄叮囑了一番。

史文恭見一下子來了五個人質，不由得產生了懷疑，勸曾弄小心。李逵聽了大怒，與史文恭扭打起來，曾弄慌忙把他們勸開。時遷對曾弄說："李逵雖然魯莽，卻是宋公明哥哥的心腹，有他在這裏做人質，您儘可以放心。"曾弄一心想要議和，哪裏聽得進史文

293

恭的話。他吩咐設宴招待時遷等人，把他們安置在法華寺大營內，派五百個軍人圍住，然後，讓曾昇帶了郁保四和奪來的馬匹以及作為賠償的金銀等，去宋江大營議和。

但宋江發現第一次搶去的那匹照夜玉獅子馬不在裏面。曾昇說那匹馬在教師史文恭那兒，他馬上寫信讓人送還。史文恭派人傳話說：「如果宋江確有誠意，肯即刻退兵，我就把馬送還。」

聽了這話，宋江找吳用商量。兩人正在猶豫，探子前來報告說青州、凌州兩處的官兵正前來增援曾頭市。宋江聽了，一面傳令關勝、花榮等頭領分兵前去攔截那兩路援兵，一面悄悄把郁保四叫出來，好言安慰一番，說道：「倘若你肯幫我們打破曾頭市，奪馬的事情一筆勾銷，還讓你在山寨裏做個頭領。」郁保四本來就擔心如果和議成功，曾弄會把他當作犧牲品，交給宋江。聽宋江這麼說，當然一口答應。吳用便教他如此這般行動。

郁保四按照吳用的吩咐，逃回曾頭市，對史文恭說道：「我在宋江營裏，聽說宋江只是想騙取這匹寶馬，並不是真心議和。如今青州、凌州兩路兵馬到了，宋江兩面受敵，十分慌張。」史文恭本來就不想議和，聽了郁保四的話，十分高興，便帶他到曾弄營裏，添油加醋地說宋江如何沒有誠意，鼓動曾弄毀約，夜襲宋江大營，救出曾昇。曾弄被他們說得心動，答應了。

當天晚上，史文恭、蘇定、曾密、曾魁帶了全部人馬，悄悄殺奔宋江大營。到了那裏，只見營門開着，裏面空無一人。史文恭發覺中計，急忙率軍返回曾頭市，卻已經來不及了。只聽得法華寺上空響起了洪亮的鐘聲，原來郁保四已經潛入法華寺，與時遷、李逵等人取得了聯絡。伏在外面的各路梁山兵馬，聽到鐘聲，一齊殺入曾頭市。曾弄知道大勢已去，在中軍營裏自縊而死。曾密直奔西寨，被朱仝一朴刀搠死。曾魁想回東寨，被亂軍中戰馬踏為肉泥。蘇定死命殺出北門，但後有魯智深、武松追殺，前有楊志、史進攔截，最終死於亂箭之下。

史文恭騎着照夜玉獅子馬，獨自殺出西門，落荒而走。奔了二十多里路，他看看已經擺脫了追兵，卻聽得路邊林子裏一陣鑼響，殺出四五百個伏兵。當先一個頭領，手持棍棒，直往馬腿掃去。那匹馬是千里龍駒，反應奇快，見棍棒掃來，一個飛躍，跳了過去。

活捉史文恭　葉良玉　畫

這時，出現了浪子燕青，旁邊又閃出了盧俊義。盧俊義大喝一聲：「惡賊，哪裏走！」史文恭躲閃不及， 大腿上挨了一刀，跌下馬去，被盧俊義活捉了，那匹寶馬也被燕青奪了回來。

天亮之後，各路頭領紛紛回中軍大營繳令，關勝和花榮兩路人馬也殺退了青州和凌州的援兵，得勝回營。宋江整頓軍馬，返回山寨。他先下令把曾昇殺了，然後，到忠義堂上，叫蕭讓撰寫祭文，帶領大小頭領披麻帶孝，參拜晁蓋靈位；吩咐嘍囉把史文恭押上來，當堂處死，祭奠晁蓋的在天之靈。

宋江對眾人說：「晁蓋臨死之前有遺言：日後誰能活捉史文恭，便可為山寨之主。今日盧俊義就是一寨之主了。」盧俊義哪裏肯接受，忙說道：「小弟才疏德薄，怎能承當此位。能居末位，已覺惶恐。」吳用出來說道：「宋大哥還是坐首位，盧員外坐第二位吧。否則，你會冷了眾兄弟的心！」李逵在一旁大叫道：「我在江州，捨命救你，就是想跟着你，你若讓位，大家就各自散伙算了。」這時，武松也按捺不住，說道：「哥哥手下的許多軍官，都是受朝廷誥命的，也都聽你的號令，他們怎麼肯聽別人號令呢？」魯智深也大叫道：「哥哥若再讓位給別人，洒家就走了。」宋江說：「你們都不要爭了，我自有主張。如今山寨缺少錢糧，附近有兩個州比較富裕，一個是東平府，一個是東昌府，我和盧員外帶領人馬各打一城。誰先破城，誰就做山寨之主。」盧俊義仍然不肯，吳用卻表示贊同，叫裴宣寫下兩個鬮兒。抓鬮結果，宋江攻打東平府，盧俊義攻打東昌府。

英雄排座次

宋江和盧俊義準備分別攻打東平府和東昌府。在調撥人馬的時候，宋江有意要讓盧俊義，把吳用、公孫勝、關勝、呼延灼派給他，自己帶了林沖、花榮、史進以及扈三娘、顧大嫂等二十五個頭領，下山去打東平府。

東平府兵馬都監姓董名平，慣使兩支鐵槍，有萬夫不當之勇，人長得英俊瀟灑，吹拉彈唱，無所不通，山東、河北一帶，人們都稱他為"風流雙槍將"。他平時上陣，箭壺裏總是插着一面小旗，上面寫了一副對聯："英雄雙槍將，風流萬戶侯。"

聽說宋江兵臨城下，董平便點起人馬殺出城來。宋江在陣前看那董平，果然氣宇軒昂，英雄蓋世，想要招降他，便叫韓滔出陣與他交手。只見董平的兩支鐵槍神出鬼沒，銳不可當，韓滔抵敵不住。徐寧飛馬出陣，和他打了個平手。

宋江一心要收服董平，回營之後想出了一條妙計。當天晚上，宋江派兵攻城，董平被太守催逼出城交戰。宋江故意指着他喝道：「大廈將傾，獨木難支。你孤身一人，成什麼氣候？不如趁早投降，可以免你一死！」

　　董平大怒，挺起雙槍，直奔宋江。林沖和花榮急忙出來阻攔，鬥了數十個回合，兩人假裝不敵，護着宋江邊戰邊退。董平一心想

活捉雙槍將 曠昌龍 畫

捉宋江，緊追不捨，一直追到十多里以外的一個小村鎮，只見兩旁都是草房，中間一條驛道，宋江等人從驛道上疾馳而過。董平不知是計，跟着追過去，卻聽得一聲鑼響，路上扯起數條絆馬索，把董平絆倒。左邊的草房裏衝出扈三娘、王矮虎，右邊的草房裏走出張青、孫二娘，他們把董平捆綁起來。

宋江正勒馬站在草房後面的一棵綠楊樹下，見扈三娘和孫二娘押着董平過來，連忙喝退兩人，一邊下馬，親自替董平鬆綁，勸他歸順梁山。董平見宋江如此謙恭有禮，慌忙還禮，答應投降，並提議由他去騙開城門。宋江大喜。

董平披掛上馬，回到城前。城上的守兵見是董都監，便打開城門，放下吊橋。董平拍馬先入，砍斷鐵索。宋江的兵馬隨後長驅直入，殺了太守一家，然後出榜安民，把倉庫裏的錢糧，一部分散發給貧民，其餘的都裝車運回山寨。

宋江順利打下了東平府，盧俊義攻打東昌府卻很不順利。東昌府守將張清，人稱"沒羽箭"，善於用飛石打人，百發百中。他手下兩員副將，一個叫"花項虎"龔旺，善使飛槍；一個叫"中箭虎"丁得孫，善使飛叉。三個人在陣上配合默契，梁山泊的將領已經被他們打傷了好幾個。宋江知道後大怒，對眾頭領喊道："弟兄們，咱們一起打東昌府去！"

宋江率領大軍來到東昌府，和盧俊義會合。兩人正在談論軍情，嘍囉進來報告說，張清在營外挑戰。宋江便傳令三軍，出寨迎敵。看到張清耀武揚威的樣子，徐寧十分惱怒，率先出陣，與他交手。兩人鬥了不到五個回合，張清撥馬就走，徐寧緊緊追趕。追了沒多遠，張清回身一飛石，正中徐寧眉心，徐寧跌下馬去。幸虧宋江陣上人多，呂方、郭盛搶先衝出，把徐寧救了回來。宋江看了大為吃驚，說道：「誰替我出了這口惡氣。」朱仝、雷橫聞言，雙雙上陣，不料又被飛石擊中。關勝大怒，縱開赤兔馬，掄起青龍刀，來救兩人。剛救回朱、雷，張清又一飛石打來，關勝急把刀一隔，正中刀口，迸出火光。關勝只能勒馬回陣。之後又有大將出陣與張清廝殺。先後共有十五人，但上去的人，一個個都被他的飛石打傷，劉唐還被他活捉了去。

董平看了心想，自己初上梁山，尚未建立戰功，何不乘此機會露一手？於是，手提雙槍，飛馬出陣。兩人鬥了六七個回合，張清撥馬就走。董平大笑道：「別人怕你的飛石，我可不怕。」說完，縱馬追趕。張清看董平追近，回身一飛石打出，董平早有準備，用槍一格，撥開了。張清又打出第二顆飛石，又被董平閃開。接連兩顆石子都沒有打中，張清不由得有點兒慌張。董平對準他後心一槍刺去，張清閃身躲開，董平撲了個空。這時，兩人的馬已經平行。張清索性扔掉自己手中的槍，用雙手把董平手臂抱住，兩人在馬上展開了近身肉搏。

索超見了，舞動大斧前來解救。對面陣上龔旺、丁得孫兩員副將也一起殺出，截住索超。這時，宋江陣上又衝出林沖、花榮、呂方、郭盛。張清見形勢不利，便撇下董平，飛馬回陣。董平緊追不捨，卻忘了提防他的石頭，被張清回身一飛石，貼耳根擦過。董平嚇了一跳，不敢再追。

林沖、花榮把龔旺截在一邊，龔旺心慌，把飛槍投出來，沒有刺到花榮和林沖。龔旺手裏沒了兵器，被兩人生擒活捉。那邊，呂方、郭盛截住丁得孫廝殺，燕青在陣裏看見，心想，今天被張清打傷了這麼多人，好歹也要拿住他們一兩個，才能掙回面子。於是，他悄悄拿出弩弓，一箭射出，正中丁得孫的坐騎，丁得孫翻身落馬，也被梁山泊的人活捉了。

雙方收兵回營。宋江對吳用感歎道：「傳說五代時，大梁王彥章日不移影，連打唐軍將領三十六員。今天張清不到一個時辰，就打傷我十五員大將，他的本領實在不在王彥章之下！」吳用安慰宋江道：「兄長放心，我已有妙計，不用多久就可活捉張清。」

飛石打英雄　曠昌龍　畫

再説張清回到城裏，不斷派人到城外打探宋江的動靜。一天，探子回來報告説，宋江大寨的西北邊有一百多輛運糧車，附近的河裏還有運糧的船隻，大大小小總計有五百多艘，水陸兩路，同時運糧，沿途有幾個頭領監管。張清便與太守商議，太守很謹慎，懷疑其中有詐，勸張清不要輕易出動。第二天，探子又回來稟告，説車上裝的確實都是糧食，一路上有米撒下來，船上的貨物雖然用布蓋着，但邊上仍有米袋露在外面。張清心想，倘若能把宋江的軍糧截獲，梁山泊的軍隊就不戰自亂了。太守也覺得這個主意不錯。

當天晚上，張清帶了一千多人，悄悄出城，去攔截宋江的車船。走了不到十里路，看見一個車隊，旗子上寫着“水滸寨忠義糧”，為首一個頭領，正是魯智深，張清悄悄跟上去。魯智深假裝不知道，只顧大踏步往前走。魯智深裝得很像，卻忘了提防他的石子。張清在馬上喝一聲“着”！一石子把魯智深打得頭破血流，跌倒在地。武松拚死救起魯智深，邊戰邊退，撇下糧車逃走了。張清看了看，車子裏果然裝滿了糧食，十分得意。他把運糧車押回城裏，然後，再去截宋江的糧船。

張清到了南門外，看見河港裏運糧的船隻來來往往不計其數，心中大喜，帶領眾軍吶喊一聲，便往河邊撲去。不料，兩邊伏兵一起殺出，把張清連人帶馬趕下了水。水中又有李俊、張橫、張順、阮氏三雄以及童威、童猛等八個水軍頭領。張清縱然有三頭六臂，也逃不脱天羅地網，最終，被阮氏三雄生擒活捉，拖到了船上。

這時，吳用傳令三軍將士全力攻城。太守是個文官，哪裏支持得住？不多久，城門便被打破，梁山泊的大軍長驅直入。宋江先救出劉唐，然後打開倉庫，一部分錢糧散發給百姓，其餘的運回山

梁山大聚義　戴敦邦　畫

寨。東昌府太守平時為官較清廉，宋江就饒了他的性命。

宋江進入州衙門，水軍頭領把張清押解上來。宋江見了，連忙替他鬆綁，勸他歸降。話音未落，魯智深在一邊嚷了起來，要過來打張清。宋江把他喝住，並折箭為誓，對眾頭領說道：“過去的事誰也不得再提，若有違反，猶如此箭！”張清見宋江的胸襟如此開闊，敬佩之情油然而生，當即跪下，表示願意歸順。龔旺、丁得孫也歸降了梁山。為了報答宋江的知遇之恩，張清又帶來了“紫髯伯”皇甫端，此人是個獸醫，善於相馬。

宋江見山寨又新添了許多頭領，數了一下，總共一百零八個，心裏十分高興，對眾好漢說道：“我宋江自從大鬧江州上山以後，虧得各位兄弟鼎力相助，才能有今天的局面。如今我們一百零八人在此聚義，實在是一件古往今來從未有過的盛事。願今後能同心同德，一起替天行道。”眾好漢血酒飲酒，齊聲應和。

為了紀念晁蓋以及在各次戰役中陣亡的所有將士，宋江請來許多有名的道士，舉行了為期七日的祭奠儀式。隨後，宋江與吳用等人商議，對山寨的設施作了新的佈置。在忠義堂上立了一塊新的牌匾，堂前添兩面繡字紅旗，一面是“山東呼保義”，另一面是“河北玉麒麟”。又在梁山的山頂上高高地豎立一面杏黃旗，上書“替天行道”四個大字。

當日，宋江大擺筵席，頒佈號令，明確一百零八將的座次、職責，並在忠義堂上當眾宣讀：

梁山泊總兵都頭領二員：

　　呼保義宋江　　玉麒麟盧俊義

掌管機密軍師二員：

呼保義宋江

玉麒麟盧俊義

　　智多星吳用　　入雲龍公孫勝

同參贊軍務頭領一員：

　　神機軍師朱武

掌管錢糧頭領二員：

　　小旋風柴進　　撲天雕李應

馬軍五虎將五員：

　　大刀關勝　　　豹子頭林沖

　　霹靂火秦明　　雙鞭呼延灼

　　雙槍將董平

馬軍八虎騎兼先鋒使八員：

智多星吳用

小旋風柴進

小李廣花榮　金槍手徐寧

青面獸楊志　急先鋒索超

沒羽箭張清　美髯公朱仝

九紋龍史進　沒遮攔穆弘

馬軍小彪將兼遠探出哨頭領一十六員：

鎮三山黃信　病尉遲孫立

丑郡馬宣贊　井木犴郝思文

百勝將韓滔　天目將彭玘

聖水將單廷圭　神火將魏定國

摩雲金翅歐鵬　火眼狻猊鄧飛

行者武松

花和尚魯智深

　　錦毛虎燕順　鐵笛仙馬麟

　　跳澗虎陳達　白花蛇楊春

　　錦豹子楊林　小霸王周通

步軍頭領一十員：

　　花和尚魯智深　行者武松

　　赤髮鬼劉唐　插翅虎雷橫

　　黑旋風李逵　浪子燕青

　　病關索楊雄　拚命三郎石秀

　　兩頭蛇解珍　雙尾蠍解寶

步軍將校一十七員：

豹子頭林沖　　　　　　黑旋風李逵

混世魔王樊瑞　喪門神鮑旭

八臂哪吒項充　飛天大聖李袞

病大蟲薛永　　金眼彪施恩

小遮攔穆春　　打虎將李忠

白面郎君鄭天壽　雲裏金剛宋萬

摸着天杜遷　　出雲龍鄒淵

獨角龍鄒潤　　花項虎龔旺

中箭虎丁得孫　沒面目焦挺

石將軍石勇

四寨水軍頭領八員：

混江龍李俊　　船火兒張橫

病關索楊雄

拚命三郎石秀

浪裏白條張順　立地太歲阮小二
短命二郎阮小五 活閻羅阮小七
出洞蛟童威　　翻江蜃童猛
四店打聽聲息邀接來賓頭領八員：
東山酒店
　小尉遲孫新　　母大蟲顧大嫂
西山酒店
　菜園子張青　　母夜叉孫二娘
　旱地忽律朱貴　鬼臉兒杜興
北山酒店
　催命判官李立　活閃婆王定六

總探聲息頭領一員：

　　神行太保戴宗

軍中走報機密步軍頭領四員：

　　鐵叫子樂和　　鼓上蚤時遷

　　金毛犬段景住　　白日鼠白勝

守護中軍馬軍驍將二員：

　　小溫侯呂方　　賽仁貴郭盛

守護中軍步軍驍將二員：

　　毛頭星孔明　　獨火星孔亮

專管行刑劊子二員：

　　鐵臂膊蔡福　　一枝花蔡慶

專掌三軍內探事馬軍頭領二員：

　　矮腳虎王英　　一丈青扈三娘

掌管監造諸事頭領一十六員：

　　行文走檄調兵遣將一員　　聖手書生蕭讓

　　定功賞罰軍政司一員　　　鐵面孔目裴宣

　　考算錢糧支出納入一員　　神算子蔣敬

　　監造大小戰船一員　　　玉幡竿孟康

　　專造一應兵符印信一員　　玉臂匠金大堅

　　專造一應旌旗袍襖一員　　通臂猿侯健

　　專攻醫獸一應馬匹一員　　紫髯伯皇甫端

　　專治諸疾內外科醫士一員　神醫安道全

　　監督打造一應軍器鐵甲一員 金錢豹子湯隆

　　專造一應大小號炮一員　　轟天雷凌振

起造修葺房舍一員　　　青眼虎李雲

屠宰牛馬豬羊牲口一員　　操刀鬼曹正

排設筵宴一員　　　　鐵扇子宋清

監造供應一切酒醋一員　笑面虎朱富

監築梁山泊一應城垣一員　九尾龜陶宗旺

專一把捧帥字旗一員　　　險道神郁保四

宣讀完畢，眾頭領領了兵符大印，各回自己的住處。

過了數日，宋江選了吉日良辰，焚了一爐香，命眾頭領聚集在忠義堂上，排成一個方陣，然後，讓每人手裏都拿一支香，一起跪下。宋江領頭對天宣誓：「宋江為鄆城小吏，無學無能，今日結一百零八兄弟於水泊梁山，替天行道，保境安民。自今往後，誰心存不仁，心懷不義，則天誅地滅，萬世不得翻身。」誓畢，眾頭領齊聲發誓：

「我等一百零八人結義於水泊梁山，願生生相會，世世相逢。同存忠義於心，共建功勛於國。替天行道，保境安民。神天鑒察，永不變心！」

這時，遠處隱約傳來「隆隆」的雷聲，仿佛是蒼天為眾人的忠義之心所感動，又仿佛是預示着一場更大的風暴即將來臨。

編寫：
黃錦章

繪畫：（按姓氏筆畫排列）

王宏喜　王家訓　池沙鴻　吳大成　吳山明　李永文
李儒光　杜覺民　周　峰　周矩敏　周衛平　孟慶江
施大畏　郎承文　袁　輝　逄　俊　陳白一　陳谷長
傅伯星　彭　偉　曾　毅　焦成根　程多多　賀友直
黃　昌　葉　雄　葉良玉　劉　昕　戴敦邦　謝倫和
曠昌龍　顧曾平